乾山晩愁

葉室 麟

角川文庫 15473

目次

乾山晩愁
けんざんばんしゅう

一

昨日までの雨がようやくあがって、抜けるような夏の青空が白雲の間にのぞいていた。

庭の生垣の朝顔は昨夜の雨の名残で水滴を白く輝かせている。ツクツクボウシの鳴き声がうるさかった。

「きょうも蒸し暑うなりそうや、かなわんな」

尾形深省《しんせい》は、額にじっとり浮いた汗を手拭《てぬぐい》でぬぐいながら、つぶやいた。総髪の髷《まげ》が暑さにくたびれてゆるんでいる。五十四歳になる深省は長身白皙《はくせき》の容貌《ようぼう》だ。眉《まゆ》が濃く、精悍《せいかん》な表情をしている。目が澄んで知的な顔だが、あごに不精《ぶしょう》ひげが、まばらに生えていた。

麻の単《ひとえ》の懐に団扇《うちわ》で風を入れながら縁側に座っていた。団扇を持つ太い指先が日ごろ土をいじるためか薄茶色で、しなやかだ。

深省は陶工である。号を乾山《けんざん》という。子供のころの名は権平《ごんぺい》だったが若いころ黄檗《おうばく》禅に凝り、隠者のような暮らしをしていたことがあって深省と名を変えた。

陶芸の師は、野々村仁清《にんせい》である。深省は仁清に師事した後、独立し公家《くげ》の二条綱平《つなひら》の鳴《なる》滝山荘《たき》を拝領して窯《かま》を開いた。乾山とは鳴滝が京の乾《いぬい》（西北）の方角にあることからつけた号だ。

深省が、今いるのは京の新町通り二条下ル、兄、尾形光琳《こうりん》の家の奥座敷だ。

敷地百坪、六十四坪の家は光琳が五年前に銀九貫四百匁《もんめ》をかけて建てたものだ。母屋のほかに一貫三百六十匁をかけて茶室が造られていた。奥座敷の二階の八畳二間は光琳の画室となっている。しかし、画室の主、光琳は先月、正徳《しょうとく》六年（一七一六）六月二日に没していた。享年五十九歳。華やかな画才を京、江戸で花開かせて後の往生だった。家の中はいまも線香の匂いが絶えることがない。

（兄《あに》さんが亡くなって、これからは絵付けもしてもらえんな）

深省は、団扇で顔をあおぎながら、光琳のことを思い出していた。

深省の師、仁清は赤、萌黄《もえぎ》、金、銀と多彩な色を使い、やわらかで半透明な釉薬《ゆうやく》をかけ、繊細、優美な茶器を得意とした。しかし乾山は、白泥で白化粧掛けした六角皿、四角皿などを多く作った。白地に直接絵を描いて、その上から無色透明の釉《うわぐすり》をかけて焼いたのだ。この結果、割れやすいという欠陥はあったが絵はみずみずしく描くことができた。乾山は、何よりも意匠を重視した。光琳が絵付けして深省が筆で讃を書くのが売り物だった。言わば乾山焼きは尾形兄弟の詩画集だった。

「深省はん、お待たせして」

光琳の妻、多代《たよ》が額に汗を浮かべ手で顔をあおぎながら、せわしげに廊下を歩いてきた。銀鼠《ぎんねず》色地、霞《かすみ》に千鳥模様の小袖《こそで》を着ている。多代は義姉だが深省より二歳年下の五十二だ。色白のふくよかな顔立ちが若々しく四十半ばにしか見えず、後家になっても十分な美しさを保っていた。多代は、町衆、吉田八兵衛の娘で光琳と祝言したのは光琳四十歳、多代三十三歳の時である。この時、光琳はすでに四人の女にそれぞれ子を産ませ四人の子持ちだった。

「義姉《ねえ》さん、まだ落ち着かんやろ」

深省は、傍らに座った多代に団扇で風を送ってやった。

「そうでもおへんけど、やっぱりなんとのう腰が据わりまへんな。まあ、その方がよけいなこと考えんでええのかもしれまへん」

多代は苦笑した。絵師として名声が高かった光琳だが懐は裕福ではなかった。

この家も光琳の支援者だった銀座役人、中村内蔵助《くらのすけ》に金を出してもらって建てたものだ。その内蔵助は二年前に幕府のおとがめを受けて失脚している。尾形家は有力な後ろ盾を無くしていた。しかも光琳没後は葬儀費用を含めてさっそく物入りで、このため多代は光琳の子で銀座役人、小西彦九郎の養子になった寿市郎《じゆいちろう》から銀一貫目を借りていた。寿市郎を銀座役人の養子に出したのは尾形家を助けさせようという光琳の思惑があってのことだったが、実は寿市郎は正妻の多代の子ではない。妾《めかけ》の、さんの子である。多代にしても、借金を頼むのには複雑な葛藤《かっとう》が胸のうちにあったかもしれない。

「ところで、急用て、なんやろ」

深省は座りなおして多代に向かいあった。二条丁子屋《ちょうじや》町の深省の家に多代からきょう来て欲しいという使いが来たのはきのうの夕刻のことだった。光琳亡き後、多代たちの後見役になっている深省だが、葬儀の後のあいさつ回りも終わったところだけに多代の急用には心当たりが無かった。

「それが」

多代は言い難《にく》そうに眉をひそめたが、

「江戸から、おなごはんが見えましてな」

「江戸から？」

深省は顔をしかめて、

「それは、若い女やろうか」

「二十五、六かなあ」

「なるほど」

深省は光琳が若いころから女遊びが激しかったことを思い出していた。あるいは江戸でも女をつくっていたかもしれない。嫌な予感がした。

光琳と深省は京、中立売小川《なかたちうりおがわ》の呉服所として名高い富商、雁金屋《かりがねや》の次男、三男として生まれた。雁金屋は、元は武家だったという。雁金屋に伝わる系図では、初代になる伊春《これはる》が将軍足利《あしかが》義昭に五千石で仕え、後に近江《おうみ》の京極家に召し抱えられた。二代目の道柏《どうはく》は浅井長政に仕え、浅井家滅亡後は戦に嫌気がさしたのか京に出て商人となった。

道柏は浅井家の縁で長政の三人の娘、淀殿《よどどの》、京極高次《たかつぐ》夫人、徳川秀忠夫人の愛顧を受けた。さらに秀忠夫人の娘和子が後水尾《ごみずのお》天皇の女御《にょうご》になると呉服御用を命じられた。

東福門院和子は宮廷文化のサロンの女主人となり、衣装道楽にふけったため雁金屋は京一の呉服商になることができた。

光琳たちの父、宗謙《そうけん》は道柏の孫である。雁金屋の繁盛は宗謙の代も続き、大名にも金を貸す「根生《ねお》いの分限者」になった。

雁金屋は長兄の藤三郎が継いだが、当時市之丞《いちのじょう》と呼ばれていた光琳には、

一、山里町家屋敷
一、西京ノ屋敷
一、能道具一式

権平と呼ばれていた深省には、

一、室町花立《はなたて》町屋敷
一、浄華院《じょうけいいん》町屋敷

一、鷹《たか》ヶ峰《みね》屋敷
一、月江墨蹟《げっこうぼくせき》、書籍一式
が遺産として残され、さらに雁金屋が大名貸しをしている金も二人で分けるように言い残された。この遺産のおかげで光琳と深省は三十すぎまで遊んで暮らすことができた。しかし延宝《えんぽう》六年（一六七八）六月に東福門院和子が亡くなると商売に打撃を受け店を閉じることになった。

光琳は宝永《ほうえい》元年（一七〇四）、四十七歳の時に江戸に下った。光琳は京で蒔絵《まきえ》や小袖の下絵の絵師として認められていたが生活は苦しく、たまりかねてこのころ江戸在番になっていた中村内蔵助を頼ったのだ。

江戸では津軽藩や姫路藩に出入りし、酒井雅楽頭《うたのかみ》に二十人扶持《ぶち》で召し抱えられた。しかし大名に仕える暮らしに馴染《なじ》めず五年後の宝永六年には京に戻ってきた。

深省も三十七歳の時、鳴滝に窯を開いた。しかし四年前に窯を廃して二条丁子屋町に移り、粟田口《あわたぐち》で借り窯して、染付けや食器などの大量販売を行う「焼き物商売」に力を入れるようになっていた。

「なんやしらん、七、八歳の男の子を連れておいでやす」
多代は陰りのある声で言った。

「それは、まさか」

「その、まさかどす」

「ほう」

深省は苦笑いして団扇《うちわ》でぱたぱたと顔をあおいだ。兄は江戸でも子供をつくっていたのか、と思った。光琳は多代を妻としてからも二人の女に三人の子を産ませている。ありえない話ではなかった。

「そやけど、わては旦那《だんな》はんから、何も聞いてないんどす」

多代は念を押すように深省の顔を見つめた。

「そら、珍しいな。兄《あに》さんは、女遊びもひどかったけど、関わりのあった女のことはちゃんと書き留めておく念入りやったのにな」

深省は首をひねった。

「そうどすやろ。ですから、線香はあげてもらいますけど、それっきりにしてもらうつもりどす」

多代は、きっぱりと言った。

「線香て、その女、きょう来るんか」

「そうどす。それで深省はんに会うてもろうて」

「わしが会うて、どないするんや」

「江戸から来た女を、そのまま放り出しもできませんでしょう。これからのこと相談にのってもらえまへんやろか」

「そやけど、兄さんの子と認めるつもりはないいんやろ。それなのに、わしが女の相談にのるのは筋がおかしいのと違うか」

「はっきり言うたら、そうやけど、かと言うて」

多代は眉《まゆ》をひそめた。

「そのままにもいかんか」

深省は多代には戸惑いがあるのだと思った。光琳は若いころ子を産ませた女と不仲になり訴えられたことがある。この時は家一軒と銀二十枚で示談にした。光琳没後に、同じようなことになっては困るのだ。しかも若い女への嫉妬《しっと》もあるだろう。

新たな隠し子に冷たくすることは、自分の心の底をのぞくようでためらわれるのではないか。光琳が死んだいまとなっては、そんな修羅の心を自分の中に見たくはないだろう。

(兄さんも酷《むご》いことしたもんやな)

深省は光琳の天才を尊敬していたが、それだけに多代の立場に不憫《ふびん》なものを感じた。

「しょうないな、まあ、会うだけ会ってみよ」

深省は、ぽつりと言った。多代がほっとした顔を見せた時、待っていたように若い女子《おなご》衆《し》が、廊下に膝《ひざ》をついて困惑した顔で、

「御料人《ごりようにん》はん、きのうの女《ひと》がみえはりましたけど」

と言った。うなずいた多代の顔に、さすがに、ちょっと翳《かげ》がさした。

仏間に通された女は裾《すそ》に草尽くしの模様の小袖《こそで》を着て、利発そうな顔の男の子を連れていた。線香をあげる女と男の子の横顔を見た深省は、

（ああ、こら間違いないわ）

と胸の中でつぶやいた。義姉が女たちを深省に引き合わせようとした理由もよくわかった。女はちえ、男の子は与市《よいち》というらしい。与市は色白で、切れ長の目や鼻から口にかけてが人形のようで、市之丞と呼ばれていたころの光琳によく似ている。

しかも、ちえは若いころのさんにそっくりだった。肩から腰にかけて丸みをおびて肉づきがよかった。額が広く頰がゆたかで口が小さいところは、光琳が「立姿美人図」に描いた女によく似ていた。小袖の褄《つま》を右手でとって左腕を懐手《ふところで》にして肘《ひじ》をはり、面長のふっくらとした顔で頰と唇にほんのり紅をさした美人図は、さんを描いたものと思っていたが、ちえを描いたのかもしれない。

深省は光琳が江戸から帰った翌年、光琳の茶の湯仲間、町田《まちだ》秋波《しゅうは》に嫁いださんの白いうりざね顔を思い出した。

さんは白無垢《しろむく》を着せられると生娘《きむすめ》のようにはなやかだったが、尾形家を出る前にあいさ

つしながら、ちらちらと光琳や深省に艶《つや》っぽい視線を送る魔性を秘めていた。

深省は、光琳の悪戯《いたずら》で、さんの色香に足をとられそうになった苦い思い出があった。

昨日、ちえに初めて会った多代は一目見ただけで光琳との関係を察して、嫉妬を抑えるのに苦労しただろう、と深省は思った。

仏壇を拝み終わったちえに多代は、おちえはん、と呼びかけ深省を引き合わせた。そしてきりっとした顔になると、

「わては、あんたのことを光琳の女やとは認めまへん。きょう以降、あんたに、この家の敷居をまたいでもらうわけにはいきまへん。そやけど、それだけでは不人情かもしれんと思うて旦那はんの弟の深省はんに来ていただきました。後のことは」

よろしゅう、と口には出さず、ちらりと深省を見て、そのまま座を立った。

深省は、しかたなく、ちえの前に座りなおした。仏壇を背にして光琳に代わってちえと話すのだ、という気持になった。

「失礼やが、あんさん、兄貴とはどこで知り合いにならはりました」

「わたし、江戸の冬木屋に奉公していたものですから」

ちえはかすかに耳を赤くして答えた。多代に光琳の女と認めないと言われても当然と思っているようだ。冬木屋は光琳が江戸に行ってから援助を受けた深川の材木商である。

元禄時代の材木商としては紀伊国屋《きのくにや》文左衛門、奈良屋茂左衛門《ならやもざえもん》が名高いが、冬木屋も紀

文、奈良茂に劣らない豪商だった。光琳は冬木屋の当主、弥平治の妻だんのために白地の小袖に墨と淡彩で桔梗《ききょう》、薄《すすき》など秋草を美しい線で描いた。この「冬木小袖」は江戸でも評判になったという。光琳は冬木屋に滞在し、そのころちえに手をつけたのだろうか。

「しかし、わしらは江戸に子があるとは兄貴から聞いてなかったがな。兄貴は、そんなことは恥ずかしがりもせんであけすけに話す人やったのに」

「それは光琳様が江戸を発《た》たれる時、身ごもったかもしれないと言っただけでしたから。それで、光琳様は三十両くださいました」

なるほど、と深省は腑《ふ》に落ちた。江戸にいたころ光琳は金が無かったはずだが、それにしては身ごもったかもしれない、と言っただけの女に三十両もの金をよく出したものだ。

（あのころ兄貴は京に帰りたくて気鬱《きうつ》やった。女のことで煩わされたくなかったんやろ）

それで、三十両を手切れ金代わりに出し、つまりは、この女と子供のことを忘れたのだ、と深省は思った。ここにも光琳に振り回された女がいると深省はため息をついた。

二

放蕩児《ほうとうじ》だった光琳が、絵師として大成することができたのは本阿弥光悦《ほんあみこうえつ》と俵屋宗達《たわらやそうたつ》の影響が大きい。雁金屋二代目で光琳にとって曾祖父《そうそふ》にあたる道柏の妻は本阿弥光悦の姉、法《ほう》秀《しゅう》だった。

本阿弥家は刀剣の鑑定《めきき》、研ぎ、浄拭《ぬぐい》を家職とする京の町衆の名門である。

光悦は「寛永《かんえい》の三筆」と称されるほど書に優れ、蒔絵《まきえ》では「光悦蒔絵」と称《たた》えられ、茶《ちゃ》碗《わん》を作れば名品として称賛される万能芸術家だった。

しかも光悦は、それにとどまらず芸術の指導者でもあった。

元和《げんな》元年（一六一五）、徳川家康から京の北、鷹ヶ峰に東西三百間、南北七町の広大な土地を拝領した光悦は一族や友人、職人たちを連れて移り住み、光悦町と呼ばれる芸術村を作った。

宗謙の父、尾形宗柏《そうはく》も鷹ヶ峰に間口二十間の居宅を造り、光悦流の書を学び茶の湯に親しんだ。

光琳は能を渋谷七郎右衛門、書を光悦の孫、本阿弥光甫《こうほ》、画を山本素軒、茶を表千家随流斎に学んだ。深省も書を本阿弥光甫、茶を表千家の宗左《そうさ》に学び、禅は独照性円《どくしょうせいえん》禅師の薫陶を受けた。

二十歳のころ光琳は十五歳の深省を連れて京の寺をめぐった。所蔵されている屛風絵《びょうぶえ》、障壁画を見てまわるためだった。

このころの絵は漢画を基調とする狩野《かのう》派、伝統的な大和《やまと》絵の土佐派が二大主流だった。

しかし、光琳は上層町衆の俵屋宗達の絵を好んだ。

東山の建仁寺《けんにんじ》で金箔地《きんぱくじ》の一曲二双屏風に描かれた「風神雷神図」の躍動する姿を見た時、光琳は圧倒されて息を呑《の》んだ。

「見てみい、金箔地がこれほど豊かな絵は、ほかにないで。特に、この雲や。たらし込みという墨絵の技法や。墨と銀がにじんだような雲が金箔を天空に変えとるのや」

光琳は、熱っぽく深省に話した。

同じように東山の養源院にも行った。養源院は豊臣秀吉の側室淀殿が、父の浅井長政の菩提《ぼだい》を弔うため文禄《ぶんろく》三年（一五九四）に建立したが元和五年に焼失し、二年後に淀殿の妹、徳川秀忠夫人の崇源院《すうげんいん》が再建した寺である。一室の四面、二十枚の金箔襖《ぶすま》には松が描かれていた。

「これが、宗達はんの松や」

光琳は何かに憑《つ》かれたように言った。おそらく狩野派なら松のほかに雲か遠山、池などを描いただろう。しかし宗達の「松図」には松と岩だけで空間は金箔で占められている。深省は襖の雄渾《ゆうこん》な松に圧倒された。それでも思わず口から出たのは否定的な言葉だった。

「松だけではさびしいがな。雲や海が描いてあったら海か山の風景とわかるやろうに」

光琳は、深省の頭をぽかりと拳骨《げんこつ》でなぐった。

「阿呆《あほう》、何を見とるんや。ここに描いてあるのは風景やない」

「風景やない？」

「そうや、この思い切り根をはって枝をのばした松は町衆や。町衆の力を松に託して描いてるのや。狩野派の絵は大名に仕えて機嫌を伺っている絵や。だけど宗達はんの松は誰にも遠慮してないんや」

「それでは絵に情が無いような気がするけど」

深省は思い切って反論した。

「絵に情なんかいらん、美しかったらええんや。世の中の義理やら情に足すくわれてたら宗達はんのような絵は描けんで」

俵屋宗達は生没年や出身などの資料は乏しい。扇の絵を主に描いた絵屋だったのではないかと言われている。俵屋の本家は京の織屋の蓮池家《はすいけ》で、本阿弥家系図によれば光悦の姉妹を妻にしていたと記されている。

「宗達はんの絵は狩野派でも土佐派でもない町衆の絵や。わしは宗達はんのような絵が描きたい」

光琳は昂揚《こうよう》して言った。光琳は元禄十四年（一七〇一）、四十四歳の時、朝廷から法橋《ほうきょう》に叙せられた。法橋は法眼《ほうげん》の次の位で律師に相当する僧位で五位に準じる。医師や絵師にも与えられる位で俵屋宗達も法橋だった。法橋となったころ、光琳は六曲一双の金箔地屏風に「燕子花《かきつばた》図」を描いた。伊勢物語の八ッ橋の一節を題材としたものだが、それまでは燕子花と八ッ橋を合わせて描いてきた光琳が、この屏風絵では八つの群の燕子花だけを画面一杯に描いていた。燕子花の群が、右がやや高め左が低めで高低を変え、円舞曲のように繰り返している。色は金地に群青《ぐんじょう》と緑青《ろくしょう》だけという見事な絵だった。

（あの燕子花図で兄貴は宗達はんを超えたのやないやろうか）

と深省は思っていた。


「ところで、お前さんの父様《とう》はどなたや」

深省は与市の顔をのぞきこんで訊《き》いた。

ちえがはっとした。深省が与市に直接、質問するとは思っていなかったのだろう。

「松倉《まつくら》又十郎――」

「ふむ」

深省はうなった。光琳の子ではないのか、と思ってちえの顔を見た。

ちえは青ざめたが、不意に畳に両手をついて頭を下げた。

「申し訳ありません、隠すつもりではありませんでしたが、実は、わたしは身ごもって冬木屋からお暇をいただいた後、松倉という男と夫婦になったのです」

「なるほど、それで、この子が生まれてからも兄貴には知らせなんだのか」

ちえの話によると松倉又十郎は越前《えちぜん》福井藩で勘定方に出仕していた百五十石取りの武士だったという。しかし上役とともに藩の公金を横領したという疑いをかけられ追放処分になった。ちえの両親と同じ神田の長屋に住んでいた又十郎は、ある時、ちえを嫁に欲しいと両親に申し出た。両親はためらったが、光琳の子を宿していたちえは、ためらわずに嫁になることを承諾した。

「松倉は、わたしが光琳様からいただいた三十両を元手に商人になって煙草屋を開きました。ですが、やっぱりお武家に商いは無理でした。松倉は商売に身が入らず酒におぼれて、荒《すさ》んではこの子をなぐるようになりました」

ちえは目をつむって言った。

「ほんまか」

深省は痛ましそうに二人を見た。ちえは与市に手をのばして袖《そで》をまくった。与市の腕には青黒い打ち傷が筋になって残っていた。

「恥ずかしいことですけど、これが松倉の仕打ちでした」

ちえは涙ぐんだ。その時、与市は立ち上がると、

「父様がなぐったのは、与市だけじゃない」

と言ってちえの襟をぐいと引っ張った。ちえはあわてたが、くつろいだ襟の間から胸元の白い肌に青あざがあるのが見えた。深省はどきりとしたが、

「えらいひどい目にあったもんやな。それで離縁はしなはったのか」

「町の世話人に間に入ってもらって去り状はもらいました。ところが松倉は、それからも

酒に酔うとたびたびわたしの家に押しかけて乱暴するようになって」

「たまりかねて兄貴を頼ろうと京に来たが、あいにく兄貴は死んでいたというわけか」

ちえは、はいとうなずいて肩を落とした。

「しかし、松倉又十郎という人は執念深そうやが、京まであんたを追いかけてくるということはないのか」

「路銀を工面できるような人ではありません。それに侍とはいっても勘定方で剣術の方はからっきし駄目な人でしたから、京まで来るほどの度胸はないと思います」

そうか、そんなら、あんたの今後が決まるまで、わしの家にいればいいと深省は言った。

「ほんとうですか」

ちえの目が輝いた。

「ああ、たとえ正式に認められんでも兄貴の子なら、わしの甥《おい》や。放ってもおけん。わしの家は、昔からいる年寄りの女子衆《おなごし》と職人だけで気楽なものや。飯炊きと掃除でも手伝ってもらえたらこちらも助かるわ。兄《あに》さんも、そう望んでるやろ」

深省は、うなずいて仏壇を振り向いた。

(それとも権平のお節介がまた始まった、と言うかもしれんが)

と思って苦笑した。

「そら、深省はん、大変どしたな」

五日後、光琳宅の茶室で宇津木甚伍《うつぎじんご》が太った体をゆすって笑いながら言った。甚伍は深省と同じ年で、雁金屋のころから出入りして家族同様のつきあいをしている布商人だ。丸顔で目がほそく頰がふくらんで二重あごの顔は布袋《ほてい》に似ている。

雁金屋では、ひそかに「布袋はん」と呼んでいた。

光琳の絵に布袋が楽しそうに蹴鞠《けまり》を蹴っている「蹴鞠布袋図」があるが、おおらかで楽しげな布袋は甚伍を描いたのかもしれない。

もう一人、四十代後半で総髪にして額が広く目がくぼんで鷲鼻《わしばな》の謹厳な顔をしているのが二条綱平の用人、中川右京太夫だった。

三人で光琳を偲《しの》んで茶会をというのは葬儀の時からの約束だった。深省は風炉《ふろ》に釜《かま》をかけ、湯が沸くと黒の楽茶碗《らくぢゃわん》に濃茶《こいちゃ》を点《た》て、右京太夫の膝元《ひざもと》に置いた。

「しかし、さすがに光琳殿は、この世に艶《えん》なものを遺《のこ》していかれたな」

右京太夫は茶を喫しながら微笑して言った。

「まあ、その女子のことは、わたしに任しておくなはれ。京というわけにはいかんが大坂でなら古着屋の店ぐらい出せるようにしましょ」

甚伍があっさりと言った。そら、ありがたい、助かるわと言って深省は頭を下げた。

「たいしたことありませんがな」

と甚伍は言ったが、楽茶碗を取りながら、

「それにしても光琳はんは惜しい事でした。やっぱり中村内蔵助様のことが痛手でおましたかな」

「そうだな、光琳殿と中村殿は水魚の交わりとでもいうべきものであったからな」

右京太夫はうなずいた。

「江戸の銀座屋敷が闕所《けっしょ》になり、中村内蔵助様が流罪《るざい》にならはったのは二年前のことや。あれから兄さんは、がっくりきました。あの処分は正徳《しょうとく》二年（一七一二）に幕府の勘定奉行、荻原重秀《おぎわらしげひで》様が貨幣改鋳で私腹を肥したという咎《とが》で閉門になった一件の後始末のようなものやった。貨幣改鋳で手数料が入った中村内蔵助様ら銀座役人は、にわか分限者にならはった。それが華奢《かしゃ》が過ぎるとお上《かみ》に目をつけられたんやいうことでした」

深省は憮然《ぶぜん》とした顔になった。

中村内蔵助の失脚は光琳の晩年から光を奪った痛恨事だったからだ。

元禄時代、幕府は逼迫《ひっぱく》する財政を救う政策として勘定奉行荻原重秀の献策により貨幣改鋳をたびたび行った。金貨、銀貨の金銀含有量を減らし、その「出目《でめ》」を幕府の懐に入れたのである。

元禄から享保にかけて銀貨の吹き替えは五回行われた。一回につき五十万貫の銀貨吹き替えが行われ、銀座の吹き賃は五分で一回につき二万五千貫にのぼった。五回で十二万貫、二百万両が銀座に入ったことになる。内蔵助が貨幣改鋳で富を得た時、京の「根生《ねお》いの分限者」は内蔵助を「成り上がり者」と蔑《さげす》んで交際しようとしなかった。

その中で光琳は十一歳年下の内蔵助と親しくなった。

内蔵助も光琳を信頼し自分の娘の養育をしばらく光琳に頼んだことがある。内蔵助が病に臥《ふ》せった時など光琳は周囲が驚くほどの看病ぶりを見せた。病が本復した後、光琳が描いた「中村内蔵助像」は肖像画の名品となった。

「中村様が罪に問われた時、光琳はんは奉行所などをまわって随分奔走されましたな」

「わしも兄さんが、他人のことであんなに一生懸命になるのは初めて見た」

「そのことでお上に目をつけられたかもしれまへんな」

甚伍は、ぽつりと言った。

深省は怪訝《けげん》な目をして甚伍の顔を見た。

甚伍は、あわてて顔を振ると、

「そう言えば、わたしは去年、江戸に商いの用事で行った時、光琳はんの面白い話を聞きました。光琳はんに確かめようと思うてたのに京に帰ったら光琳はんは病の床やったから、それもできまへんでした」

「面白い話とは、わたしも聞きたいものだが」

右京太夫が微笑して言った。

「へえ、あの赤穂《あこう》浪士の討入りにからんだ話です」

甚伍は、にこりと笑い、右京太夫と深省は驚いて思わず顔を見合わせた。

十四年前の元禄十五年十二月十四日、大石内蔵助ら赤穂浪人四十七名が江戸、本所《ほんじよ》一ッ目の高家《こうけ》、吉良《きら》上野介《こうずけのすけ》の屋敷に討ち入って主君浅野内匠頭《たくみのかみ》の怨《うら》みをはらした事件は今も語り草になっていた。

「わたしは、お出入りを願っている津軽様の江戸屋敷で羽倉斎《はくらいつき》様という方とお会いしたんです」

「羽倉殿と言えば伏見稲荷《いなり》神社の宮司《ぐうじ》ではなかったか。なかなかの学者と聞いているが」

二条家の用人として、京の人士の情報に詳しい右京太夫がうなずいた。

羽倉斎は復古神道を唱えた後の国学者、荷田春満《かだのあずままろ》である。賀茂真淵《かものまぶち》、本居宣長《もとおりのりなが》、平田篤胤《ひらたあつたね》とともに「国学四大人」と呼ばれることになる。

「羽倉様は元禄十三年に江戸に出られて、学問を広められていたそうです。それに世間では、あまり知られていませんが羽倉様は赤穂浪士が討入りを決めるため探っていた吉良家の茶会の日取りを、教えてあげた方やそうです」

「ほう、それは知らなかったな」

右京太夫は目を丸くした。

「というのも、羽倉様は、大石内蔵助様の一族で刃傷《にんじよう》事件の前に赤穂藩を離れて江戸に来られていた大石無人《ぶじん》という方の二男、三平様と親しかったそうです。大石無人親子は、すでに藩を離れていたということで仇討《あだう》ちには加わらなかったそうですが、陰で赤穂浪士の手助けをされていたということらしいですわ。羽倉様は吉良家にも弟子がいて、出入りされていたから茶会の日取りがわかったんですな」

「その方が、なぜ津軽家におられたのだ」

「大石三平様の兄上、郷右衛門様が津軽藩に二百石で仕えておられます。なんでも前関白《さきの》、近衛《このえ》基熙《もとひろ》様の御推挙だそうです」

「近衛様の？」

右京太夫は眉《まゆ》をひそめた。

「近衛様の先代の家宰、進藤筑後守《ちくごのかみ》様は、もともと大石様の親戚《しんせき》でいまの進藤播磨守《はりまのかみ》様は赤穂藩で四百石を頂戴《ちょうだい》していた方やそうですな」

「たしか、赤穂では進藤源四郎と名のっておられたと聞いたことがあるな。大石内蔵助殿とは又従兄弟《またいとこ》の間柄という噂だが」

右京太夫は腕を組んで何か思い巡らす様子だった。

「ということで、羽倉様も津軽様の御屋敷を訪ねてきておられたのです。年のころは四十半ば、痩《や》せぎすであごに鬚《ひげ》をたくわえられた学者らしい風貌《ふうぼう》の御方でした。ところが、四方山話《よもやまばなし》の中で羽倉様が赤穂浪士を助けられた話になった時、羽倉様はわたしが光琳はんと親しいことを聞かれて、光琳殿もよいことをされた、あれで浪士の討入りが、ずんと映えた、とおっしゃったんです」

「兄《あに》さんのおかげで討入りが映えた？」

「あれは光琳好みの討入りやった、と言われるんです」

三

「その話の前に、あの討入り、金はいくらかかったと思わはります？」

甚伍は、商人らしい目になって懐から書き付けを取り出して広げた。

「六百七十七両二歩と銀一貫百六十匁やそうです。内訳はご主君の仏事費用が百六十五両、事件往復の旅費が二百八十二両、浪士一同の生活補助費が六十両、浪士が江戸に家を借りた費用が百五十両、そのほかに武具の買い入れに九両、ほかに雑費があるそうです。これらのお金は浅野様の御正室、瑤泉院《ようぜいいん》様がお嫁入りの時にもってこられた化粧料だそうで、これを赤穂の塩浜に貸し付けていたのを御家断絶の際に引き揚げたものだそうですな」

「そのようなことが、どうして商人の耳に入るのだ」

右京太夫は目を見開いた。

「蛇《じゃ》の道は蛇《へび》、商人は金のことには地獄耳ですがな。これは大石内蔵助様が瑤泉院様の用人に差し出した帳簿の預置候金銀請払帳にあることだそうです。ただ、不審なことがありますのや」

「不審なこと？」

深省は首をかしげた。

「武具の費用が九両とは少ないと思いまへんか。大石様は討入りに備えて槍《やり》十二本、薙刀《なぎなた》二本、野太刀二振り、弓四張り、竹梯子《たけばしご》などをそろえ、鉢鉄《はちがね》を縫い入れた兜頭巾《かぶとずきん》、鎖帷子《くさりかたびら》、手甲《てっこう》、脚絆《きゃはん》、帯にも鎖を入れたということや。ということは一人一両としても四十七人で五十両、いや百両かかったとしても不思議やない思います。赤穂浪士が討ち入った時、吉良邸には百人ぐらいの人がいたそうです。味方に一人の死者も出さんで吉良様の首を取れたのは武装がしっかりしていたからや。それだけの武具をそろえる金はどこから出たと思います？」

甚伍はちらりと深省と右京太夫の顔を見た。

「まさか光淋兄が出したというのやないやろな。兄さんには、そんな金は無かったで」

深省は笑いながら言った。

「わたしが、羽倉様に光琳好みの討入りとはどういうことかと訊《き》いても、はっきりしたことは言ってもらえませんでした。ただ、赤穂浪士にも軍資金はいったはずや、そのことを考えろ、それに絵師だからこそ、世に残せる物もあると言われたんです。軍資金なら金主がいたはずや。だけど光琳はんに金があるはずがない。それでも光琳はんと仲がいい、銀座役人の中村内蔵助様なら金はあります」

「じゃあ、光琳兄が中村様に頼んで金を赤穂浪士に出した言うんか。なんで、そんなことするんや」

「誰かから、頼まれはったんやないでしょうか」

「頼まれた？」

「松の廊下での刃傷事件が起きたのは光琳はんが法橋になった年や。もし禁裏のどなたかが光琳はんに頼まはったとしたら、どうですやろ」

「禁裏が光琳兄に頼んだと言うんか」

「わたしは近衛基熙様やないかと思います」

「なんと」

右京太夫は目をむいた。しかし甚伍は、それに構わずに平気な顔で、

「江戸では討入りの後、大石内蔵助様は楠木正成《くすのきまさしげ》の生まれ変わりやという噂が立ったそうです。もちろん、大石様の智謀を称《たた》える噂ですけど、まんざら外れてないのかもしれまへん。赤穂浪士は禁裏の命で高家の吉良上野を討ったというわけです。というのも大石様は城を明け渡した後、京の山科《やましな》に隠棲《いんせい》します。大石様は近衛様の諸大夫《しょだいぶ》、進藤筑後守様と同族で山科に住むことも進藤様の紹介やったそうで。大石様は進藤様に百両の借金を申し込

んで断わられたということになっているそうですが、実際には近衛様が動いたのとちがいますやろか」

「そのようなことを近衛様がされるとは思えんな」

深省は信じられないように首を振った。甚伍は声をひそめて、

「そやけど幕府が禁裏を、いろいろ法度《はっと》をもうけて締め付けてきたことは京の者はよう知ってることです。天皇様も面白くなかったはずや。赤穂の一件の時の将軍、綱吉《つなよし》様が公方《くぼう》にならはる前に大老の酒井忠清《ただきよ》様が京から有栖川宮幸仁《ありすがわのみやゆきひと》親王を招いて宮将軍にと言わはったことがあるのはご存じですやろ。禁裏にとって五代将軍は、ひょっとしたら宮様がなっていたかもしれんと思うてはったのと違いますか。しかも基熙様は姫様を甲府藩主の綱豊様に輿入《こしい》れさせてはった。綱豊様は綱吉様亡き後、六代将軍家宣《いえのぶ》様にならはったが、基熙様は綱吉様の治世に難事が起きて、早く綱豊様が将軍になられる日をお待ちだったと思います。そんな時にいつも幕府の用で京に来て威張りかえっていた吉良上野が斬られた事件を聞いて、大石様たちの仇討ちを助けたいと思っても不思議ではないと思います。ひょっとしたら羽倉様も近衛様の命で赤穂浪士を助けはったんやないでしょうか」

「だとしても、近衛様は光琳殿と親しくはなかったはずだ」

右京太夫が公家《くげ》の事情に通じている諸大夫らしく口をはさんだ。

「そら、簡単や。たとえば近衛様が二条様にひそかに声をかけ、二条様が光琳様を通じて

中村内蔵助様に頼んで銀座から金を用立てたらどうです。銀座は元禄の貨幣改鋳で銀がうなっていましたがな」

光琳が法橋《ほうきょう》になったのは、元禄十四年二月のことだ。同じ年、三月に浅野内匠頭の殿中刃傷《にんじょう》事件が起きている。

(兄貴が法橋になれたのは二条様のおかげや。もし二条様から話があれば橋渡しはしたやろうな。それに兄貴が江戸で津軽藩に出入りを許されたのも、そんな縁があったからやろか)

深省は、そこまで考えたが、まさか、と首を振った。

「それだけやのうて、赤穂浪士の討入りには光琳はんの匂いがしてます。光琳はんが中村内蔵助様のお内儀に肩入れして勝たはった衣装比べのことを覚えておられるでしょう」

甚伍は話を続けた。衣装比べは元禄時代、富豪の夫人たちの間で流行《はや》った遊びである。たがいに贅《ぜい》を尽くした衣装を着て集まり、華美を競うのである。

光琳の後援者だった中村内蔵助の妻も東山での衣装比べに出たことがある。この際、内蔵助の妻は、他の夫人たちが錦繍《きんしゅう》の着物だったのに、白無垢《しろむく》に黒羽二重《くろはぶたえ》を着て、侍女たちを花のように着飾らせて、その対照の妙で鮮やかさを際立たせた。これが光琳の趣向だったことがわかり評判になったのだ。

「討入りの時、赤穂浪士たちは凝った身なりだったそうですな。皆、黒小袖《くろこそで》を着て下着は浅黄《あさぎ》の羽二重で緋縮緬《ひぢりめん》の帯をしめ、小袖も茶裏や紅裏《もみうら》のもの、茶色や浅黄の裏つきタッツケ袴《ばかま》、染紺色の足袋《たび》をはき、真田紐《さなだひも》や緋縮緬をたすきにして小袖の両袖、兜頭巾に目印として白い布をつけていたそうです。雪の夜、黒小袖に白い布をつけた赤穂浪人たちの姿は、さぞ映えましたやろ」

甚伍がそこまで言うと深省は膝《ひざ》をたたいた。

「黒と白の対比や、そら兄貴の好みやな」

「羽倉様が言わはった通り、赤穂浪士の討入り装束は光琳好みや。光琳はんの絵筆が雪の日の討入りを描いたのかもしれまへん」

甚伍はそう言いながら、ため息をついた。ふと見ると右京太夫は両目を閉じて凝然と何かを考えていた。

二条丁子屋町の深省の家に引き取られたちえと与市は、女子衆《おなごし》のはつ、仁清の息子で深省を手伝っている伊八、職人の仁平《にへい》、佐吉とすぐになじんだ。

どこか自堕落なところがあったさんと違って、ちえは朝から夜まで細々とよく働いた。与市も職人たちにまじって土運びを幼いながらも手伝った。

一月がすぎるころ深省は、甚伍の話がうまく進まなければ二人をこのまま家におこうかと考えるようになっていた。そんなある日の夜中、深省は蒸し暑さにたまりかねて寝床から起き出した。縁側に出て雨戸を開けると白く輝く満月が夜空に見えた。

「ええ、月や」

深省がつぶやくと、後ろから、

「お寝苦しいのではございませんか、御酒をお持ちしましょうか」

いつのまに起きたのか、ちえが声をかけた。

「それはええな。月見酒とは風流や」

深省が言うと、ちえは待たせずに酒器と盃《さかずき》を持ってきた。さらに花活け代わりの竹筒に薄《すすき》を投げ入れて深省の傍に置いた。深省は薄を見ながら、

「わしは月を見てると淋《さび》しくなるんや。わしが十四の時に亡くなった母親を思い出すのやろな。同じ年に妹二人が死んで、十七の時にも妹二人が死んだ。二十五の時には父親が亡くなった。この年になって光琳兄が死んでしもうたから、昔の雁金屋の家族で生きておるのは店をたたんで江戸の旗本の用人をしている藤三郎兄とわしだけや。誰もおらんようになった」

「光琳様も、おさびしい方だったんですね」

「そうやな。世間では、わしと兄《あに》さんを随分違う人間のように思うているが、兄弟や、やはりよく似ている。わしが若いころ禅に凝り、兄さんが女遊びをしたのも家族が次々に死んでいくさびしさから逃れるためやったな」

「でも、お二人とも世に名を知られる方になられて」

「兄さんの絵は確かに名高いが、わしの乾山焼きは兄さんの絵付けがあったから世間でもてはやされたんや。わしが窯《かま》を開いて、ちょいと天狗《てんぐ》になっていたことがある。そんな時、兄さんからの手紙で絵を描くのは心が一番大切や、筆が走っているように見えるのがいい絵ではない、と叱られたもんや」

「まあ、そんなことが」

「わしは書には自信があるが、絵では兄さんにおよばん。素人同然や」

深省は酒を飲みながら、薄の向こうのちえの白い顔を見て、はっとした。

月光に浮かんだちえの横顔が、あの時のさんにそっくりだったからだ。

深省は胸の中に蠢《うごめ》くものを感じた。あれは、光琳が京に戻り、畢生《ひっせい》の傑作「紅白梅図」屏風絵《びょうぶえ》を完成したころだった。

「紅白梅図」は金箔《きんぱく》地の中央に銀箔と群青《ぐんじょう》で水流を描き、その右側に紅梅、左側に白梅を配した大胆な構図の精緻《せいち》で美しい絵だった。

ある夜、深省が光琳に呼ばれ画室に行くと、光琳は「紅白梅図」屏風の前に座り、さんの酌で酒を飲んでいた。すでに五十を越し、頭を丸めている光琳だが、ととのった顔立ちは若々しかった。光琳は恐い目で屏風を見たまま、深省に座れと言った。深省が座ると黙ってさんが盃を渡し酒を注いだ。

「深省、この絵、何に見える」

光琳はため息をつくように言った。

「何て、紅白の梅と川や」

「阿呆《あほう》、これが川か。これはな」

光琳は何を思ったのか、さんの帯に手をかけて、ぐいと引っ張った。帯がほどけ、さんは畳に横たわった。小袖の前が乱れ下着の間から白い裸身がのぞいた。

光琳は冷たい目でさんの裸身を見て、

「さんの体が川で、紅梅はわし。白梅はお前や」

「兄さん、なんの冗談や。ふざけが過ぎるんやないか」

「冗談やない。中村内蔵助様が、さんを一晩抱かせろと言いなはるのや。わしは承知した。だが、その前に、お前にさんを抱いてもらおうと思うてな。お前、昔から、さんが欲しかったやろ。隠してもわしには、わかる」

「阿呆なことを」

深省は憤然として言ったが、声はかすれていた。横たわったさんは、妖《あや》しい輝きを帯びた目で深省を見つめている。光琳は立ち上がると酔った足取りで画室から出ていこうとした。振り向かずに、

「深省、お前は昔から禅に凝ったりして、ほんまの自分を見ることを避けてきた。人とい

うのは愚かで汚いものや。それが見えんと、ほんまに美しいものに感動したり描いたりすることはできん。さんの体に地獄をのぞいてみるんや」

と言うと、そのまま一階へと降りていった。

ぼう然とした深省に、さんがにじりよって深省の首に片手をまわした。吐息が熱く感じられ、さんの片手が深省の手をとって秘所へと導いた。

深省の目は金色に輝く屏風絵を見ていた。

まるで女体のようにうねる水流と岸辺に根をはる梅の凜《りん》とした姿——

（あの時、わしはさんを抱かなかった。あの屏風絵の前でさんを抱いたら兄さんに一生、追いつけんと思ったからや。わしは生涯、兄さんには追いつけなかったということやろか）

深省は酒の酔いがまわってくるのを感じた。

「深省様、どうされました」

ちえが心配そうに見ていた。

「いや、なんでもない。昔の夢を思い出していたんや。あんたに似た梅の精が出てきた夢をな」

ちえは不思議そうに首をかしげた。深省は月を見上げて笑った。虫の鳴き声が聞こえてきた。

「深省はん、困ったことになりました」

秋風の季節になって嵐山に紅葉狩りにでも行こうかと誘いに立ち寄った深省に、多代はやつれた顔で言った。

「どないしたんや。また、なんぞあったか」

深省は出された茶を飲みながら多代の顔を見た。

「それが、中川右京太夫様が、先ほど、突然お出《い》でになって、二条様の御庭焼き窯を廃止するということです。今後は、御屋敷にもお出入り差し止めだそうです」

「なんやて」

深省は雷に撃たれたように愕然《がくぜん》とした。二条綱平は、元禄十一年ごろから屋敷の庭で楽《らく》焼《や》きを深省らに焼かせていた。去年の秋に光琳と深省が紅葉曲水の茶碗《ちゃわん》を献上すると、楽焼きだけでなく庭を整地して本焼きの窯を造ってはどうか、という仰せがあった。深省は、このころ交通に不便な鳴滝窯を廃していたし、江戸から京に戻ってきた光琳にも仕事の場を与えようという綱平の思いやりだった。

深省は喜んで御庭内の伐採や整地を人を雇って行い、窯の守護仏として観世音を祀《まつ》った御仏舎堂を奈良から杉材を取り寄せて造った。

今年三月には窯開きを行い、大徳寺の春岳禅師一門十一人の僧による読経《どきょう》の中、綱平自らが窯の火入れをした。

十数人の工人を使い、最初は試行錯誤したが五月になって思い通りの焼き物ができるようになった矢先に、光琳が死んだのである。それだけに光琳没後に突然、御庭焼き窯の廃止を決められ、二条家へのお出入りも禁止になるとは信じられなかった。

御庭焼きの窯を造るための工事では、深省もかなりの私費を使ってきている。突然の廃止は経済的にも打撃だった。

「わからん、なんでそんなことになるんや。中川様はなんとおっしゃってた」

「それが、理由はおっしゃらずに、ただお屋形《やかた》様の御意向やからと言わはるばかりで、いっこうに要領を得ませんのや」

多代は困惑した表情だった。

「義姉《ねえ》さんにお達しがあったところから見ても、二条様にとっては御庭焼きは兄さんの絵付けがあったればこそやったんやな。わしのことは、ただの窯焚《た》きとしか思うてないのやろう」

深省は口惜し気に言った。多代は、そんなことは、と慰めようとしたが深省の沈んだ顔を見ると言葉が出てこなかった。

この日の夜、中川右京太夫の屋敷を訪ねて御庭焼き廃窯の理由を訊《き》いた。右京太夫はむっつりとして、この間までの親しさが嘘だったような冷たさだった。深省は頭を低くして、

「光琳が亡くなって、突然の廃窯はあまりにお情けない仕打ちでございます。ご不満もございましょうが、この乾山に任せてもらえまへんやろうか。お屋形様にお取次ぎをお願いいたします」

と頼んだ。右京太夫は組んでいた腕をほどくと、

「これは、お屋形様の御命令だ。いまさら変わることはない」

「それでは、せめて理由を、お教えください」

「理由か」

右京太夫は苦い顔をしたが、ふと顔をそむけて、

「この間、布屋の宇津木甚伍が赤穂浪士の討入り話をしておったのう」

と、ぽつりと言った。深省はあっと思った。甚伍の噂話を右京太夫は本当のことだと思って尾形家と関わることを怖れたのだろうか。

「恐れながら、あれは、甚伍の軽口でございます。中川様のお気に障りましたら、お許しください」

「いや、あの話、まんざら的外れではないかもしれん」

「えっ、それはどういうことでございますか。そのことが御庭焼き廃窯と何か関わりがあるのでございますか」

いや、そうではない、と右京太夫は、あわてたように言うと、

「これ以上は言えんのだ」

と座を立ってしまった。深省はぼう然として取り残された。

翌日、深省は朝、京を発《た》って大坂道頓堀《どうとんぼり》のちえの店を訪ねた。ちえの店は道頓堀にかかる戎橋《えびすばし》のたもと久左衛門町にある。間口五間の店だが暖簾《のれん》をくぐって入ると店の中は掃除が行き届いて磨き上げられ、古着がうずたかく積まれ、壁に吊り下げられていた。

すでに来ていた甚伍が店の奥で茶を飲んでいた。その傍に深省が座ると、ちえはすぐに茶を持ってきた。二条家とのやり取りを手短に二人に話した。

「弱りましたな。理由はわかりまへんけど、お屋形がそこまで言われたのなら見込みはありまへんな」

甚伍は顔をしかめた。

「そうやな。わしも粟田口で借り窯して焼いていくつもりやけど、どうも兄《あに》さんが死んだら、世間がすぐに背を向けたでは情けないわ」

深省はため息をついた。

「これは深省はんとも思えん弱音ですな。ええやないですか、世間が背を向けたら深省はんも世間に背を向けて、この大坂でおちえはんの世話にならはったら」

甚伍は深省の気を引き立てるように言った。

「もしお出でくださるのなら、いつでもお世話いたします」

ちえが情のこもった声で言った。深省はちえの言葉がうれしかったが、何も言わずに茶を飲んだ。

「それにしても中川様がおっしゃった赤穂浪士の一件ですが」

甚伍は煙管《きせる》に煙草をつめた。煙草盆を引き寄せ火をつけて煙を吐く。

「そうや、そのことや」

「わたしも、あの話には別な意味があると思うてたんです」

「別な意味?」

「中村内蔵助様は幕府の御処分で遠島にならはったが、幸い寿市郎はんの養家で同じ銀座役人の小西家にはお咎《とが》めがなかった。そやけど光琳はんが中村様の娘をしばらくお預かりして、養育費の名目でお金を頂いていたことも京では皆知っています。光琳はんにもお咎めがあるかもしれへん、そんな噂がありました。赤穂浪士の一件は、そんな中で利用される話かもしれんとは思うたんです。銀座の金が赤穂浪士に流れていた、ということになれば光琳はんかて、お咎めを受けることになりますがな」

「そうか、わしは甚伍はんの話を聞いても何も意味がわからなんだ。そやけど中川様は何かを感じはったんかもしれんな」

兄は赤穂浪士と本当に関わったのだろうか、と思いながら深省は唇を嚙《か》んだ。

四

享保八年、光琳の死から七年がたった。

秋になって、深省は大和春日《かすが》神社に自作の花入れと光琳が下絵を描いた八ッ橋硯箱《すずりばこ》、梅花散らし硯箱を献上した。

すると二条丁子屋町の深省の家に二条綱平から問い合わせがあった。粟田口窯で焼いたものを持ってくるようにとの注文だった。

しかも焼き上げた五つの器を納めると、十一月に綱平が春日神社へ参詣《さんけい》するので随行するようにとのお達しだった。また、御庭焼き窯の守り本尊にしていた仁寿仏も光琳の遺族へ下げ渡すということになった。これで、二条家へのお出入りが再びかなったのかと深省は期待したが、春日神社参詣の後は何の話もなかった。

（あれは何だったのか。お屋形の気まぐれだったのか）

と深省は首をひねるしかなかった。

さらに二年がたち、享保十年正月になった。

深省が新年のあいさつ回りをすませて家に戻ると、ちえが来ていた。

ちえの古着屋商売はうまくいき、間口を広げ小僧を二人使うまでになっていた。

傍らには市助と名をあらためた与市がいた。市助は、すでに十六になっている。利発な少年で、土佐堀の松屋という呉服屋に奉公に出ていた。

年始先で酒をすすめられた深省は、かすかに顔を赤らめ上機嫌だった。六十三になったが体は丈夫で壮年のように見える。三十をすぎてふっくらと肉がついたちえと並ぶと、夫婦といってもおかしくはなかった。

奥座敷に料理が運ばれ、新年のあいさつをするちえに、深省は手を振って、

「あいさつは、それぐらいでええ。きょうはいいことがあってな、それをおちえはんに聞いてもらいたかったんや」

「まあ、なんでございましょう。新年早々、深省様がお喜びのこととは」

ちえは黒々とした目を見開いて微笑した。九年前とは違って商人らしい落ち着きが出て、美しさも増したようだ。

「それがな、きょうは公寛《こうかん》親王様のお屋敷におうかがいしたんや。公寛親王様は二条様にとっては義理の甥《おい》にあたられる方や。わしが書院の近くの間で年賀のあいさつをすると、公寛親王様は声をひそめて、先年綱平に呼ばれたかとお尋ねになった。わしは驚いて二年前のことをお話しした。すると公寛親王様は楽しそうに笑われて、その仲立ちをしたのは、わしじゃ、わしじゃと仰せになった」

深省は笑顔で言った。

「それは、二条様からお許しが出たということでございましょうか」

「まだわからんが、なんとなく日がさしてきたような気がする」

「ようございました。九年前にわたしが深省様にお世話になってから不運なことが続いたようで気になっておりました」

「なあに、そう悪いことばかりが続くものでもあるまい」

深省はうなずいて、ちえが注いだ盃《さかずき》の酒を飲んだ。そして市助に呉服屋での小僧奉公は辛《つら》くないかと尋ねた。市助は料理をつまんでいた箸《はし》を置いて、はきはきと、懸命に働いているので辛いと思うことはない、と答えた。

深省はうなずいたが、ふと、ちえの顔色がすぐれないことに気づいた。

「どうしたのだ、おちえはん。何か気にかかることでもあるのか」

ちえは、はっとしたように深省の顔を見て頭を下げた。

「申し訳ございません。新年早々、このような話は、とひかえておりましたが、女の浅はかさで顔に出たようでございます」

「何があったんや」

「それが、又十郎が去年の暮れに大坂に出てまいったのです」

「又十郎て、おちえはんの前の亭主か」

はい、とおちえは恥ずかしそうにうなずいた。

松倉又十郎は去年の十二月二十日に突然、店を訪ねてきたという。羽織を着た商人の身なりだった。又十郎は、おちえが江戸を離れた後、心を入れ替えて商いに精を出し店を大きくすることができた、名も鶴屋《つるや》喜兵衛とあらためた、今では世話する人があって妻をもらい子も二人できた、と穏やかな口調で話した。

「わたしも最初は又十郎が、仕返しのようなことをするのではないか、と怖れたのですが、話はおだやかですし、身なりも立派で金にも困っていないようなのです。商売の話で大坂に来たが、わたしのことは風の噂で聞いていたので、一度、昔のわびが言いたくて訪ねてきたというのです」

「ほほう――」

「それから、わびの印だと言って、わたしを料理屋に連れて行き御馳走《ごちそう》してくれたうえ反物まで買ってくれました」

「それは、よかったではないか。向こうも人が変わったのだろう」

「それが、それからも日をあけずに、二度、三度と訪ねて参るのです。しかも大坂で年を越して、まだ江戸に戻る様子がございません。訪ねてきた時は変わった話もせず土産などを持ってくるのですが、あまり足しげく来られては世間体もありますし」

「なるほど、迷惑ではあるな」

深省は腕を組んだ。そして、

「こうしよう。もし、まだ来るようなら、わしが出ていって、おちえはんはわしにとっては甥の市助の母。言うなら尾形家の縁者だから、あまり無作法に来られても困ると言ってやろう」

「そうしていただけますか」

ちえは、ほっとして市助と顔を見合わせた。市助も心配していたらしく、ありがとうございます、と深省に頭を下げた。深省はうなずきながら、場合によっては甚伍を通じて大坂の御用聞きにでも話をしておこう、と思った。しかし、それが後手《ごて》にまわることになるとは、このときの深省は夢にも思わなかった。

——十日後の昼下がり
深省の家に股引《ももひき》をはいた職人のような身なりの若い男が駆け込んできた。

呼ばれて深省が出ていくと、大坂道頓堀の御用聞き、政五郎の使いで清助、と名のった男は厳しい表情で、

「昨夜のことだすけど、戎橋そば久左衛門町の古着屋、おちえはん、という方と息子の市助が男に短刀で刺されはった。おちえはんは助かりませんでしたが市助はんは命を取り留めました」

「なんやて」

深省は耳を疑った。

「やったんは、松倉又十郎という、おちえはんの昔の旦那《だんな》やそうで、おちえはんの悲鳴を聞いて駆けつけた近所の男たちが、血相変えて飛び出した又十郎を捕まえてお役人に引き渡しました。こいつは江戸、浅草の鶴屋喜兵衛という道中手形を持っておりましたが、どうやら喜兵衛とは別人のようでございます」

「別人とは、どういうことや」

「さあ、それは、これからのお調べでわかることやから」

清助という男は頭を下げ、おちえはんの身元引き受けは布屋の宇津木甚伍だが、甚伍に知らせたところ、深省まで伝えてくれと頼まれたので急ぎやってきたのだ、と説明した。

「あの、おちえが」

深省は、がくりと土間に膝《ひざ》をついた。

大坂町奉行所の調べによると、又十郎はおちえが江戸を去った後は商売をやめ、酒と博《ばく》打《ち》で身を持ち崩し無頼の者たちと交わるようになっていた。

昨年秋には仲間数人と日本橋の米問屋に押し込み強盗に入り、分け前の八十両を懐に江戸から逃げ出した。

又十郎は東海道を大坂へ向かう途中、鶴屋喜兵衛という年恰好《かっこう》が同じくらいの旅人を見つけ、言葉巧みに街道の外れに誘い出して殺し、財布、道中手形だけでなく着物まで身包《みぐる》み剝《は》いで奪うと、喜兵衛に成りすまして旅を続け大坂に入ったのだという。

大坂の道頓堀に、ちえがいることを人づてに聞いていた又十郎は、人変わりして穏やかな商人になったように装って、ちえに近づいた。目的は、ちえと復縁して店に入り込むことだった。ところが昨夜、ちえを口説いても相手にされず、却《かえ》って又十郎が出入りすることは世間体が悪く京の尾形家の名前にも傷をつけることになると言われたことに逆上して、隠し持っていた短刀でちえの胸を刺したのだ。

ちょうどそこに、市助が帰ってきて畳に倒れたちえを見て助けようとしたが、又十郎は市助の腕を刺して表へ飛び出した。

ちえは胸を深々と刺されており、近所のものたちが駆けつけた時には虫の息で、ただ「深省様――」と何回か呼んだだけで事切れたという。

深省は事情を詳しく聞くにつけ、又十郎のことを聞いた時、もっと早くに手を打てばよかった、と悔やまれた。光琳の死、二条御庭焼き廃窯と暗いことが続いた中で、ちえは唯一の明るい彩りだったのだ、と思うと喪失感が重くのしかかってきた。

又十郎は押し込みの一件があったため江戸へ送られ死罪となった。

市助は傷がなおると再び松屋で小僧として働くようになった。

本復した日に深省の家に来た市助は、

「母さんを殺されたことは口惜《くや》しいですが、これからは一生懸命、働いて立派な商人になり、いつか江戸に戻り母の墓を建てたいと思います」

と言った。深省は、ただうなずくばかりだった。

気落ちした深省が、ようやく気をとりなおしたのは六年後、享保十六年のことである。深省は六十九歳である。

市助は二十二歳、松屋では一番若い番頭だった。

色白で俊秀な顔は光琳の若いころによく似ている。しかし、市助は勤勉な商人に成長していた。この年の春、江戸の三井呉服店に反物を納めに行ったことから三井の主人に気に入られ、来年には江戸に出て三井の店に入ることになった。

深省は、報告にきた市助から江戸行きを聞いて、しばらく考えた後で、

「わしも江戸に行こう。入谷《いりや》の窯《かま》で焼き物を作ろう」

と言い出した。


「どうやら、わしは、この年になって兄《あに》さんの真似がしたくなってきた。兄さんは狩野探《たん》幽《ゆう》に勝とうと思うて、江戸に行かはったんや、と思う。そして、江戸から帰りはった兄さんは見事な紅白梅図を描かはった。わしにも、まだできることがあるかもしれん」

「そやかて、深省はんも、もう七十になられるのに」

久しぶりに深省の家を訪ねてきた甚伍はあきれたように言った。

「わしは鈍やさかい、道を見つけ出すのに時間がかかる。兄は光輝く光琳やったが、わしは乾いた山や、このままでは花も咲かんがな」

「そやけど、年取って慣れん土地で暮らすのは辛《つろ》うおます」

「どこにいたかて生きている以上は辛いわい。同じ辛いなら死ぬまで花咲かせようと思うた方がええ」

深省が笑うと甚伍には何も言えなくなった。深省は輪王寺宮《りんのうじのみや》として公寛親王が江戸に下られることから供に加えてもらうことにした。

江戸では光琳の後援者だった深川の冬木屋に世話になることが決まった。

六月になって深省が旅の準備に追われている時、二条家の中川右京太夫から、

「旅に出る前に一度訪ねて来るように」

という手紙がきた。

「中川様とも随分お会いしてないが、何事やろう」

深省は首をひねった。享保八年に二条綱平の春日神社参詣《さんけい》に随行して以来、二条家とは縁が切れていたのだ。中川の手紙を見て、御庭焼き窯廃止を突然言い渡された日の屈辱を思い出した。

（まさか、今度は公寛親王様にお供して行くことは、まかりならんというわけやないやろな）

深省は不安になって、さっそく中川の屋敷に行くことにした。

家を出てみると、きのうからの雨がしとしとと降り続いている。

深省は陰鬱《いんうつ》な気持を抱えたまま歩き出した。

五

「深省殿、ひさしぶりじゃな」

中川右京太夫は六十を過ぎ、謹厳な顔は変わっていないが白髪になり体も一回り小さくなっていた。屋敷を訪ねた深省を奥座敷にあげ、さっそく出てきたのは深省を待っていたからのようだ。深省は、自分も白髪になったことをあらためて思い、右京太夫の顔を見ているだけで、なぜかしら涙がこみあげてくるのを感じた。

「昔、御庭焼き窯を廃したお屋形《やかた》様のなされようを、さぞ恨んでおったであろうな」

右京太夫はいたわるように意外なことを言い出した。深省は、めっそうもございません、と平伏した。

「いや、そうでもあるまい。実は、そのことできょう来てもらったのだ。あの廃窯の一件については、お屋形様が亡くなられてから話してやるようにという仰せだったが、深省殿が江戸に行かれるのでは、いま伝えておかねばならぬと思ってな」

右京太夫は静かに言った。深省はごくりとつばを飲み込んだ。十五年前の御庭焼き窯廃止の真相がようやくわかるのか、と思った。

「実はな、御庭焼き窯を作ったことで京の所司代からお取り調べがあったのだ」

「お取り調べが？」

深省は、思わず声を上げた。御庭焼き窯が調べられるというのは、どういうことなのだろう。右京太夫はうなずいた。

「深省殿が造った御庭焼き窯は合わせて十八あった。その窯で火を焚《た》くと煙が幾筋もお屋敷の上にあがったらしい。しかも窯を焚き茶碗《ちゃわん》を焼く職人たちが何人も出入りした。なかには、唐人の職人もいたそうだな」

「はい、確かにそうでございましたが、それが、お咎《とが》めを受けたのでございますか」

「所司代でけ、二条家が庭で窯を焚き、武具を作っておるのではないか、と言ってきた。謀反《むほん》の疑いをかけられたのだ」

「まさか、そのような」

深省は、あぜんとして何も言葉が出てこなかった。

「無論、根も葉もないことじゃ。したが、何者かが、お屋形様を陥れようと噂を流したのかもしれんし、所司代が何か思うところがあって火のない所に煙を立てたのかもしれん。所司代は、無礼にも百人もの役人によって御庭をくまなく調べさせた。当然、何も出てくるわけはなかったが、この時お屋形様は、陶者たちに罪は無いから、一切巻き込んではならぬ、と仰せになって、深省殿たちをすぐさま、お出入り禁止、廃窯とすることを決められたのだ。深省殿たちを、その後、お近づけにならなかったのは所司代の監視の目が光っていると思われたからだ」

「それでは、いつぞや春日神社へお供を許されたのは」

「あれは公寛親王様から、深省殿のお出入りを許されてはいかがか、というお話があったゆえじゃが、お屋形様は廃窯後のそなたをお気にかけられておった。粟田口窯で焼かれたものを御覧になられ、乾山は精進しておるようだ、とお喜びであった」

「さようでございましたか」

深省は感動して膝《ひざ》に置いた手が震えるのを感じた。穏やかな君子人の綱平が所司代の横暴な取り調べに屈せず、果断を示していたのかと思うと、その胸のうちを知らずに恨んでいたことが悔やまれた。

右京太夫は、そんな深省に微笑んで、

「お屋形様の御仁慈を知っておいてもらいたかったのだ」

と言った。深省は深々と頭を下げた。

「まことに、お屋形様のありがたい御心も知らず、心にわだかまりを持っていたのが恥ずかしゅうございます。しかし、お屋形様に謀反の疑いをかけるとは、どうしたことでございましょうか」

深省は、せっかくの御庭焼き窯をつぶしたのが幕府の理不尽だとわかって怒りを感じた。

「あの年、享保元年は、四月三十日に七代将軍家継《いえつぐ》様が亡くなられ紀州吉宗《よしむね》様と尾張継友様が将軍の座をめぐって競っておった」

「そう言えば口さがない噂話を聞いたことはありましたが」

深省はうなずいた。

「結局、大奥の支持を得た吉宗様が勝たれたが、将軍宣下を受けられたのは七月のことであった。幕府は世上に不穏な動きがあるのではないか、と警戒しておったのだ」

「それで、京でも」

「堂上方《とうしょうがた》に不穏な動きがないかと疑心暗鬼になっておったようだ」

この年（享保十六年）から二十八年後の宝暦九年（一七五九）には垂加神道《すいかしんとう》を興した儒者山崎闇斎《あんさい》の流れを汲《く》む学者、竹内式部《たけのうちしきぶ》が所司代により追放処分となる「宝暦事件」が起きている。

式部は天皇を尊び朝廷と幕府の名分を立てようとする尊王論を主張し若い公家《くげ》たちに支持された。このことが幕府に忌避されたのである。

「それでは甚伍が申していたような赤穂浪士の話が実際にあったのでしょうか」

「光琳殿が、そのようなことをされたかどうかはわからんが、所司代では疑っておったかもしれぬ。いずれにしても所司代にとって理由は何でもよかったのだ。堂上方に脅しにさえなればな」

右京太夫の説明に深省はうなずくしかなかった。深省は、この日、右京太夫に茶を点《た》ててもらい、ゆっくりと話をしてから帰った。右京太夫の屋敷を出ると、まだ細かい雨が降っていた。しかし、来た時とは違って晴れ晴れとした気持で帰途につくことができた。

深省が公寛親王の一行とともに江戸へ向かったのは、この年の十月のことだった。

六年がたった。

——元文二年（一七三七）

江戸に下った深省は、冬木屋に滞在したが、このころは佐野の分限者、須藤理右衛門《りえもん》に招かれて佐野に来ていた。

深省は江戸の入谷窯で焼き物を作ったが、冬木屋は必ずしも深省のよき理解者ではなかった。理右衛門から誘われた深省は、浜町河岸の船着場から船に乗り二晩かけて渡良瀬川《わたらせがわ》を上って佐野に着いた。

理右衛門は四十すぎで色白のふくよかな顔をした沈着な男だった。深省には、理右衛門が大石内蔵助に似た器量人に見えて、

——播州《ばんしゅう》赤穂御国家老様のような

と日記に書いた。理右衛門の妻も深省を歓待してくれ、須藤屋敷の茶室、仙庵《せんあん》が深省の部屋になった。

深省は佐野で五三郎という元武士だった弟子とともに焼き物を作り、下絵などを気ままに描いて過ごした。

六月に入ったある日、須藤屋敷に深省を訪ねてきた者がいた。深省が表に出てみると甚伍と今は市兵衛と名前を変え、自分の店を神田に持つようになっていた市助だった。

二人とも笠《かさ》と振り分け荷物を手に持ち、手甲《てっこう》、脚絆《きゃはん》、股引《ももひき》に草鞋《わらじ》をはいた旅姿だった。

「お久しゅうございます」

深省の顔を見た甚伍は、目に涙をためて白髪頭を下げた。福々しく太った体つきは昔と変わらないが、深省と同じ七十五になったはずだ。

「商談で足利《あしかが》の絹織物問屋に参りましてな。市兵衛はんに深省はんがこちらだとうかがって、ぜひ一目、お会いしたいと案内していただいたわけで。市兵衛はんには、とんだ面倒をかけてしまいました」

甚伍はかたわらの市兵衛に頭を下げた。二十八になった市兵衛は気鋭の商人らしい引き締まった顔に笑みを浮かべて、

「わたしも、深省様にお会いしたかったので、ちょうどよう御座いました」

深省はうなずいて二人を仙庵に招き入れた。

理右衛門は深省を訪ねて京から客が来たことを喜んだ。

この夜、理右衛門の妻が名物のわかさぎを料理して馳走《ちそう》してくれた。三人は、わかさぎに舌鼓を打ち、酒を楽しみながら昔話にふけった。

「昔、深省はんが楽吉左衛門《らくきちざえもん》（一入《いちにゅう》）に楽焼きの秘法を習われた時、わたしも一緒に平茶碗《ひらぢゃわん》を焼かせていただきました。わたしは、その時、焼いた茶碗に御無礼ながら深省という名をつけましてな」

「ほう」

「深省はんが江戸に行かれてからも、その茶碗を見ては深省はんはここにいると思っていたのでございますよ」

「それほどに思うてもらえるとは嬉《うれ》しいことや」

深省は頭に手をやって笑った。

「それにしても、深省はん、江戸に来られて得たものはありましたかな」

「さて、どうやろうか」

「いや、わたしには、あったように見えますな」

甚伍は振り向いて床の間の掛け軸を見た。そこには、深省が佐野に来てから描いた絵が軸にして掛けられていた。

「花籠図《はなかご》」である。

描かれているのは桔梗《ききよう》、女郎花《おみなえし》、菊、薄《すすき》を無造作に投げ込んだ三つの花籠だった。上から下へ三つの花籠が並んでいるだけの絵だ。

花籠も肉太の筆で形にとらわれずに描かれている。そして上の方に、

――花といへは千種なからにあたならぬ色香にうつる野辺の露かな
という和歌が書かれ、「京兆逸民」の落款があった。

「光琳兄の絵とは大違い、下手な絵や」

深省はからからと笑った。

「いや、ほんまに深省はんは大器晩成どしたな」

甚伍はしみじみと言った。

「そんなことはない。わしは晩成やなくて年取ってからは愁いばっかりの晩愁や」

「その愁いが、あってこその絵かもしれません。光琳はんのような技術はなくても豪放で野趣があって、そのくせ、絵に和歌をそえて雅《みやび》やがな。この花籠図は源氏物語と違いますか」

「ほう、そう見えるか」

「光源氏か薫《かおる》大将が女と会うてはる傍に置かれた花籠や。中の花は姫君か女房衆が野辺で摘んできたものですな。桔梗は姫君の恋、あざやかな女郎花は女房衆の愛欲、薄は、この世の無常や」

「はは、布袋《ほてい》はんが、そんなに源氏好きとは知らなんだな」

深省は、笑って市兵衛を見た。市兵衛もうなずいて、

「やはり京の方は風雅の心が深いものですね。わたしなどは、とてもおよびません」

「そんなことあらへん、結局は人の情や。人の情をしのぶのが物語や絵なんや。例えばこの絵の一つの花籠は深省はん、もう一つが光琳はん、三つ目が、亡くなった、おちえはんやと思うたら、どないや。ただの花籠やなくなるやろ」

甚伍が言うと市兵衛は、はっとしたように絵を見つめた。

「母は深省様の絵の中に生きているということでしょうか」

「そういうことかもしれんな」

甚伍は微笑した。

「光琳兄は、情を捨てろと言ったがな」

深省は、遠くを見る目になった。甚伍はうなずいて、

「昔、光琳はんが赤穂浪士に肩入れしたという話をしたことがありましたな。光琳はんの絵は、非情の絵やった。赤穂浪士の討入りも光琳はんの絵やったかもしれません。非情やけど美しいということですな」

深省は、なるほど、そうかもしれない、と思った。

(兄《あに》さんにとって絵を描くことは苦行やった。この世の愁いと闘ったのや。そうしてでき

たのが、はなやかで厳しい光琳画や。わしは、愁いを忘れて脱け出ることにした。それが乾山の絵や）

甚伍たちは二日、泊まった。京から一緒に来た人たちが待つ足利に行くという甚伍を、深省は山辺まで送っていった。甚伍へは土産として香炉を一つ贈った。途中の茶屋で団子を食べて別れを惜しんだ。

峠を上る甚伍が振り向くと、見送る深省の姿は水墨で描いたように滲《にじ》んで見えた。

深省は江戸で寛保《かんぽう》三年（一七四三）、八十一歳で没した。奇《く》しくも命日は光琳と同じ六月二日だった。晩年、絵筆をとることが多かった深省、尾形乾山は後の文人画の先駆けとも言われている。

永徳翔天《えいとくしょうてん》

一

赤い鼻である。酒飲みの証《あかし》なのだろう。その鼻が、ぐいと狩野《かのう》源四郎《げんしろう》に向けられた。

「どこへ行かれるのや」

赤い鼻が太い息を出して言った。黒々と太い眉《まゆ》の下の小さな目が源四郎を睨《にら》んでいる。

「勘解由小路《かでのこうじ》の細川様の御邸《おやしき》でおます」

源四郎はぶっきらぼうに答えた。嫌な奴に会ったと思っている。

「嘘いうたら、あかんな」

赤い鼻は、にやにやと笑った。袖無《そでな》し羽織を着て袴《はかま》をつけ、黒糸巻柄《くろいとまきづか》の刀を腰にさしている。大柄で肩の肉づきがいい。

「幕府御用絵師、狩野家の源四郎殿が向かっているのは、すぐそこの前関白近衛《このえ》前久《さきひさ》様の御邸やないのか」

赤い鼻の男、土佐光元《みつもと》は嘲《あざけ》るように言った。源四郎は図星をさされて、ぎくりとした。

永禄《えいろく》十一年（一五六八）暮、京の烏丸《からすま》通りである。昼下がりの冬空が抜けるように青く、紗《しゃ》のような白雲がかかっている。商人や職人、市女笠《いちめがさ》をかぶった女、墨染めの衣の僧侶《そうりょ》などが行き交う中、源四郎は光元に呼び止められた。総髪に笠をかぶり、木綿の小袖に袴をつけただけの源四郎は職人のようにしか見えない。色白で額が広く鼻筋がとおって目がすずしかった。年は二十六。

「近衛様の御邸が、どうなっているのか気になるやろう」

光元はなめるように源四郎を見た。年は源四郎より十三歳上だ。笠をかぶった源四郎の顔をよく見逃さなかったものだ。源四郎を幕府御用絵師狩野家、と呼んだが光元もまた、朝廷絵所預《えどころあずかり》、土佐家の嫡男である。土佐家は応永、永享年間に藤原行広《ゆきひろ》が称したのが始まりで行広の孫、光信《みつのぶ》から新しい大和絵《やまとえ》の画風が生まれたとされる。当主の光茂《みつもち》は光信の子で二十八歳のときに朝廷の絵所預となり左近将監《さこんのしょうげん》の官位を与えられた。

また、将軍足利義晴《あしかがよしはる》の命によって「桑実寺縁起《くわのみでらえんぎ》」絵を制作するなど幕府にも用いられている。

光茂は、今年、七十二歳になる。赤銅色の艶々《つやつや》とした顔色の老人で眼光は鋭く絵筆をとる力も衰えていない。

一方、狩野家は伊豆地方の豪族だった源四郎の曾祖父《そうそふ》、正信《まさのぶ》が京に上り幕府御用絵師の小栗宗湛《おぐりそうたん》に師事し宗湛没後、御用絵師になった。

このころ絵画の主流は大和絵と水墨画である。大和絵は土佐氏に代表され、水墨画は宋、元の禅僧が渡来して伝え書院造りとともに流行した。

この中で狩野家は水墨画の技法に大和絵を取り入れた。正信の跡を継いだ元信《もとのぶ》（源四郎

の祖父）は、

——天下画工の長
とまで言われた。

狩野元信は土佐光信の娘を妻としていたから、狩野家と土佐家は親戚《しんせき》でもあるが、絵師としては競争相手で仲はよくなかった。

しかし、朝廷に仕える絵師の光元が、なぜ武家の身なりをしているのだろうか。

光元は先ほど源四郎に出会うと、連れの小柄な侍に頭を下げてから源四郎に近づいてきたのだ。小柄な侍は色黒で猿に似た顔をしていた。

「光元様は、武家になられたそうどすな」

源四郎は皮肉な口調で言った。

「わが家は泉州上神谷《にわだに》に千石の所領があるさかいな、このたび織田様に所領安堵《あんど》をしてもろうた。わしは、いま織田家中《かちゅう》の木下藤吉郎殿という器量人に属しておるのや」

「木下藤吉郎様？」

あの猿に似た顔の侍のことだろうか、と源四郎は思った。

光元は器量人などと誇らしげにいうが、典雅な幕臣を見慣れた源四郎から見れば田夫野《でんぶや》人《じん》にしか見えなかった。

織田家そのものが京の人々から見れば、なじみのない田舎大名だった。

織田信長が足利義昭《よしあき》を擁して上洛《じょうらく》を果たしたのは、この年、九月のことである。義昭は十月に将軍宣下を受け、信長はいったん岐阜に戻った。今の京は、それまでの権力者三好、松永を押しのけた織田の支配下にある。

「近衛様の邸に行くなら、急いだほうがええ。跡形ものうなるかもしれん。なにしろ近衛邸に行ってるのは、前野将右衛門《しょうえもん》という蜂須賀《はちすか》党の野伏《のぶ》せりあがりの侍や。三好や松永の侍より気が荒いで」

光元は源四郎を引き留めておきながら、からかうように言った。

「近衛様の邸が織田勢に壊されているというのは、まことどすか」

源四郎は光元に詰め寄った。

源四郎は、狩野家の弟子《でし》たちが近衛邸の異変を噂しているのを聞いて屋敷を飛び出してきたのだ。

「ああ、そりや。なんせ新しい将軍様の命令やさかいな」

光元はうなずいた。源四郎は息を呑《の》んだ。

義昭は十三代将軍足利義輝《よしてる》の弟である。将軍義輝は三年前の永禄八年、三好、松永勢によって二条御所で殺された。

義昭は、そのころ出家して奈良の一乗院にいた。

覚慶《かくけい》と名のっていたが義輝が討たれると三好、松永の追及を逃れて近江《おうみ》、若狭《わかさ》へ身を潜め、さらに越前の朝倉義景《よしかげ》を頼った。

三年にわたる流浪の末、ようやく信長の力を借りて京に戻り将軍になったのである。

その義昭が、なぜ前関白の邸を破却させようとしているのか。

近衛邸で何かが起きているのは間違いないと知った源四郎は、光元にあいさつもせずに走り出した。光元が背後から追いかけるように、

「これから、世の中は変わるで。道を間違えんことや」

と大声で言って笑うのが聞こえた。


まるで戦《いくさ》だった。

足軽たちが群がるようにして築地塀《ついじべい》に囲まれた大きな屋敷を破壊していく。柱を切って屋根を落とし、床を破り、土塀を槌《つち》で撃ち砕く。昼下がりの日差しの中、濛々《もうもう》と埃《ほこり》や砂塵《さじん》が舞い上がった。屋敷のまわりは黒山の人だかりになっていた。

「えらいことするもんやな」

「関白はんのお邸だっせ」

「織田の軍勢は荒っぽいわ」

「公方《くぼう》はんの命令らしいで」

顔を見合わせた町人たちの間から畏怖《いふ》に満ちた声がもれた。

源四郎は目をみはって、

「なんということや」

と、つぶやいた。織田の軍兵《ぐんびょう》の無法に腹がたっていた。

近衛家は五摂家の筆頭である。その屋敷を破壊するとは考えられない暴挙だった。

源四郎が見ていると、前野将右衛門らしい武士が、棒を持って足軽たちをどなりつけ邸の破壊を急がせていた。

源四郎は思わず、

「せっかく描いた絵を無茶苦茶にしおって、将軍も阿呆《あほう》やが織田信長も愚かな大名や」

よく通る声で言い放った。

怒りがこみ上げて、黙ってはいられなかった。

まわりの町人たちは、ぎょっとして源四郎を振り向いた。織田の足軽に源四郎の声が聞こえたのではないか、と思ったのだ。

「なんや、絵がどうしたんや。めったなことをほざくと首が飛ぶで」

油売りの商人がおびえたように源四郎の袖をひいた。

「襖絵《ふすまえ》に屏風絵《びょうぶえ》。わしが、あの屋敷に描いて納めたばかりや」

「なんや、あんたは絵師か」

「そうや。だから、あんな乱暴見たら腹が立つ。尾張の田舎大名を怖がったら京者《きょうもの》の名がすたるがな」

源四郎は永禄十年から二年がかりで近衛家の座敷絵を制作していた。

源四郎が近衛屋敷の襖、屏風絵を描いていたことは公家《くげ》の山科言継《やましなときつぐ》が残した「言継卿記」の永禄十年七月二十二日の項にある。

言継は、この日、近衛家に行き、

――狩野源四郎以下三人御座敷之絵書之見物了
と源四郎と弟子たちの絵画制作を見物したと記している。

足軽の一人が源四郎を振り向き、前野将右衛門に何事かささやいた。将右衛門は目を怒らせて振り向いた。

「誰じゃ、不埒《ふらち》なことを言っておるのは」

と怒鳴った。町人たちは首をすくめ、あわてて散っていった。

源四郎も素早く姿を消していた。

将右衛門は、あたりを腹立たしげに見まわした。

この時、源四郎は市女笠《いちめがさ》をかぶり向日葵《ひまわり》の模様の小袖《こそで》を着た女に手をひかれて室町《むろまち》通りへ逃げていた。源四郎は女の顔を見て驚いた。

「夕霧《ゆうぎり》――」

六条の遊郭の遊女だった。源四郎の馴染《なじ》みの女だ。色白で目がすずしく、あごに小さな黒子《ほくろ》があるのが色っぽかった。

（夕霧が、なぜ、このようなところに）

源四郎は首をかしげながらも急ぎ足で歩いた。夕霧が連れていったのは六条の遊郭である。格子窓から遊女の赤い着物がのぞき、酔客の声が響いている。

「なんや、わしは昼間から遊びはせんぞ」

「遊びやない。源四郎様をお待ちの方がおいでどす」

「わしを？」

「そうや」

夕霧が微笑して暖簾《のれん》をくぐると、源四郎を導いたのは奥の部屋だった。板敷には遊女を傍らに引き寄せて酒を飲む立派な烏帽子《えぼし》、狩衣《かりぎぬ》姿の男がいた。

「これは——」

源四郎はあわてて平伏した。夕霧もそばに座った。

——近衛前久
だった。この年、三十三歳。色白の秀麗な容貌《ようぼう》だが、前関白の身分でありながら、平然と遊郭にいる破天荒な男だ。遊郭には供の者も来ていたが、皆、主人の気性を知っているから、別の部屋で目立たぬようにひかえていた。

前久は酒で頰が赤く染まっている。酔った目で源四郎を見て、

「どうや、織田の暴虐を見てきたか。源四郎が来るであろうと思って夕霧に行かせておったのだ」

源四郎は平伏して、

「あれはいったい、どういうことでございましょうか」

「どうもこうもない。新将軍の義昭がやらせたんや」

「将軍様が」

「わしは義輝殿と仲がよかった。義輝殿は、まことに武人らしい将軍やったからな。それに比べて義昭は尾張の出来星大名を京に連れて来て、情けないことや、と朝廷で言うたら、この始末や。織田は義輝殿が松永勢に殺された二条御所を再建するつもりらしい。わしの邸は二条御所の北隣やから御所を広げるのに邪魔になるというてな」

近衛家は足利将軍家と縁組みをしてきている。前久は十三代将軍の足利義輝の従兄弟《いとこ》でもあった。

三好、松永の専横を怒り、義輝を同志のように思っていた前久には、織田の武力を頼って将軍になった義昭が、いかにもひ弱に見えたのだ。

前久は、永禄三年には関白の身でありながら三好、松永が威を振るう京を嫌い、越後の上杉謙信のもとへ身を寄せた。

さらに謙信の関東進攻にともない関東の諸城を転々とした。永禄五年に夢から覚めたように帰京したが、言わば軽忽《きょうこつ》の人である。

義輝の弟とはいえ、奈良の興福寺《こうふくじ》一乗院門跡から還俗《げんぞく》して各地を流浪した後、将軍となった義昭を尊重する気にはなれなかった。義昭を嘲弄《ちょうろう》する言葉をまわりにもらしていたことを源四郎も知っている。上洛《じょうらく》した義昭にとって、前久は目障りな存在だった。

義昭は将軍の力を見せつけたのかもしれない。

「近衛様には、これから、どうされますので」

「大坂に行って、石山本願寺の顕如《けんにょ》を頼るつもりや。なに、長いことやない。来年になったら、三好がまた盛り返してくるやろ。松永久秀は上洛した信長にあっさり、尻尾《しっぽ》を振ったが、形勢が変われば、また裏切る。そうなれば織田の天下も三日と保《も》たんやろ」

前久は盃《さかずき》を口に運びながらにやりと笑った。

「やはり、織田は、保ちませんか」

源四郎は顔をあげて訊《き》いた。

「成り上がり者には、それ相応の地獄が待っておる。高転びに転ぶに決まっておる。せっかく、わしの邸《やしき》に描いてもろうた屛風絵や襖絵がわけのわからんようになって、お前も口惜しかろうが、わしがまた京に戻ったら、描いてもらうで」

前久が機嫌良く言うと、夕霧が酒を注ぎながら、

「そやけど、わてが見てたら、御邸が壊される前に屛風や襖は、まとめて運び出されてま

したで。宰領してはったのは、それは美しいお小姓《こしょう》さんやったけど」

と、うっとりした顔で言った。

「なんや、織田にも源四郎の絵の値打ちがわかる奴がおるのか。それは結構なことや」

前久はからからと笑った。源四郎は襖絵や屏風絵が運び出されたと聞いて、少しほっとした。やはり、せっかく描いたものが無になるのは耐えがたかった。

(それにしても、その小姓はどうして運び出してくれたんやろう)

信長がそこまで命じるはずはあるまい、と源四郎は思った。もし、そうなら信長は成り上がりの荒大名というだけではなく、余程、周到な男なのではないか。口にするわけにはいかないが、すぐに京に戻るつもりの前久にしてもどうなるかわかったものではない、という危惧《きぐ》も源四郎の胸に浮かんできた。

「織田の色小姓なら、わては名を聞いたことがありますえ」

前久に肩を抱かれていた小菊という若い遊女が、不意に言った。丸顔で肉づきの豊かな女である。

「なんや、遊女は油断がならんな。もう織田家中《かちゅう》の品定めしてるのか」

前久は不満気に口をゆがめた。

「へえ、万見《まんみ》仙千代様や。仙千代様の唄《うた》も流行《はや》ってますのやで」

小菊は平然と言った。

「なに、どんな唄や」

前久は盃を持った手をとめた。小菊は口をすぼめて、

仙千代様にはおよびもないが
わしがほれとる若衆の君に
花の一枝ささげたや

と、思いがけずよい声で唄った。

「埒《らち》も無い」

前久は不機嫌な顔になった。それに構わず夕霧は、

「信長はんの小姓やけど、なかなかの切れ者やいう評判どすえ。ひょっとしたら、あの小姓はんが万見仙千代様やったんやろうか」

とろけるような顔をして言った。そして源四郎の顔をのぞきこむようにして、

「そう言えば、あのときも源四郎はんのこと、じっと見てはった」

「わしを？　あそこに、その小姓がいたのか」

「源四郎はんの後ろの方、町人にまじっていたのを、わては見ました」

源四郎は、前久がつめたい顔をしているのを見て黙った。前久は、織田の侍が遊女にま

で評判になっているのを知って面白くなかったのである。

（あるいは、織田は三好、松永よりも手におえん化け物かもしれん）

前久は不安を感じていた。

事実、前久は大坂の石山本願寺を頼ったが、数年して丹波へ行った。朝廷に復帰するのは七年後のことになるのである。

二

源四郎は上京《かみぎょう》の誓願寺《せいがんじ》通り近くの屋敷に戻った。屋敷には長屋門があり、まわりには狩野一族や弟子たちが住んでいた。このあたりは京の町人から「狩野図子《ずし》」と呼ばれていた。「図子」とは突き当たりの路地《ろじ》のことである。長屋門をくぐった源四郎は弟子《でし》の一人に声をかけた。弟子たちは「お帰りやす」と声をそろえて頭を下げた。

玄関脇の部屋では伯父《おじ》の秀頼《ひでより》が弟子たちを指揮して扇作りが行われている。狩野は元信のころから扇絵を描く扇面工房《せんめんこうぼう》でもあった。扇作りは狩野一族にとって大きな収入源なのだ。源四郎が奥座敷に行くと茶の投頭巾《なげずきん》をかぶり袖無《そでな》し羽織を着た父の松栄《しょうえい》が絵筆をとって紙に向かっていた。傍らに幕府の同朋衆《どうぼうしゅう》、相阿弥《そうあみ》が摸写《もしゃ》した伝梁楷《りょうかい》筆の「耕織図巻《こうしょくずかん》」が広げられている。中国から渡ってきた舶載画《はくさいが》を粉本《ふんぽん》（手本）として画技を磨くのは、このころの絵師にとって当然の修業法だった。松栄は「耕織図巻」に描かれている耕作風景を摸写しているのだろう。

「ただいま。遅うなりました」

源四郎は頭を下げて松栄の前に座った。

「どうやった」

松栄は絵に目をやったまま訊いた。

「尾張衆はやることが荒うおます。見物して、ちょっと不平言うたら捕まえようとしたんで逃げてきました」

「なんやて。織田信長は一銭斬りとかいうて軍兵が一銭盗んでも斬るという話や。無茶したらいかん」

松栄は顔をあげて叱責《しっせき》した。松栄は五十になる。小柄で温和な顔だが、それだけに老けて見えた。父、元信の画名が高く、子の源四郎も若年から才を発揮しているだけに間にはさまれた松栄は影が薄いが、絵には気品があった。

「わかりました。気をつけます。そやけど、これから、どうしたものですやろか」

源四郎はあわてて話題を変えた。

織田の上洛は絵師の一家にとって重要な課題だった。近衛前久が、

「信長は転落するぞ。あわてて織田に使われようなどとは思わぬ方が身のためだぞ」

と言ったことを松栄にも伝えねばならなかった。確かに、このころは畿内《きない》でも三好勢力が反攻を狙っており、織田勢もいずれ尾張へ引き揚げることになるだろう、と京の人士は見ていたのである。源四郎も、

（織田は、いずれ、誰かに倒される。巻き込まれたらあかん）

と思っていた。

「しかし、土佐はんは、えらい張り切ってるらしいで。光元は織田に奉公したそうやないか」

松栄は源四郎に、ちょっと蔑《さげす》んだように言った。

「ええ、さっきも近衛様の御邸《おやしき》に行く前に出くわしました。すっかり、侍らしい身なりで威張ってましたわ。そやけど絵師としてではなくて召し抱えられて満足なんやろか」

「土佐家は、泉州上神谷に千石の知行《ちぎょう》をもろうてはったから、これを織田に所領安堵《あんど》してもらいたかったんやろ。気持はわかるけど、織田は危ないと思うがな」

松栄はつまらなそうに言った。

「そやけど、土佐が態度決めた以上、狩野も考えないかんでしょうな」

源四郎はうながすように松栄を見た。

「法眼《ほうげん》様やったら、こんな時、目利きやったけどな」

松栄は苦笑した。

法眼とは、松栄の父、元信のことである。元信が法眼の位にまで昇ったことを狩野家では尊んでいるのだ。

元信は足利将軍家の衰退を目にすると、細川管領《かんれい》家に接触した。さらに、石山本願寺の仕事も引き受けるなどして仕事の場を広げ、端倪《たんげい》すべからざる手腕を発揮した。

「わしは法眼様のように先は読めんから、この際、豊後《ぶんご》にでも行こうと思うてる」

松栄はあきらめたように言った。

「大友様の仕事を引き受けはるんですか」

源四郎は日をみはった。

豊後の大友宗麟《そうりん》は鎌倉以来の大名で九州を制する勢いだと聞いていた。しかし、京育ちの松栄が九州下りを決意しているとは意外だった。

「そやさかい、わしはお前に狩野の家を譲る」

「家をですか？」

「そうや。法眼様は、わしの画技を買ってなかった。それに比べてお前は法眼様の秘蔵子や。そろそろ狩野を率いてもらわなならん。お前は法眼様に可愛がられたさかい、鋭《すど》すぎるところがあって心配やけどな」

「それは」

源四郎が言いかけた時、弟子の一人が廊下に膝《ひざ》をついた。

「若旦那《わかだんな》様にお客でございます」

と告げた。

「わしに客、誰や」

「それが織田家のお侍やそうで。近衛邸で若旦那様を見かけたので、ぜひお話しがしたい、ということで」

弟子は申し訳無さそうに言った。源四郎は緊張した。近衛邸の傍らでの放言を聞いた織田の侍が来たのだ、と思った。源四郎は、弟子に、その侍を中庭をはさんで向かい側にある離れに案内しろと言うと立ち上がった。

「源四郎、大丈夫か」

松栄が心配そうに源四郎の顔を見た。源四郎はうなずくと奥座敷から出て行った。松栄の目には源四郎の様子が憎たらしいほど落ち着いて見えた。離れに入った源四郎が座るのとほぼ同時に、若い男が入ってきた。

男を見て源四郎は息を呑《の》んだ。

色白で鼻筋がとおって美しい顔をしている。辻《つじ》が花《はな》染めの小袖を着て、牡丹《ぼたん》を摺箔《すりはく》であしらった袴《はかま》を身につけていた。紫の糸巻柄《いとまきづか》の刀を腰に差して匂うような美男ぶりだ。

庭からの日差しが男の白い頬を輝かせている。

「それがし、織田家中《かちゅう》にて小姓《こしょう》を務める万見仙千代と申します」

源四郎の前に座った仙千代の声は、女のように透き通っていた。

（この男が夕霧たちの言っていた色小姓か）

源四郎が黙って平伏すると、仙千代は膝を乗り出した。

「ちと、絵について教えていただきたい」

「絵でございますか？」

源四郎は、思わず仙千代の顔を見上げた。仙千代は微笑して、

「ご存じでしょうか。わたしは近衛邸が破却される前にあなたが描いた屏風絵《びょうぶえ》や襖絵《ふすまえ》をことごとく運び出させました。わたしは美しいものが壊されることを望みません。それというのも、わが主《あるじ》、織田信長様は美しいものがお好きだからでございます」

「美しいもの？」

「さよう、衣装でも城でも、美しいものをお望みなのです」

「それは、途方もない」

源四郎は笑い出した。

「これは戯言《ざれごと》ではありませんぞ」

仙千代は心外らしく源四郎を見た。仙千代の目は怨《えん》ずるような色香をたたえている。その色香を感じて源四郎は、

（こやつ、信長の寵童《ちょうどう》だな）

と思った。源四郎は、わびると手を叩《たた》いて弟子を呼び粉本の類を持ってこさせ、仙千代の前に並べて見せた。馬《ば》遠《えん》、夏《か》珪《けい》、牧谿《もっけい》、雪窓《せっそう》ら南宋から元代にかけての画家たちの絵を摸《も》写《しゃ》したものである。山水、花鳥画が主だった。

「ご存じですやろか、絵師には、如拙《じょせつ》、周文《しゅうぶん》、雪舟《せっしゅう》を祖とする禅僧の相国寺《しょうこくじ》派、将軍家に仕えた同朋衆《どうぼうしゅう》の相阿弥らを祖とする阿弥派などがございます」

「中でも主な流れは土佐と狩野だと聞きましたが」

「まあ、そうでございますが、大和絵を別にしますと、狩野の絵は、つまるところ、これらの舶載画を学んで描くものでおます」

仙千代は何枚かを手にとって見つめたが、にこりと笑った。

「つまりませんね」

「つまらない？」

源四郎は顔をしかめた。素人《しろうと》が何を言うのか、と思った。

「禅寺には似合うでしょうが、天下人《てんかびと》の城には物足らない」

「天下人？　狩野は将軍家のお申し付けでこのような絵を描いてきました」

「いえ、今までとは違う新しい天下人です」

「まさか」

織田信長は将軍を廃し、自ら天下の権を握るつもりなのか。仙千代は、ははっ、と笑っ

て、

「天を飛翔《ひしょう》するほどの力がある絵が信長様のお好みです」

「天を翔《と》ぶような絵」

「さようです。わたしは近衛邸が壊されるのを見ながら悪口を言う、あなたを見ました。あの折、わたしは信長様のための天下の絵を描くのは、あなただろうと思いました」

仙千代は目を光らせて源四郎を見つめた。

（こいつ、物狂いしとるのやないやろか）

源四郎は気味が悪くなった。織田信長は出来星大名だけに野伏《のぶ》せり上がりや牢人《ろうにん》など怪しげな者を取り立てているという話だ。近衛前久は、

「織田は化け物ぞろいや」

と言っていた。この万見仙千代も、そんな化け物の一人なのか。だとすると、まともに相手にするのも馬鹿馬鹿しい。源四郎はひややかに仙千代を見つめた。しかし、仙千代は艶麗《えんれい》な微笑を浮かべて自信あり気だ。仙千代が、いずれまた参りますと言い残して帰った後も、源四郎は不思議な思いにとらわれた。

――天を飛翔する絵
という仙千代の言葉がいつまでも耳に残っていた。

そのころ土佐光茂と光元父子は六条堀川の日蓮宗本山本圀寺《ほんこくじ》の足利義昭仮御所に伺候していた。

義昭は、この年、三十二歳。細面で鼻が大きいわりに顎《あご》が小さく、釣り合いのとれない顔で、人を上目遣いに見る癖があった。

「どうや、前久め、肝を冷やして都から出ていったであろう」

義昭は自慢気に言った。

「狩野の小倅《こせがれ》め、近衛様の御邸《おやしき》が取り壊されると聞いて、青くなって飛んでいったそうでございます」

光茂は平伏したまま言った。光元も、その後ろで頭を下げている。

「ほう、狩野源四郎がな」

「狩野は近衛様御邸の仕事をしておったそうでございます」

「狩野め、幕府御用絵師でありながら、三好、松永に諂《へつら》い、石山本願寺の仕事を請け負うて、幕府をないがしろにしてきおった。わしが、京に戻ったからには三好、松永に尻尾《しっぽ》を振っておったものは公家《くげ》、僧侶《そうりょ》であろうと厳しく詮議《せんぎ》して許さぬ。まして、絵師ごときには、二度と陽の目を見せてやらぬわ」

義昭はおかしそうに笑った。光茂は、絵師ごとき、と言われても眉《まゆ》一つ動かさず、

「これからは、われら土佐をお使いくださるようお願いいたします」

と頭を下げた。

機嫌よくうなずく義昭の前から下がった光茂と光元は、室町《むろまち》の邸に戻ると奥座敷で、

「将軍家は、たいそうな威張りようでございますな」

「織田の力があってこその上洛《じょうらく》ということがおわかりではないようや」

と話して冷笑した。光元はうなずいて、

「わしは、これから木下殿にすがっていく所存です。あれは、なかなかの器量人。織田家中でも羽振りがようなると思います」

「そうせい。天下一の画工は土佐家や、それが近ごろでは大きな仕事は狩野に取られてきた、ここらで狩野の頭を押さえるには織田に食い込むことや。狩野の松栄は肝が小さいさかい、先が読めんやろうからな」

「そやけど、狩野の源四郎は、なかなかしぶとそうや」

光元は眉をひそめた。源四郎の絵師としての力量を恐れていたのだ。

「心配ない。狩野は三好に近づきすぎた。いまさら織田というわけにはいかんやろう。これからは土佐の天下や」

光茂はにやりと笑った。

三

また、来ると言った万見仙千代だが、その後、源四郎の前に現れなかった。織田信長は義昭のための二条新邸の彩色には土佐光茂を用いた。

松栄は永禄十一年、九州に下った。

二年後の元亀《げんき》元年（一五七〇）に京に戻り、翌年三月には源四郎が代わって大友氏の居城、丹生嶋《にうしま》城に行った。源四郎が信長を避けられないと感じたのは天正《てんしょう》元年（一五七三）十一月、河内《かわち》若江城の三好義継《よしつぐ》が信長によって亡ぼされてからだ。

この五年の間に信長は姉川《あねがわ》の戦いで浅井、朝倉連合軍を破り比叡山延暦寺《ひえいざんえんりやくじ》を焼き討ちした。さらに天正元年四月には足利義昭を京から追放していた。

同年十二月、源四郎は京の妙覚寺に滞在していた信長に拝謁した。

信長から召し出しの使いが来たからである。この年、源四郎、三十一歳。狩野家の家督を松栄から引き継ぎ当主となっていた。名も、

——永徳《えいとく》

と名のっている。「狩野図子《ずし》」の邸に信長の使いが来た時、松栄は不安がった。

「何事やろな。信長はいままで土佐家しか使ってなかったのに、急に呼び出すなんて」

「と言うても土佐家も、あんな始末ですから。狩野しかおらんと信長も思うてるのやないでしょうか」

土佐が衰え、狩野に番がまわってきたのだ、という自負が永徳にはあった。

永禄十二年八月、木下藤吉郎の軍に加わり但馬《たじま》攻めに出陣した土佐光元は、あっけなく戦死していた。乱戦の中、槍《やり》を持った光元は絵師とは思えぬ働きを見せたという。しかし、その甲斐《かい》もなく鉄砲で撃たれ血反吐《ちへど》を吐いて戦場に倒れた。

土佐光茂は狼狽《ろうばい》した。光茂は光元の嫡男、菊千代に跡目を継がせることと泉州上神谷の所領安堵《あんど》のために駆け回った。信長への斡旋《あっせん》を堺の茶人、今井宗久《そうきゅう》に頼み込み、この時は所領のうちから百石を宗久に献じると申し出たという噂だった。しかし、その甲斐もなかった。光茂け高弟の玄二に孫三人の養育を委託するとともに土佐家の諸職《しょしょく》、絵本、証文、知行《ちぎょう》などを譲るという譲り状を出した。

朝廷の絵所預《えどころあずかり》、刑部大輔《ぎょうぶたゆう》、従四位下《じゅしいのげ》という絵師として最高の位階を誇ってきた土佐家は、ここに途絶えることになったのだ。

「他人事《ひとごと》やないで。信長は怖い」

松栄は怖気《おじけ》をふるって言った。

「大丈夫ですがな。狩野の絵師は天下人を見慣れてますやないか」

「そうか、お前は十歳の時には将軍様にお目見えしたのやからな」

松栄は、ちょっとほっとした顔になった。

永徳が祖父の元信とともに京の二条御所で将軍足利義輝（このころは義藤、後に改名）にお目見えしたのは天文《てんぶん》二十一年（一五五二）正月のことである。

このとき永徳は十歳だった。義輝も、まだ十七歳だった。

義輝の父、十二代将軍義晴《よしはる》は管領《かんれい》の細川晴元《はるもと》と対立し、戦乱のたびに京を追われて近江へ逃げ、勢力を盛り返すと再び京へ戻るという生活を繰り返していた。

このため義輝も父とともに流浪を続け、十一歳の時に近江坂本で将軍職を譲られた。

義輝は、この天文二十一年正月、細川晴元の家臣で、力をたくわえ京を支配するようになっていた三好長慶《ながよし》と和睦《わぼく》してひさしぶりに京へ戻ったばかりだった。

義輝が祝賀に訪れた絵師、元信の孫を見る目は好奇心できらきらとしていた。

少年が年下の子供を見る眼だった。

元信がこの日、将軍との謁見に源四郎を連れて行ったのは権力者に将来、狩野家を背負う孫を引き合わせておこうという計算があった。

狩野派の隆盛の基礎を築いたのは元信である。

正信から受け継いだ漢画系水墨画の技法に大和絵の手法を取り入れ、書院造り建築にふさわしい障壁画様式を確立した。

老年になっても旺盛《おうせい》な制作力は衰えず、六十四歳になった天文八年から十数年間、石山本願寺の障壁画制作に携わった。しかも、この間に将軍家、細川氏、三好氏、石山本願寺と時の権力者の門をくぐって絵師として用いられつづけてきた。

絵の才だけでなく処世の法にも長《た》けていたというべきだろう。

「元信が源四郎こそ神童じゃと吹聴《ふいちょう》しておると聞いたぞ」

義輝は笑って言った。

「恐れ入ります。されど、わたしもこの年になるまで、これほどの才は見たことがございません」

この時、元信はぬけぬけと言った。源四郎は祖父の元信が、将軍の御前であからさまに自分を褒めるのを聞いてびっくりした。

（わしはそんなに上手《うま》くはない。家では、いつもこっぴどく叱られておるのに、爺様はとんでもないことをおっしゃる）

義輝はそんな源四郎を見て、

「わしも将軍になったのは十一の時であった。おたがい、若いときから重いものを背負わねばならぬのう」

「滅相も御座いません。上様の御身分と比べ、われら絵師は塵芥《ちりあくた》でございます」

「はっはっ、将軍というても、いつまた都を追われるかわからん。その時には元信は別な家の門を叩《たた》いておろう」

義輝は皮肉な笑みを浮かべた。元信はさすがに恐れ入った顔になった。

源四郎は戸惑いながらも義輝の顔をちらりと見て記憶にとどめた。

「将軍様の御前に出た時には御顔をよく覚えておけ。御衣装の端まで目に写し取れ」

と元信に命じられていたからだ。

元信の父、正信は足利義政《よしまさ》の夫人、日野富子の肖像を描いた。富子の没後のことである。このため、正信は富子を知る公家《くげ》や僧を訪ねて様々な指示を仰いだが、戸惑うことも多く、

——絵師狩野いかに申候へとも不心得候

と罵《ののし》られる屈辱を味わうことになったという。狩野家では、このことを言い伝えて日ごろから貴人に接したときの心得としていた。

正信は、このほか義政の子で九代将軍足利義尚《よしひさ》の肖像も描いた。元信も管領細川政元《まさもと》の養子、澄元《すみもと》の肖像を描いている。

狩野家の絵師は、権力者の肖像を代々、描いてきたのだ。

義輝は色白で切れ長の目が鋭くあごがひきしまった顔だ。平伏したまま源四郎の指先は板敷に義輝の顔をなぞった。

元信はその様子を満足そうに見ていた。

(あの時から、わしはどんな貴人の前に出ても、その顔を写すことだけを心がけるようになった)

永徳は右手の指先を見て思った。だから、織田信長に会うこともおびえる必要は無いと自分に言い聞かせて邸《やしき》を出た。外に出ると雪が降っていた。

雪の中を妙覚寺に着いた永徳は本堂に通された。

そこには仙千代が座っていた。あるいは、と思っていただけに永徳は驚かなかった。

「ようやく出てこられましたね」

仙千代は微笑した。座ってあいさつしようとした永徳は、はっとした。仙千代の背後に立てられている屏風に覚えがあったからだ。永徳が描いた、

──洛中洛外図屏風《らくちゅうらくがいずびょうぶ》

である。京の街並みを描いた「洛中洛外図」は応仁《おうにん》の乱で荒廃した京が復興するにつれて画題として描かれるようになってきた。

京の四季、名所などを描き、争乱の京を逃れて地方に行った公家や文化人の郷愁をかきたて、京の復興に一役買ったともいう。

永正三年(一五〇六)に土佐光信が越前朝倉氏のために描いた「京中図屏風」が最初のものではないかと言われる。

永徳は、足利義輝の求めによって永禄八年(一五六五)九月に「洛中洛外図屏風」を描

き上げた。

将軍家、細川邸が大きく描かれているが旧管領、畠山家《はたけやま》はすでになく、跡地は遊郭になっているなど描いた時の状況がそのままになっていた。公家から武士、庶民まで画面を彩る人々は百五十人にもおよび、永徳が細画の腕を振った作品だった。

義輝は、この屏風絵を見て将軍であることの感慨を抱こうとしたのかもしれない。しかし、義輝はこの年五月に三好義継、松永久秀の軍勢によって殺されていた。

永徳は宙に浮いた「洛中洛外図屏風」を義輝の仇敵《きゆうてき》に差し出した。

――三好義継

である。

義継は三好一族の十河一存《そごうかずまさ》の子で伯父《おじ》の三好長慶の養子となり、長慶没後に家督を継いだ。長慶は文武に優れた名将と言われたが、若年で家督を継ぎ、まだ十代の義継は松永久秀の傀儡《かいらい》だった。

永徳は永禄九年、二十四歳の時、松栄とともに義継が父、長慶を弔うために建てた大徳寺聚光院《じゆこういん》に障壁画を描いた。義継が聚光院を建立したのは、松永久秀に圧迫される三好の威信を回復したいという願いをこめてだった。

永徳が、聚光院室中に描いたのは「四季花鳥図」である。「四季花鳥図」は梅の巨木を中心に空間の広がりを感じさせる気宇の大きな絵として完成した。この絵は永徳の才気を十分に表し、狩野家の後継者としての声価を高めた。そして、この時、永徳は義継に「洛中洛外図屏風」も納めたのだ。

色白でやせ、公家のように眉《まゆ》をかいた義継は「洛中洛外図屏風」を見て、

「これが京なのだな」

と、ため息をついた。京に威勢を振るった三好家の家督を継いでも、義継は松永久秀の圧迫を受けるばかりで思うままに振る舞ったことがない。

永徳が描いた京も義継にとって異国の都のように思えたのだろう。

（絵師は頼まれれば誰のためにでも描く。恥じることはない）

と、永徳は思っている。だが、義輝を弑逆《しいぎゃく》した三好の依頼を翌年に受けたことには後ろめたさがあった。

義輝に求められた「洛中洛外図屏風」を義継に納めることに逡巡《しゅんじゅん》がなかったと言えば嘘になるだろう。

（洛中洛外図が、なぜ織田の手に――）

と考えて、永徳は背筋に冷たいものが流れるのを感じた。

咎《とが》められるのか、と思った。近衛前久が足利義昭の上洛後に邸を破却されたことを思い出していた。

「三好義継の若江城を落とした時、城中で手に入れたものです」

仙千代が立ち上がり、屏風の前に立った。永徳を振り向いて、

「まことに、見事な屏風絵でございます。これは、狩野永徳の作であろうと申す者がいますが」

「さよう、わたしが描いたものに間違いございません」

永徳はきっぱりと言った。信長が咎めるのならしかたがない、と思っていた。

「やはり」

仙千代がうなずいたとき、御館様《おやかた》のお成りです、と小姓《こしょう》の声が響いた。

間も無く信長が小姓に佩刀《はいとう》を持たせて本堂に入ってきた。

白地に鷹《たか》を墨絵で描いた袖無《そでな》し羽織を着ている。目は炯々《けいけい》と光り、瘦《や》せ型の体は引き締まって冷え冷えとした本堂でも寒さを感じていないようだ。体全体から力強さを感じさせた。

永徳より九歳年上の四十である。

永徳が平伏すると、仙千代が膝《ひざ》を板敷について、

「狩野永徳にございます。先年、三好の悪人ばらに奪われた屏風絵が上様のお手に入り、恐悦至極と言上いたしております」

と巧みに言った。信長は皮肉な目で永徳を見て、

「何年じゃ」

と斬りつけるように言った。永徳が何のことかわからずに顔を上げると、

「この屏風絵は、いつごろの京を描いたものか、とお尋ねである」

仙千代が永徳の顔を見て言った。

「永禄八年の京でございます」

永徳は頭を下げたまま言った。信長は、そうか、とうなずくと屏風の前につかつかと歩み寄った。しばらく眺めていたが、にやりと笑った。

「これなら、輝虎《てるとら》も喜ぼう」

「いかにも、田舎者の上杉に遣わすには、ふさわしき屏風絵かと」

仙千代はすかさず答えた。信長は、ふん、と鼻を鳴らすと、

「これを眺めて京が我が物となった夢でも見ていてもらわねばなるまい」

嘲《あざけ》るように言うと、永徳を振り向いた。

「この屏風絵は越後の上杉に天下の図としてくれてやるつもりじゃ。さすれば、お前は、きょうから天下第一の絵師である。懈《け》怠《たい》は許さぬ、わしのために励め」

信長は甲高い声で言い捨てると、永徳の答えも待たずにそのまま本堂を出ていった。永徳を塵芥《ちりあくた》ほどにも思っていない様子だった。その時になって永徳は、平伏しながらも動くはずの指先がこわばったまま信長の顔を写し取れなかったことに気づいた。

永徳は信長という男に畏怖《いふ》を感じたのだ、と悟った。

「今後は上様の御用を承ることになりました。天下第一の絵を心がけられるよう」

仙千代に声をかけられた時には、寒気の中だというのに背中にぐっしょりと汗をかいていた。


永徳が仙千代から夕霧がいる六条の遊郭に呼び出されたのは、それから十日後のことだった。永徳が奥に上がると、仙千代は夕霧を傍らに酒を飲んでいた。やや酒気を帯びて白磁のような肌が、ほんのりと赤らんでいる。目のやり場に困りながら座った。

「洛中洛外図屏風は、源氏物語図屏風とともに来年、上杉に贈ります。永徳殿の絵は天下のために役立つのです」

仙千代は漆塗りの盃《さかずき》を口に運びながら言った。さようですか、と永徳は鼻白みながら言った。盃に夕霧が酒を注いだ。

仙千代が、なぜ遊郭になど呼び出したのか意図がわからなかった。

永徳の気持を察したように仙千代は、

「上様が何をお望みなのか、永徳殿にお伝えしておこうと思いまして」

「天を飛翔《ひしょう》する絵――」

「さよう、五年前にわたしが話したことを覚えておいでですか」

仙千代はにこりとした。

「わかるようで、わかりまへん。絵師は粉本《ふんぽん》があって描くものですから」

「天下人《てんかびと》には粉本はございません。だから、これからは永徳殿の絵にも粉本が無くなる」

「粉本が無くなる？」

永徳は首をかしげた。

「上様は今までになかった天下城を造られる。その城を飾る絵も、また今までに無かったものになるのです。あなたには、そんな絵師になっていただく」

「つまり、天を翔《と》べと」

そうです、と仙千代は言いながら酔った様子で夕霧にしなだれかかった。夕霧は仙千代ほどの美男に迫られて嬉《うれ》しそうに嬌声《きょうせい》をあげた。

永徳は苦い顔になった。きょうは、万見仙千代という正体のわからない男を前に、まずい酒を飲むことになると思った。この日、日が暮れるまで仙千代と酒を飲み、遊郭に泊まった。永徳の相手は夕霧だった。

闇の中で夕霧の白い肌を抱いた。しかし、ふと違和感を感じた。夕霧とは違う、かぐわしい香りが匂ったのだ。

「これは」

窓から差し込む月光に相手の顔をうかがった。仙千代が艶然《えんぜん》と微笑んだ。永徳は、ごく

りとつばを飲み込んだ。仙千代は白い腕を永徳の首にまわして、
「天を翔んでごらんなされ」
とささやいた。

四

天正四年正月、織田信長は近江安土山《あづちやま》に城を築くことを決め、丹羽《にわ》長秀に普請奉行を命じた。

天下城にふさわしい大天守の工事が始まったのは、天正五年八月のことだった。

外観が五層、内部は七重という天守閣の設計図である「天守指図《さしず》」を描き、工事を指揮したのは室町幕府の「御大工《おんだいく》」も務めた岡部又右衛門である。

天守閣の構造は異様だった。石垣造りの地階には宝塔を安置し、四階までが吹き抜けとなっている。宝塔は仏教による宇宙の中心を表すという。

一階は控えの間、対面所、信長の化身と称する霊石を祀《まつ》る書院、二階は能を演じる吊り舞台が張り出され、その周囲に座敷が配置される。

三階、四階は座敷で茶室が設けられる。各階から吹き抜けが見下ろせて中央には橋がかかる。部屋の柱や長押《なげし》は黒漆塗りで金色や朱色で彩色され、各座敷の装飾は金碧障壁画《きんぺきしょうへきが》だ。

さらに六階、七重目の最上階には「三皇五帝、老子、孔子、文王、太公望、周公、孔門十哲」の障壁画を描くのだという。

永徳は暑い盛りに安土に松栄、弟の宗秀《そうしゅう》、源三郎、長信《ながのぶ》、弟子《でし》五人とともに赴き、丹羽長秀、岡部又右衛門から「天守指図」を見せられ説明を受けた。永徳たちは図面を見て驚いた。このような城が本当にできるのだろうか、と思ったのだ。しかし、すでに安土では石工《いしく》、大工らがあわただしく働き、二万数千人の工人、職人で工事現場は喧騒《けんそう》を極めていた。

永徳は標高百九十九メートルの安土山に築かれる、およそ三十間（五十四メートル）の高楼を想像して目まいがする思いだった。安土には信長の仮御殿が造られており、永徳たちは一室で休息しながら障壁画制作について検討した。

「いずれにしても、これは狩野にとって前代未聞の仕事になるで」

顔をしかめて口火を切ったのは松栄だった。

「石山本願寺以来の大仕事になりますな」

永徳は皆の顔を見わたした。皆、緊張した顔だった。石山本願寺は天文十一年から十七年にかけて阿弥陀堂《あみだどう》、新寝殿、新綱所、新亭、新内儀などを次々に建てた。

これらの建物の障壁画を元信が弟子を率いて制作し、四百貫文を報酬として得た。四百貫文といえば、この当時の米相場で二百七十石になる。しかし、安土での仕事は石山本願寺とは比べものにならない難事だろう、と永徳は話した。

「まず、できあがりまでの日数や。織田様は稀代《きたい》のせっかちだけに城ができあがるのを待って、ゆっくり絵を描くというわけにはいかんやろう。工事の間に下絵を描き、建物ができあがるのと同時に絵も仕上がるというぐらいやないと、お気に召さへんやろな」

「それは、またせわしいことどすな」

弟の源三郎がため息をついた。

「それだけやない。安土の城は普通の城と違う。一階と六階が南蛮風に八角形になるということや。ということは、絵の映り具合も今までとは違う。何より、城そのものが信長様の好みを表すものになるんや。それに合わせる絵を考えんといかん」

永徳はじろりと皆の顔を見まわした。安土城は信長の美の感覚と精神の殿堂になる、と言いたかったが、適当な言葉を思いつかなかった。

安土城の工事は、
大工——岡部又右衛門
現場監督——木村二郎左衛門
漆塗り——刑部《ぎようぶ》
飾り金具——宮西与六

瓦《かわら》──一観《いっかん》
が責任者となって進められ、石材の切り出し、木材の調達から工事は始まった。城へは「大手道」「百々橋口道《どどばしぐち》」「搦手道《からめて》」の三本の道が造られ、三棟の本丸、二の丸が建てられる。本丸は御所の清涼殿に似た造りで、信長は天皇の行幸を予定していたらしい。

いずれも壮大な工事である。

永徳たちは城下の長屋に住み、工事の進行を見守りつつ弟子たちとともに下絵を描いていった。

永徳たちが描く絵は水墨画と金箔《きんぱく》をはった上から描く濃絵《だみえ》である。

「信長公記」によれば描かれたのは、

一階──梅の水墨画、遠寺晩鐘の絵、雉《きじ》と童《わらべ》の絵、鵞鳥《がちょう》、聖人の絵
二階──花鳥、賢人、瓢簞《ひょうたん》から駒、馬の牧場、伝説、西王母《せいおうぼ》
三階──竜虎の闘い、竹林、松林、桐の木に鳳凰《ほうおう》、許由《きょゆう》と巣父《そうほ》の説話、手毬木《てまりぎ》、鷹籠《たかかご》

などである。

三階には張り出しの舞台、四階には吹き抜けを横切って勾欄《こうらん》や擬宝珠《ぎぼし》がある橋がかかっている。これまでの日本の建物にはなかった、宙を移動する空間があるのだ。

(これは、見せるための城や。信長は、城が完成したら家臣を連れて見せてまわるに違いない。絵をつぎつぎに見てまわるときに、どんな映え方をするか、計算せんとあかん)

六、七階は永徳自ら絵筆を振るわなければならなかった。構想を練るうちに永徳は、
（よくこそ、信長は、わしを選んだ）

と思った。永徳の胸にかつてない自信があふれてきていた。

（まったく新しい建物に新しい絵を描くことになる。これは、日本に絵師多しとしても、ただ一人、わしにしかできんことや）

と胸の中で嘯《うそぶ》いていた。六階は異様な構造になっている。法隆寺の夢殿のような八角形なのだ。しかも内部はらせん状の二重構造で外側をめぐってから内側に入る仕組みになっている。ここで永徳が描かなければならないのは、言わば「極楽と地獄」だった。

五重目の一角にある引き戸を開けて階段を上ると、餓鬼《がき》や鬼が跳梁《ちょうりょう》する地獄図が、見た者をぎょっとさせる。さらに、らせん状の廊下の壁には竜や鯱《しゃち》が飛翔《ひしょう》する。

内部に入ると壁面には金箔が貼られ、西側に釈迦《しゃか》と十人の弟子を描いた「釈迦説法図《せっぽうず》」がある。つまり、らせん状の廊下を歩む者は、信長に導かれて地獄をくぐり抜け、極楽にいたるというわけだ。

七重目――

ここは正方形の階で正確に東西南北に面している。壁には二枚ずつ八枚の絵がかけられる。絵は中国の伝説の天子、皇帝の伏犠《ふっき》、神農、黄帝から老子、周の文王、太公望、周公旦、孔門十哲、孔子へと続く。

これらは「鑑戒画《かんかいが》」である。「鑑戒画」とは貴族たちの家の屛風《びょうぶ》に訓戒を与える故事などを描いたものだ。安土城の最上階で古代の帝王、政治家、賢人、聖人と対面することは信長の理想を知ることでもあった。城の柱は黒漆《くろうるし》、襖絵《ふすまえ》や壁画には金箔がはられ、外壁は白く瓦にまで金がほどこされていた。安土城は、最上階から琵琶湖《びわこ》の湖面を眺め、天下を睥睨《へいげい》するとともに信長自身を表す城だった。

天正五年八月二十四日に最初の柱立てが行われ、十一月三日には屋根が葺《ふ》きあがった。安土城の完成は、天正七年正月だが、このころには、かなりできあがっていた。

永徳たちは安土に移り住み、昼夜兼行で絵を描き、城の完成後、間も無くに仕上げようとしていた。

天正六年正月元日——信長は安土城本丸で諸大名、家臣たちの新年のあいさつを受けた。この日、信長は家臣たちを引き連れ、城内を見せてまわった。

壁一面の金箔、魚子《ななこ》の飾り金具による唐草《からくさ》模様、組み入れ合天井《ごうてんじょう》が豪華を極め、高麗《こうらい》べり、繧繝《うんげん》べりの備後畳《びんごたたみ》が青々と続くことが家臣たちの目を驚かせた。家臣たちは永徳の筆による襖絵、壁画の雄渾《ゆうこん》、豪奢《ごうしゃ》に息を呑《の》んだ。さらに信長は、息子の信忠はじめ家臣ら十二人を呼んで茶会を催した。出席したのは、丹羽長秀、明智光秀、羽柴秀吉、滝川一益《かずます》、荒木村重《むらしげ》ら織田家の錚々《そうそう》たる武将たちだった。

茶会では姥口《うばぐち》の釜《かま》、珠光茶碗《しゅこうぢゃわん》、帰花《かえりばな》の水指《みずさし》など天下の名物が披露された。この席でも永徳が描いた三国名所絵が大名や家臣たちに賛嘆された。

「信長公記」には、

――狩野永徳、仰せ付けられ色々様々ある所の写し絵、筆を尽くされ

とある。安土城での正月行事は、これだけでは終わらなかった。

四日には信長が信忠に譲った初花《はつはな》の茶壺《ちゃつぼ》、雁《かり》の絵、藤波《ふじなみ》の御釜、道三《どうさん》茶碗、珠徳《しゅとく》の茶杓《ちゃしゃく》、大黒庵《だいこくあん》所持の瓢簞の炭入れなどの名物のお開き会が催された。

場所は二の丸の万見仙千代邸である。

この日、永徳は仙千代に招かれ、お開き会の末席に連なった。さらに夜になって酒宴が始まった。客をもてなし終わった仙千代は、茶室で永徳一人に茶をふるまった。

仙千代は相変わらずの美貌《びぼう》で、信長の寵《ちょう》も厚く、このころ重元《しげもと》と名のり使い番も務めるようになっていた。黒楽《らく》茶碗で茶を点《た》てた仙千代は永徳に微笑みかけた。

「永徳殿の絵、上様には、ことのほかお気に入りでございます」

「さようどすか。それは嬉《うれ》しいことどすな」

「それ、そのように人の賛辞を当然として、鼻にもかけぬご様子――」

仙千代は笑った。

「これは、万見様とも思えぬ難癖じゃ」

永徳は頭をかいた。

「いえ、そのようなところが上様に、よく似ておられるというのです」

「また、戯言《ざれごと》を申されます」

「そうではありません。わたしは京で初めて永徳殿にお会いした時、上様と瓜《うり》二つの御方だと思いました」

永徳は顔をしかめて首を振った。仙千代が何を言い出すのか、と思ったのだ。

「いいえ」

仙千代は膝《ひざ》を進めてにじりよると、永徳の胸に右手をあてた。

「心が上様とそっくりだと申しているのです。わたしは上様と一心同体、上様と同じ心の方は、わかります。だからこそ上様の天下城を彩るには永徳殿が必要だと思ったのです」

仙千代はさらに手を永徳の懐に入れた。ひやりとした手が永徳の胸にふれた。

「さほどまでに、城を彩ることが大事とも思えまへんが」

永徳は甘美な誘いを拒むように眉《まゆ》をひそめた。

「上様を、ただの天下人《てんかびと》とお思いか」

「ただの天下人ではない？」

「上様は神になられる御方、天下を美しくされる御方です。そのことを丹羽も明智、羽柴もわかっておりません」

仙千代は広間の酒宴で上機嫌になっているはずの重臣たちの名を、ひややかに呼び捨てた。立ち上がると障子を開けた。中天にかかる上弦の月が青く冴《さ》え冴《ざ》えと輝いている。

「あの者たちは戦に強いばかりで、上様の理想がどのような物なのかわかろうともしません」

仙千代は月を眺めながら皮肉な口調で言った。仙千代は永徳を振り向いた。

「おわかりでしょう、天を飛翔《ひしょう》するとは、美しい天下をつくるということです」

永徳は何も答えなかった。安土城の天守閣に上って絵を描いていた時、琵琶湖の湖面が夕焼けに染まって荘厳なまでの緋色《ひいろ》に燃え立つのを見たことを思い出していた。

永徳が万見仙千代と会ったのは、この時が最後だった。


この年、仙千代は六月に播磨《はりま》の羽柴秀吉のもとに派遣された。

八月には安土での相撲会の奉行を務め、九月には信長の堺下向に従い、十月に荒木村重に謀反《むほん》の疑いが出ると明智光秀らとともに糾問使となった。

そして十二月、信長が荒木村重の居城、有岡城を攻めると仙千代は鉄砲隊を指揮した。

当世具足《とうせいぐそく》に身を固めた仙千代には異様な美しさがあった。

戦陣でも武士や足軽たちが思わず見とれるほどだった。それが仙千代の率いる兵たちの強さになっていた。乱戦になると足軽の端々《はしばし》にいたるまで、

「仙千代様を討たすな」

と死力を振るうのである。仙千代もまた、そんな兵たちの視線を感じるかのように人間離れした勇敢さを見せた。足軽に鉄砲を撃たせつつ、真っ先に駆けるのだ。

しかし、仙千代には悲運が待っていた。総攻めで他の馬廻《うまわ》りの武者たちとともに城壁を乗り越えようとしたときのことだ。城壁を這《は》い上がった仙千代の前に大男の城兵がいた。城兵は、きらりと槍《やり》を宙にきらめかせた。仙千代は槍を刀で弾《はじ》き返したが、城兵は武芸巧者だった。くるりと翻《ひるがえ》った槍は仙千代の首を刺し貫いていた。

仙千代は、ゆっくりと城壁から落下し息絶えたのである。

このことを京で聞いて、永徳は信じられないような気がした。仙千代は天から守られているような気がしていたからだ。

(天運が織田から去ったのやなかろうか)

永徳は不吉な思いに囚《とら》われた。予感が当たったのは四年後のことだ。

天正十年六月、信長が京の本能寺で明智光秀に討たれ、安土城は十日後には炎上した。火をつけたのは、信長の息子の信雄《のぶかつ》だとも光秀の軍勢だとも言われるが、はっきりとはわからない。

永徳は畢生《ひっせい》の力作が炎に包まれて焼失したと知ってぼう然とするばかりだった。

しかし、そのころ中国路から京を目指して、新たに永徳を必要とする男が軍勢とともに駆け上っていた。

――羽柴秀吉

である。

五

本能寺の変の際、秀吉は清水宗治の備中《びっちゅう》高松城を囲んで毛利氏と交戦中だったが、ただちに和議を結んで、いわゆる「中国大返し」を行い山崎の戦いで明智光秀を破った。

秀吉は毛利氏との和議にあたって陣屋屏風《びょうぶ》を贈った。この屏風は、永徳の作として有名な、

――唐獅子図《からじしず》屏風

と伝えられている。巨大な二頭の唐獅子が渓間をのし歩く様は、いかにも永徳らしい豪邁《ごうまい》な絵だ。秀吉は政略の道具として、さっそく永徳の絵を使ったのだ。

天下を取った秀吉は権勢を見せつけるかのように、次々に大建築を行い、その巨大な建物を彩る絵師として永徳を起用した。

天正十一年　大坂城

十四年　正親町《おおぎまち》院の仙洞《せんとう》御所

十五年　聚楽第《じゅらくだい》

十六年　秀吉の母、大政所《おおまんどころ》の菩提寺《ぼだいじ》、天瑞寺《てんずいじ》である。

信長の事業を引き継ごうとする秀吉にとって、天下人にふさわしい絵師は信長が用いた永徳以外に考えられなかった。秀吉だけでなく、諸大名も大建築を行い、その際には争うようにして永徳に障壁画を描かせた。

このころの永徳の大画について後に狩野永納《えいのう》が編した「本朝画史」は、

——舞鶴奔蛇之勢

——頻出新意、怪々奇々

と評している。

十丈から二十丈もある巨大な松や梅、三、四尺の人物などを壮大、絢爛《けんらん》に描き、しかも新奇な独創性に満ちた永徳の画業を称《たた》えたのだ。しかし怪々奇々《かいかいきき》という評言には人間界の寸法からはみ出した永徳の絵に対する危惧《きぐ》の念が垣間《かいま》見える。

天正十八年——永徳は絵師として絶頂にいた。

この年、四十八歳。

松栄は七十二歳で健在であり、永徳の嫡男、光信《みつのぶ》は二十六歳、次男、孝信《たかのぶ》は二十歳と成長していた。

七月、京は油照りの暑さをむかえていた。

秀吉は三月に小田原の北条氏《ほうじょう》攻めに出陣、四月、石垣山に陣を布《し》いて滞陣三月におよんだが、北条氏は七月五日に降伏、開城した。秀吉はさらに、帰服した奥羽を巡視すべく会津へと向かった。

永徳は、このころ、八条宮家御殿《はちじょうのみやけ》の襖絵《ふすまえ》とする下絵を邸《やしき》の画室で描いていた。五十近くになってもあまり肉はつかず、ひきしまった顔つきは若々しかった。絵筆をとって描くのは檜図《ひのきず》である。

画面一杯に巨大な檜が雄々しく枝をはる、

――怪々奇々
な絵だった。

傍らで見ていた松栄は、近ごろ伸ばした顎鬚《あごひげ》をつまみながら、

「相変わらず大仰な絵や。まあ、関白はん好みやろうけどなあ」

と皮肉な口調で言った。

「絵が粗《あら》くなったという悪口は聞き飽きましたで」

永徳は絵筆を持ったまま笑った。

「粗くなった、とは思わん。あんたは、大きな絵を描くほど力が出るさかいな」

松栄は気弱そうに目をしばたたいた。

「そやけど、何かおますのか」

永徳は筆を絵皿に置いて松栄の顔を見た。老父が何か言いたいことがあるのだろう、と思った。

「あんたは、これでええ。そやけど狩野の絵はどうなるのやろうか、と思ってな」

「狩野の絵?」

「そうや。あんたは、信長様に会うて天馬空を行くような絵を描くようになった。天下人《てんかびと》の絵、天才の絵や。だけど、それは、あんただけのことや。世間では光信のこと、何て言うてるか知ってるか」

「光信のことを何と言うてるんですか」

「光信の名は右京《うきよう》や。それで、下手右京《へたうきよう》と世間では呼んでるらしい」

「下手右京?」

永徳は顔をしかめた。確かに光信は、性格がおとなしく画風にも派手さはない。永徳から見れば拙《つたな》さだけが目立ち、物足らなく思っているが、狩野の嫡男が「下手」の異名で呼ばれては困る。

「天才の親を持つと人並みの才しか持たん子は苦労する。それは、わしがよう知ってることや。それに、あんたの絵は信長様という天下人に会うて映えた絵や。もう信長様はおらん、ということも考えんとな」

「きょうは手厳しゅうおすな。そやけど、今の天下人は関白様や。天下人好みの絵を描くのが狩野の宿命ですやろ」

永徳が自信に満ちて言うと、松栄は黙るしかなかった。信長と秀吉では違うと言いたかったのだろうが、さすがに口にできないのだ。

永徳も秀吉が天下人としての経略ではともかく、美的感覚では古今独歩とも言えるほど洗練され、独創的だった信長の足下にもおよばない、と思っていた。

秀吉も、信長のように完成した大坂城を諸大名に見せることを好んだ。

秀吉が引き連れて城内を見学させた者の中には豊後《ぶんご》の大名、大友宗麟や宣教師、ルイス・フロイスらもいた。

この時、秀吉は巨大な城郭と黄金の茶室や豪華な寝室などを自慢気に見せたが、永徳が描いた障壁画については特にふれなかった。

（わざと無視したわけやない、ただ気がつかんかっただけや）

永徳は、秀吉が絵の美しさがわからない男なのだ、ということに気づいていた。

信長が寵用《ちょうよう》した絵師を自分も使うことで天下人の箔《はく》をつけたかっただけなのだ、と思うと虚《むな》しい気がした。

（秀吉の好みは、ただ大きいだけで黄金がたっぷり使ってあれば満足するという成り上がり者のこけ脅かしや）

そう思った永徳は、急に咳《せ》き込んだ。近ごろ、微熱があり、体が気だるいことが多いのだ。

「どないした、大丈夫か」

松栄が心配そうにのぞき込んだ。

「大丈夫です、夏風邪や」

永徳は懐紙を出して額の汗をふいた。

「仕事が多すぎるんや。二年前に東福寺法堂の天井画を補修していた時にも倒れたことがあるやないか。大名たちが関白様にならおうて、どんどん注文を出す。それも大きな絵ばっかりや。このままやと体、壊すで」

「狩野永徳は天下一の絵師や。天下一、働いても当たり前ですやろ」

永徳は笑ったが、また咳が出そうになって口もとを懐紙でおさえた。その時、画室に光信と永徳の弟、宗秀が入ってきた。

宗秀は永徳より八歳下で四十になったばかり。温厚篤実な性格で、

――画法は専ら家兄永徳を学び、よく規矩《きく》を守る
と評されていた。

二人は永徳が咳き込んでいるのを見て戸惑った。

「どうした、二人して青い顔をして。わしはちょっと風邪ひいただけや」

永徳が不機嫌そうに言うと、二人はあわてて座った。宗秀が光信にうなずいてから口を開いた。

「それがな、兄さん、妙な話を聞いたものやさかい、報《しら》せに来たんや」

「妙な話て何や」

「新内裏《だいり》のことです」

光信が口ごもりながら言った。

「新内裏？」

永徳は眉《まゆ》をひそめた。新内裏の造営工事は昨年から行われており、完成も間近いはずだ。新内裏の襖絵制作は狩野が行うことになっており、宗秀と光信が弟子《でし》たちを指揮して準備を進めている。

「それが、狩野が外されて新内裏の対屋《たいのや》の障壁画を別な絵師にまかせることになった、というんです」

「なんやて。そんな馬鹿な」

永徳は思わず声を荒らげた。宗秀があわてて、

「まだ、噂ですさかい、正式に決まったわけやないと思います。そやけど前田玄以《げんい》様が、そういう意向やと御所の方から聞きました」

「前田様が」

永徳は唇を噛《か》んだ。

前田玄以は京都奉行であり、新内裏の造営奉行を兼ねている。半夢斎とも号する。美濃《みの》の人で尾張の寺の僧侶《そうりょ》だったが、本能寺の変の際に信忠から嫡男、三法師丸を託され清洲《きよす》に落ちのびた。光秀が亡ぶと、織田信雄に京都奉行を命じられ、その後、秀吉に仕えるようになった。後に豊臣秀頼《ひでより》を補佐する五奉行の一人に石田三成《みつなり》らとともに選ばれることになる。秀吉の信頼が厚い能吏だった。

「しかし、新内裏の仕事は、とうに狩野と決まっていたのに、なんで横槍《よこやり》が入ったんや」

松栄は首をひねった。

「それが、長谷川等伯《はせがわとうはく》が動いたらしいんです」

光信は興奮して顔を赤くしながら言った。

「そうや、汚いやり方や。等伯は、前から狩野の仕事に割り込もうと狙ってるという噂でしたけど、ほんまでしたんや。等伯は千利休《せんのりきゅう》と親しいという話や。前田玄以様は利休の茶の弟子やから、等伯は利休を通じて前田様に近づいたのに違いないですわ」

宗秀も口惜《くや》しそうに板敷を叩《たた》いた。

「長谷川等伯がな」

永徳はうなずいた。等伯の名は永徳も聞いていた。

北陸の能登《のと》、七尾《ななお》出身の絵師である。年は永徳よりも四つ年上の五十二。

等伯の若年のころのことは、京の者は誰も知らない。ただ、信春《しんしゅん》という名で仏画などを描いていたらしい。京に出てきたのは三十を過ぎてからで天正七年に三条の了頓図子《りょうとんずし》に住んだという。その後、京の町衆や堺の茶人たちと交友し、しだいに絵師としての名を高めてきていた。特に昨年、千利休が檀越《だんおつ》となって行った大徳寺山門を重層にする工事では、等伯が山門内部の天井、柱などに絵を描いた。龍天女、共鳴鳥《ぐみょうちょう》、迦陵頻伽《かりょうびんが》、仁王像など等伯の描いた絵は素晴らしく、京中に名を広めることになった。

「等伯めは、雪舟五世などと称しているそうだな」

松栄が苦々しげに言った。雪舟は、言うまでもなく水墨画の巨匠である。等伯が、その五世を称するのは、水墨画の伝統を引き継ぐという表明なのだ。大和絵《やまとえ》の技法を取り入れ華麗な世界を築いてきた狩野から見れば、当てこすりのようにも思える。

永徳は、中年になってから京に上り、権門に近づこうとする等伯のしたたかな野望を感じた。

(わしは幼いころから絵師の名門の子として日の当たる道だけを歩いて来た。雪国から這《は》い上がるようにして京に上った等伯の性根は無いかもしれんな)

永徳は思わずうなった。すると松栄が、

「そう言えば、内膳《ないぜん》が等伯の絵を見たことがあると申しておった」

と、ぽつりと言った。

狩野内膳は松栄の弟子である。信長に謀反《むほん》した荒木村重の家臣の子だという。九歳の時に根来寺密厳院《ねごろじ》に預けられ書画を学んだ。その後、狩野の門に入り、三年前に狩野姓を名のることを許された俊秀だが、まだ二十一の若者である。

「内膳は、どこで等伯の絵を見たんやろう」

永徳は松栄を振り向いた。

「それが、高野山の成慶院《せいけいいん》ということやった」

「高野山で？」

「そうや。そこには武田勝頼が寄進した武田信玄の画像がある。これが、長谷川信春、つまり等伯が描いた肖像画や」

この絵は、後の世にも最も有名な信玄像として伝えられることになる。髭《ひげ》を生やした恰《かっ》幅《ぷく》のよい武将が傍らに鷹《たか》をはべらせた像である。天下を狙った戦国の武将らしい気迫に満ちた信玄が描かれていた。

「そうか、信玄か」

武田信玄は、信長が最も恐れた強敵だった。信玄の画像を描いた絵師が狩野の天下を狙って新内裏の仕事を奪おうとしているのだ、と永徳は思った。

（せっかく築いた天下を奪われてたまるか）

永徳は胸の中でつぶやいた。

「等伯は狩野に戦を仕掛けているのだ。これは絵師の天下を奪われるか、守り通せるかの戦だぞ」

永徳は光信の顔を見ながら言った。いつまでも「下手右京」などと陰口をきかれていては困る、命がけで狩野の天下を守らねばならないのだ。

永徳は反撃を開始した。等伯が千利休、前田玄以を頼んで戦を挑むのなら、こちらも権門の力を利用するしかない、と思った。

永徳が選んだのは朝廷の実力者、大納言の勧修寺《かじゆうじ》晴豊《はれとよ》だった。

晴豊は朝廷で関白、太政大臣、左大臣、右大臣、内大臣に次いで六番目の重職である。

永徳は、この年、勧修寺邸の襖絵《ふすまえ》を描いて親しくなっていた。永徳は八月一日、酒樽《さかだる》を持って晴豊を訪ねた。さらに七日後の八月八日には宗秀、光信とともに晴豊の邸《やしき》を訪れた。

この時、晴豊は日記に、

——たいの屋のゑをはせ川と申者法印山口申付候めいわくのよしことはり申来候也

と記している。

永徳は晴豊と相談して、朝廷での、さらに実力者の公家《くげ》を頼ることにした。相手は、——九条兼孝《くじようかねたか》だった。兼孝は前左大臣《さきの》で、このころは朝廷の官職を持っていなかったが、令制では最高位の従《じゅ》一位に叙位されており宮中第一の実力者だ。

　永徳は晴豊の手引きで兼孝の邸を訪ねることができた。

　兼孝は色白でふっくらとした顔の男だが、細い目には油断ならない鋭さがあった。永徳と会うなり、

「なんや、天下の狩野永徳ともあろう者が、たった一つの仕事も他人には譲れんのか。少しは大人になったら、どうや」

　と冷たい言葉を浴びせた。平伏していた永徳は静かに顔をあげた。

「絵師の仕事は一を譲れば二を奪われ、二を失えば三、四だけでなく十、二十と果てしなく奪われるものでございます」

「それでは、武家とよう似ておるな。武家の修羅を絵師も生きておると申すのか」

「さよう。絵師も、また修羅にございます」

「ならば訊《き》くが、なぜ関白を頼らぬ。前田玄以は豊臣家の奉行だ。秀吉殿の鶴の一声があれば、否も応もあるまいに」

　兼孝はうかがうように永徳の顔を見た。

「関白に絵の何ほどのことがわかりましょうか。狩野永徳は天下一の絵師だと思うております。されば真にこの国を統べる帝《みかど》にこそ、永徳の腕を買っていただきたいのでございます」

永徳は、思わず激しく言った。兼孝は驚いたように目を見開いたが、やがて目が細くなるにつれ、じわりと笑みが浮かんできた。永徳は黙って兼孝の微笑を見つめていた。関白秀吉を誹《そし》れば、どのようなことになるかわからない。それでもよい、と思った。しかし、永徳にとって万見仙千代に請われて信長のための絵を描いたのは遠い昔になった。

（すべては灰燼《かいじん》に帰した。それでも、わしの絵は人々の記憶に生き続けるはずや）

永徳は、そう思いつつ兼孝に深々と頭を下げた。額に微熱があり、体に悪寒《おかん》が走るのを感じていた。

八月十一日、兼孝は前田玄以の邸を訪ねて長谷川等伯が新内裏の絵を担当することを拒否すると述べた。

十三日には永徳は光信、宗秀を連れてお礼言上《ごんじょう》のため晴豊の邸を訪れた。晴豊は上機嫌で永徳たちに酒を振る舞い、歓談した。

この席で永徳は、改めて万見仙千代の言葉を思い出した。

――信長様と心が瓜《うり》二つだとしても一人の人間は、もう一人の人間になることはできない。狩野派は長谷川派から牙城《がじょう》を守ることができた。しかし、いずれは、と思う。

（わしが死ねば、光信では狩野を守りきれまい）

という思いに永徳は囚《とら》われるようになっていた。

永徳は間も無く病床に臥《ふ》した。熱が出て、体が痩《や》せ衰えていくのがわかった。熱に浮かされるまま夢を見た。夢の中に出てくるのは琵琶湖畔に屹立《きつりつ》する安土城だった。

夕日に黄金で葺《ふ》いた瓦屋根《かわらやね》がきらきらと輝くのが見えた。やがて炎があがり、金粉のような火の粉が宙に舞った。安土城は炎に包まれたまま空高く浮かび上がった。

「天を翔《と》んでいる」

永徳は夢の中でつぶやいた。それは永徳が最後に描いた絵であったのかもしれない。

永徳は黄金の空を飛翔《ひしょう》していた。


狩野永徳は天正十八年九月十四日、急逝した。享年四十八歳。

新内裏での長谷川派との争いが決着して間も無くのことである。

永徳の没後、狩野一門を衝撃が襲った。

天正十九年、秀吉は淀殿《よどどの》との間にできた愛児、鶴松《つるまつ》が夭折《ようせつ》すると菩提寺《ぼだいじ》として祥雲寺の建立を命じた。

その障壁画を任されたのは狩野ではなく、新内裏の件で敗れた長谷川等伯だった。祥雲寺の造営奉行は前田玄以である。

狩野派は以降、長谷川等伯に苦杯をなめさせられることになる。

狩野派が江戸期を通じて御用絵師の名門としての隆盛を迎えるには永徳の次男、孝信の子、探幽《たんゆう》の登場を待たねばならなかった。

等《とう》伯《はく》慕《ぼ》影《えい》

絵師の長谷川等伯《はせがわとうはく》が江戸に入ったのは慶長《けいちょう》十五年（一六一〇）二月下旬のことだ。

粉雪が降る昼下がりである。七十二歳の等伯は駕籠《かご》の中で目を閉じていた。才槌頭《さいづちあたま》で頬がこけ、顎《あご》が尖《とが》った顔だ。僧形《そうぎょう》で法眼《ほうげん》の位を持つ等伯だが、いまは病み衰えている。かつては、くぼんだ眼窩《がんか》の小さな目が野心に満ちていた等伯も、ただの老人になりはてていた。

駕籠が止まり、引き戸が開けられた。

「父上――」

等伯の京からの旅に同行してきた次男の宗宅《そうたく》が等伯の腕を取った。門人たちが等伯に雪を避ける傘をさしかける。等伯は、足に力を入れて駕籠から降り雪駄を履いた。体の節々が痛み、三日前からの下痢の苦しみが、また襲ってきた。

「ここは、どこじゃ」

等伯はかすんだ目であたりを見まわした。降りしきる粉雪で何もかもが白くなり、建物は黒い影のようだ。敷地内の松がぼんやりと浮かび上がっている。

「谷中《やなか》の円行院でございます」

三十七になる宗宅は、落ち着いた声で言った。そうか、と等伯はうなずいた。江戸での寄宿先とした寺だ。

(わしは、ここで死ぬのかもしれない)

不吉な予感が等伯を襲った。

等伯は手をとられたまま歩き出そうとした。ふと、このような風景を、いつか見たような気がした。一歩踏み出した時、これは「松林図《しょうりんず》」ではないかと思って苦笑した。

白く煙る霧、あるいは驟雨《しゅうう》の中から浮かび上がる松林を描いた「松林図」は等伯の最高傑作であった。

(あの絵には、故郷を描いた)

等伯は雪雲におおわれ真っ白の空を見上げた。

等伯の出身地は能登《のと》の七尾《ななお》である。

「松林図」に描いたのは、七尾の海岸の松林だ。日本海から吹き寄せる雪まじりの浜風に枝を揺らす松の姿は等伯にとって懐かしいものだ。

能登半島の浜辺の家には季節風に備えて屋根の高さまで覆う囲いの間垣《まがき》がある。冬の厳しさは苛烈《かれつ》だった。

(そう言えば、七尾を出たのも、こんな雪の日だった)

等伯は目をしばたたいた。

——それは四十年近く前のことである。

一

元亀《げんき》三年（一五七二）一月、雪が降りしきり、寒気の厳しい日。

甲斐国《かいのくに》の甲府、武田家の躑躅ヶ崎館《つつじがさきやかた》に越前《えちぜん》朝倉家の使者の一行七人が訪れた。武田の当主、信玄の息子で諏訪《すわ》の領主でもある勝頼《かつより》がつきそっていた。勝頼は、この年、二十七。すでに勇猛な武将として近隣にも知られていた。

七人のうち四人は供の者で三人だけが広間に通された。男たちは携えてきた鳥籠《とりかご》を傍らに置いている。籠は布で覆われ、中には鷹《たか》がいた。

広間に座って信玄を待つ三人は長旅をしてきたようだ。雪焼けなのか、浅黒い顔をならべ、髷《まげ》は乱れ衣服も埃《ほこり》に汚れている。

勝頼は奥座敷に行くと、使者の名は前波《まえば》伝九郎、朝倉家で聞こえた豪の者らしいと信玄に伝えながら苦笑した。

「まことに、むさい様子ではございますが、朝倉からの使いであることは間違いないようです」

「そうか、朝倉からの使者なら雪山を越えて来たのであろう。苦労なことだ」

文机《ふづくえ》に向かって詩作していた信玄は、筆を手にしたまま、そっけなく言った。

越前から甲斐までの間には飛騨《ひだ》山脈がある。武田と抗争を繰り返す上杉の勢力が強い日本海側を避けるなら山越えをして信州に出て、さらに甲府への道をたどるしかなかった。

躑躅ヶ崎館に来た男たちは朝倉家からの密使であるという。

使者の趣は聞かなくても、わかっている。

朝倉は一昨年、元亀元年六月に近江《おうみ》の姉川《あねがわ》で浅井長政とともに織田信長と徳川家康の連合軍と戦って敗れた。その後も、朝倉、浅井は織田に戦いを挑み続けているが、信長は昨年、比叡山延暦寺《ひえいざんえんりゃくじ》を焼き討ちし、朝倉を支援する者たちへの見せしめとした。

しだいに劣勢に追い込まれている朝倉が望んだのは、反織田同盟への武田の参加であり、信玄が三河に侵攻し、さらに上洛《じょうらく》を目指すことだった。

この背景には、かつて信長に擁立されながら、今は冷え切った関係にある将軍足利《あしかが》義昭の策謀もあった。信玄の下には義昭や朝倉義景《よしかげ》、はては信長に圧迫される石山本願寺からの書状を持った密使が何度も訪れている。信玄はこれに色よい返事を与えるとともに、去年四月には三河に攻め入り、家康を脅《おびや》かした。しかし、朝倉義景が求めているのは、信玄の本格的な上洛なのだろう。

「しつこいほど上洛せよと言うてくる。よほど信長が怖いらしいな」

信玄は苦笑いして筆を置いた。近ごろ肉がつき、脂ぎった顔を勝頼に向けた。頬から耳にかけて髭《ひげ》が生え、小さいが鋭い目が光を放つ信玄の顔を見ると、勝頼はいつも虎を思い浮かべる。

信玄は信州を侵略、諏訪頼重《よりしげ》を甲斐に呼び出して幽閉、自殺させた。その後、諏訪家の姫を側室として産ませた子が勝頼だ。

勝頼には、秘めているものの父への嫌悪があった。勝頼は、そんな気持を覚られぬよう声を明るくした。

「朝倉は、こたびは鷹を献上したいとのこと」

「鷹か。敦賀《つるが》には、昔、高麗人《こまびと》が流れ着き鷹狩りを伝えたという話が残っておるらしい。よい鷹も多いかもしれぬ」

「それだけではございません。使者の一人は能登の長続連《ちょうつぐつら》の使いで長新左衛門と申します」

「能登の長？　知らぬな」

信玄は首をひねった。しばらく考えてから、ぽんと膝《ひざ》を叩《たた》いた。

「畠山義綱《はたけやまよしつな》を追い出した七人衆か」

信玄は各国の情勢については掌《たなごころ》を指すように知悉《ちしつ》していた。能登の守護は畠山氏である。畠山は細川、斯波《しば》とならぶ室町幕府三管領《かんれい》の名家だが、能登畠山は庶流だ。

天文《てんぶん》年間の義総《よしふさ》のころ繁栄し、七尾の町には京から公家《くげ》、禅僧らが訪れ文化も栄えていた。しかし、長続連はじめ遊佐《ゆさ》続光《つぐみつ》など七人衆と呼ばれる重臣たちが力を蓄え、永禄《えいろく》九年

（一五六六）、内乱を起こした。義総の孫で家督を継いでいた義綱は七人衆に追放された。

七人衆は、義綱の幼子、義慶《よしのり》を擁立したが、義綱は近江、坂本に滞在して復権の機会をうかがっている。

「どうやら、わしの手が能登にものびるということらしいの」

信玄は満足そうに言った。

「それでは、朝倉の狙いは、やはり」

「畠山義綱は、能登に返り咲こうと上杉輝虎《てるとら》と結んだと聞いておる。長は、上杉と対抗するには、わしに通じるしかないと考えたのであろう。朝倉義景にしてみれば、わしが上洛するのを阻むのは、輝虎の動きだと見て、能登の七人衆が上杉の足かせになると伝えてきたのだ」

では、使者に会ってやるか、と信玄が立ち上がると、勝頼は手をあげて制して小姓《こしょう》に刀を持ってこさせた。信玄が見ると、足利義昭が密使に持たせて贈った「二引両《ふたつひきりょう》」の紋が入った腰刀である。「二引両」は足利家の家紋だ。

信玄が怪訝《けげん》な目で見ると勝頼は、

「使者の中に絵師がおります。父上の肖像を描きたいとのことで」

「わしの肖像をどうするというのだ」

「義景殿は、父上の肖像に朝夕、香を炷《た》き、武運長久を祈願いたしたいとのことでございます。されば、将軍様から拝領の腰刀を着用した姿を写させてやれば、武田が約束を守る証《あかし》ともなりましょう」

「阿諛者《あゆもの》め」

信玄は愉快そうに笑うと小姓から腰刀を受け取って、そのまま広間へと向かった。

阿諛、つまり、おべっかを言う者と信玄が笑ったのが、朝倉義景のことか勝頼のことなのかは、よくわからなかった。広間では、前波伝九郎と長新左衛門が平伏し、その後ろに袖無《そでな》し羽織を着て腰に小刀を差しただけの三十過ぎの小柄な男がいた。

色黒で額が狭くあごがとがって、狷介《けんかい》な顔つきだ。

（この男が、絵師か）

信玄は男を見て、そのまま上座に座った。信玄の傍らに小姓が台を持ってくると、使者たちが運んできた鷹を据えた。まだ若い鷹である。嘴《くちばし》が鋭く、眼光は炯々《けいけい》としている。

「よい鷹じゃ。大儀であった。武田の存念は変わらぬ。間も無く兵を発するとお伝えいただこうか」

信玄が話している間、絵師らしい男は食い入るように見つめていた。

信玄は、しだいに男の無遠慮な視線が不快になってきた。ちらりと勝頼を見ると席を立った。前波伝九郎と長新左衛門は顔を見合わせたが、勝頼はすかさず、

「御使者のお話、よくうけたまわった」

と声をかけた。そして、長から絵師だと聞いている男に向かって、

「御屋形様《おやかた》は気短かでのう。絵にするのは難しかったか」

「いえ、もはやできております」

男は無愛想に答えた。眼窩《がんか》のくぼんだ目で勝頼を見つめている。

新左衛門があわてて、

「この者は、絵師の長谷川又四郎信春《しんしゅん》と申します」

と非礼をわびるように言った。伝九郎も苦い顔をしているところを見ると、二人はこの絵師を好んでいないらしい。勝頼は又四郎の目を見てどこかで見たと思った。

勝頼が思い当たったのは、使者たちが別室に引き揚げてからである。

(そうだ。父上の目に、よく似ている)

非情で欲深な虎の目だ、と勝頼は思った。

使者たちは十日の間、躑躅ヶ崎館に留まった。又四郎が信玄の肖像画を仕上げるためである。勝頼は、その絵を敦賀に持ち帰るのか、と思ったが、できあがった絵はそのまま信玄に献じられた。朝倉家が所蔵する信玄の画像は又四郎が戻りしだい、描くのだという。

できあがった肖像画を広間で見て、勝頼はため息をついた。傍らの鷹とともに戦国の雄、武田信玄が見事に描かれていたからだ。

勝頼は近習を呼んで何事かささやいた。近習は間も無く白木《しらき》の三方《さんぼう》を捧《ささ》げて持ってきた。伝九郎と新左衛門、又四郎は息を呑《の》んだ。三方には武田の碁石金《ごいしきん》が山盛りになっていた。碁石金とは碁石のような形の金だ。一粒が一匁《もんめ》（三・七五グラム）から四、五匁ある。刻印はなく貨幣というよりも軍用金や恩賞に使われるものだ。『甲陽軍鑑《こうようぐんかん》』に「当座の褒美《ほうび》として、碁石金を信玄公自身の両の手に御すくひなされ、三すくひ下さる」などと書かれている。

黒川金山など鉱山開発に力を入れてきた武田家が軍資金として碁石金を使うことは他国にも知られていたが、見るのは三人とも初めてだった。

「御屋形様の肖像を描いてもらった礼だ。絵師にとらせるゆえ、持っていくがよい」

勝頼は笑みを含んで言った。武田の富強を他国の者に見せつける狙いがあったのかもしれない。勝頼は後にこの肖像を高野山成慶院《せいけいいん》に「信玄公寿像」として寄進する。信玄像として最も有名な肖像画だ。

後世、この長谷川信春印がある肖像に描かれているのは、信玄ではなく畠山義総ではないかと論議される。

刀の紋が足利氏の「二引両」だったからだ。畠山氏も「二引両」である。ところが武田家の紋は「四割菱《よつわりびし》（武田菱）」なのだ。

七尾の絵師が武田信玄の肖像を描く理由がないことから義総の肖像ではないかとされた

のである。

五年後の天正《てんしよう》五年（一五七七）、畠山義綱と結んだ上杉謙信は、能登に乱入し遊佐続光の内応を得て長続連を一族百余人とともに討ち取り七尾城を落としている。

長家の家臣筋の絵師が信玄の画像を描いたことは、長氏と信玄を結ぶものがあったと見るべきだろう。

「ありがとうございます」

又四郎は声を震わせ、平伏した。これだけの碁石金があれば、庶民なら三、四年は寝て暮らせるだろう。このとき、又四郎の胸には、

（この金があれば望みを果たすことができる）

という思いがこみあげていた。

又四郎は仏絵師である。実父は長氏の家臣で奥村文之丞《ぶんのじよう》といったが、長谷川家に養子に出された。長谷川家は染物屋だった。このころは一族が武士と町人に分かれていることも珍しくなく奥村も長谷川も、そのような家だった。

又四郎は絵に才能があり、二十五、六のころから各地の寺の求めに応じて頂相《ちんぞう》、すなわち高僧の肖像画などを描いてきた。羽咋《はくい》の妙成寺《みようじようじ》の「日乗像」などがいまも残されているが、又四郎の描く高僧の表情は一様にひややかさを感じさせるのが特徴だった。

朝倉義景が武田信玄と誼《よしみ》を通じるために肖像画を描かせようと思い立ったとき、能登の

長続連は家臣の子でもある又四郎を推薦したのだ。又四郎は帯刀信春《たてわきしんしゅん》と名のって仏絵師として能登で知られるようになっていた。

このころの絵画は朝廷絵所預《えどころあずかり》の土佐家、幕府御用絵師の狩野家《かのう》が主流だった。狩野家は伊豆の豪族だった初代の正信が京に上り、足利義政に用いられて御用絵師になっていた。

(わしも御用絵師になれるのではないか)

絵の力量に自信のある又四郎は野望をひそかに抱いていた。又四郎が、このような望みを抱くようになった背景には能登の内乱がある。

天文十四年(一五四五)に没した畠山義総の時代は三十年におよび能登は栄えた。繁栄を慕うように京から歌道で高名な冷泉為広《れいぜいためひろ》、為和《ためかず》親子、連歌師宗碩《そうせき》、禅僧の彭叔守仙《ほうしゅくしゅせん》らが下向した。七尾は小京都であり文化都市だったのだ。しかし、義総没後、内乱が続くと戦火がおよぶまでになっていた。又四郎は戦騒ぎにおびえる七尾での暮らしに見切りをつけ京に上りたいと考えるようになっていたのだ。

勝頼から絵の謝礼として碁石金をもらうと、一度に目の前が開けた気がした。同座した伝九郎と新左衛門の表情には暗いものが浮かんでいた。勝頼は二人の表情にあるのが思わぬ金を手にした又四郎への羨望《せんぼう》と嫉妬《しっと》だと見抜いていた。

(この碁石金、又四郎という絵師に凶運をもたらすかもしれぬ)

と思ったが、忠告してやるつもりはなかった。

勝頼は、この男の信玄と似た目に困惑が浮かぶところが見たかったのである。

二

前波伝九郎の一行は翌日、躑躅ヶ崎館を出立した。甲府から諏訪盆地、松本盆地へ出て、さらに白馬岳《しろうまだけ》を越えて行くのである。一行は笠《かさ》をかぶり、蓑《みの》を着ている。供の者たちは重い荷物を背負っていた。雪が積もる山道にさしかかったころ、伝九郎と新左衛門はしきりに言葉を交わすようになった。

又四郎が武田から贈られた碁石金のことである。

「のう、まことに不公平なことがあるものよな」

と髭面《ひげづら》の伝九郎は苛立《いらだ》たしげに言う。

「それは、どのようなことでございますかな」

新左衛門は朝倉家でも名だたる勇士の顔を見ながら媚《こ》びるように訊《き》いた。

「そうではないか。この冬に峠を越えて甲斐に行くなど、だれにでもできることではない。その間、わしらは鷹《たか》に気遣い、織田方の目にふれぬように身を細らせてきたのだ。それなのに、われらにはさしたる恩賞もなく、絵師づれが、たっぷりと金を懐にするとは妙なことよ」

伝九郎は聞こえよがしに大声で言った。

「それは、そうでございますな。われらはとんだ骨折りだけ。よい目は別の者が見るというわけですな」

新左衛門も嫌な笑い方をしながら言った。又四郎は聞こえない振りをした。

金を分けろと伝九郎は言いたいのだろうが、

(わしが描いた絵の謝礼の碁石金だ。わし一人のものだ)

又四郎はかたくなに伝九郎の視線を避けた。一行は百姓家で泊まったり、雪山の雪で洞穴を作ったりして泊まりを重ねた。

山を越え魚津《うおづ》へ出て富山平野を過ぎる。倶利伽羅峠《くりからとうげ》を越え加賀路《かがじ》に入り、はるかに霊峰白山《はくさん》をあおいで行く。又四郎は、できるだけ二人と言葉を交わさないようにしながら歩いた。碁石金をつつんだ荷は背中に重苦しくのしかかった。

津幡宿《つばたじゅく》にいたる谷川沿いの山道になった。津幡宿から北に進めば能登街道になる。又四郎は雪で白くおおわれた谷川を見た。ところどころ岩がのぞき細流に洗われている。

さく、さくと雪を踏みしめる音とともに背後から、

「おい、又四郎――」

と伝九郎が声をかけた。又四郎が振り向くと伝九郎は刀を抜いている。

「前波様、何をなされます」

又四郎は、ぎょっとして叫んだ。伝九郎の背後で新左衛門と供の者たちが、つめたい目で見ていた。

「旅の間、何度も謎をかけてやったのに、血のめぐりの悪い奴だ。もう我慢がならぬ。背中の碁石金の包みを置いて、さっさと失せろ。さもなくば斬る」

伝九郎の目は濁って殺気を帯びていた。

「わたしが戻らねば武田様の絵ができませぬぞ」

又四郎は震え声で言った。

「たわけたことを言うな。信玄の絵など誰も欲しいわけではないわ。われらの役目は武田に上洛《じょうらく》の念押しをしたことで終わっておる。お前は旅の途中、山から落ちたとでも言っておけばすむことだ。命が惜しければ碁石金を渡せ」

「碁石金を渡しても口封じに斬るつもりだろう」

又四郎は大声で言うと、背を向けて走り出した。待てっ。あわてた伝九郎が刀を振りかざして又四郎を追った。又四郎は山道を駆け下りようとした。津幡宿に逃げ込むつもりだった。しかし、足がずぶりと雪にはまった。引き抜こうとすると、さらに体が崖《がけ》の方に沈んでいく。そばの灌木《かんぼく》につかまろうとしたが、その時には崖をすべり落ちていた。道沿いの木々が揺れて雪が落ち、雪煙があがった。

伝九郎は崖を転げ落ちる黒い人影を見て舌打ちした。

「阿呆《あほう》め。脅しただけであったものを」

伝九郎は憑《つ》き物が落ちたような顔をしていた。

「これは、助かりませんな」

新左衛門が傍らに来て苦々しげに言った。伝九郎が又四郎を脅してやると言ったのを黙認したことを後悔していた。

(あの男、気にくわなんだゆえ、伝九郎の乱暴を見ぬふりをしたが、やりすぎたか)

新左衛門は谷川を見下ろしながら、七尾に戻ってから続連にどう報告するか、と考えていた。


谷川に落ちた又四郎は、雪に埋もれて気を失った。そのままなら凍死していただろう。しかし、雪の中の又四郎に気づいた人間がいた。五郎兵衛《ごろべえ》という猟師だった。笠をかぶり、熊の毛皮をまとい、弓矢を持って山刀を腰に差している。雪焼けした色黒の丸顔で、口からあごにかけては髭におおわれていた。四十すぎの屈強な男だ。五郎兵衛は雪の中から又四郎を助け出した。

「おい、どうした。旅の人、崖から落ちたのか」

五郎兵衛は野太い声をかけた。又四郎はかすかにうめいた。又四郎は足を痛めて歩けなかった。

「しかたがねえな」

五郎兵衛は舌打ちすると又四郎をかついで山の中の一軒家に運んだ。家の中に入ると獣の臭いがした。囲炉裏《いろり》では粗朶《そだ》が燃え、獣の肉が入っているらしい鍋《なべ》が煮えている。

五郎兵衛はこの家で娘と二人で暮らしていた。娘は十八で、なつという名だった。なつは五郎兵衛が男をかついできたのを見て、

「親父、それは誰だ」

「わからねえ、ほっとけば死ぬからな」

五郎兵衛は苦い顔をした。又四郎は炉端《ろばた》に横たえられるとあえぎながら、

「すまない。わたしは七尾の長谷川という染物屋です」

と名のった。絵師だとは言わなかったのは、甲斐に行って、碁石金《ごいしきん》をもらったことを隠すためだ。

「これは、なんだ」

五郎兵衛は又四郎の背中の包みを取り上げた。又四郎はごくりとつばを飲むと、

「染色の材料になる石で家業の秘密だから人には見せられないものです」

と説明した。五郎兵衛は疑わしそうに髭面をしかめたが何も言わなかった。

なつは又四郎に興味を持ったようだ。五郎兵衛が猟に出かけていった昼間、又四郎の傷

の手当てをしながら親しげに話しかけた。七尾のことを知りたがり、山の暮らしに飽きたから里に出たいのだと言った。又四郎はうなずいて聞いていたが、なつの目が何かを期待しているように輝くのを見て困惑した。

又四郎が五郎兵衛の家にかつぎこまれて十日がたった。

この日、五郎兵衛は猟に出ていた。なつは、寝たままの又四郎に頬をこすりつけるようにして、

「のう、怪我がよくなったら、わしを七尾に連れて行ってはくれぬか」

とささやいた。なつは、色黒で目が大きく目鼻立ちがくっきりとしている。鹿のようなしなやかな体つきで男を魅《ひ》きつけるところがあった。三日前に、なつは又四郎の寝床に入り込んで契っていた。まだ足が動かせない又四郎は、なつの奔放さに驚いたが、なすがままにされるうち、思わず女体を抱いていた。

（人に慣れない山の娘が、なぜこのようなことを）

と又四郎は訝《いぶか》しんだが、あるいは、自然のままに生きている山の女だからこそ奔放なのだろうか。なつが五郎兵衛を嫌って家を出ていこうとしているのは、わかっていた。又四郎に抱かれたのも自分を連れ出させるためなのかもしれない。

「親父様が許すまい」

又四郎は気味悪くなって言った。

「そんなことを言っていると親父に殺されるぞ」

なつは薄く笑った。

「なんだと」

「お前が寝ていたとき、親父は布袋の中をのぞいておった。あの中は金であろう。親父はお前の金を盗むつもりになっておるが、小心者だし、知恵もないから、この山にいる山伏どもに相談しておるらしい。ここらの山伏たちは悪党が多い。山賊と同じだ。旅人から金も奪えば女も犯すという連中じゃ。お前を殺して金を奪えと唆《そそのか》すに決まっておる」

「本当か」

あの碁石金がまた災いを呼ぶのか、と思って又四郎はぞっとした。

「親父は馬鹿じゃ。お前を殺して金を奪ったら山伏の助けを借りて他国に逃げるつもりじゃろうが、そのときには山伏に殺され、金も奪われる。わしも山伏どもにさらわれ慰み者にされたうえで売り飛ばされる。そうなる前にお前と七尾に逃げたいのだ」

なつは体を押し付けながら言った。又四郎には、なつの言っていることが本当かどうかわからなかった。あるいは家から逃げ出したいための嘘かもしれない。それでも又四郎は、五日後の昼過ぎには、なつとともに五郎兵衛の家からこっそり抜け出した。碁石金の布袋は背中にしっかりと背負っていた。足もようやく癒《い》えていたが、なつがいなければ山道に迷うと思って、仕方なく同行することにしたのだ。五郎兵衛はこの日も朝から猟に出ていた。

「親父はきょうは向こうの峰まで行っておる。日暮れまで帰ってこない」

なつはそう言うと、又四郎を案内して険しい山道を下り始めた。二人が歩きつづけると、ようやく峠から里が見下ろせるあたりに来た。

「もうすぐじゃ。山伏は山に結界を張っておって、その外には出ん。あの杉のあたりを過ぎてしまえば」

なつは指さそうとしたが、途中ではっと息を呑《の》んだ。山道沿いの大きな杉の根方《ねかた》に何か黒いものがうずくまっている。なつは、なんだあれは、とつぶやいた。やがて、はっと気づくと、

「親父――」

なつは悲鳴のような声をあげて駆け寄った。杉の幹に上半身を寄りかけるようにして足を地面に投げ出しているのは五郎兵衛だった。頭はがくりと前にたれているが、近づいた又四郎が見てみると首を鋭い刃物で切られていた。

「山伏の奴」

なつはうめいた。

又四郎には、事態がよく呑み込めなかった。なぜ、五郎兵衛がこんなところで殺されているのか。もしかすると、なつは五郎兵衛と示し合わせて又四郎をここまでおびき出した

のかもしれない。

（碁石金のことは、とうに山伏に知られていたのではないか。五郎兵衛親子は山伏に知られないようわしをおびき出して、殺したうえで金を持って逃げようとしたのではないのか）

又四郎は思わず後退《あとずさ》りした。なつが振り向いて、何か言いかけようとした。しかし、その時、山道沿いの林の中から雪を蹴《け》立《た》てて何人もの黒い影が走り出てきた。兜巾《ときん》をかぶり結袈裟《ゆいげさ》をつけ笈《きゆう》を背負って金剛杖《こんごうづえ》をついた山伏たちだった。又四郎は恐怖に襲われて山道を駆け下った。背後からなつの悲鳴と、

「助けて」

という声が聞こえたが振り向かなかった。痛む足で重い荷を背負いながらも、又四郎は必死になって逃げた。

あるいは、なつの言葉通り山伏たちは結界を出なかったのか。又四郎はそのまま逃げのびた。

又四郎が、七尾の家にたどりついたのは八日後のことである。

この日も朝から雪が降り、往来には人影が少なかった。

又四郎が表の戸を叩《たた》いて開けさせると、出てきた妻の妙《たえ》は青ざめて息を呑んだ。

長新左衛門から又四郎が甲斐から戻る途中の山道で遭難したと報《しら》せて来ていたからだ。長谷川家では又四郎の養父母、太郎左衛門夫婦が、去年、相次いで病死している。そのうえ、又四郎まで遭難死したとあっては染物屋も続けていくことはできない、と店を閉めたばかりだったのだ。

家に入ると崩れ落ちるように土間に横たわった又四郎は、顔や手に凍傷をこしらえ、衣服は汚れて無惨な姿だった。

大事そうに背負っていた布袋をどさり、と板敷に置いた。妙が布袋を動かそうとすると、

「さわるな」

又四郎が、あえぎながら板敷に這《は》い上がって怒鳴った。顔は真っ黒に雪焼けし、やつれていたが目だけが鋭く光っていた。

「それには、碁石金が入っている。その金で京に上るぞ」

「京へ」

妙は驚いた。妙は色白の美しい顔をした従順な女だったが、又四郎が何を言い出すのかと思った。

又四郎は、この日は夜具を敷かせて死んだように眠った。

妙に詳しく話したのは、翌日の昼過ぎに目覚めて湯漬けを食ってからである。

「七尾も、いずれ戦にまきこまれる。その前に京に出る。長谷川の父上、母上も去年亡く

なって、もう義理はない」

妙はうなずいて奥に行くと、五歳ぐらいの男の子を連れてきた。色白のおとなしげな子供である。又四郎の一人息子、久蔵《きゅうぞう》だった。久蔵は駆けよって、

「お父様――」

と言った。

又四郎は久蔵を招き寄せると抱きしめて、

「お前を京に連れていってやるぞ。京で立派な絵師になるのだ」

と言った。又四郎は初めての子の久蔵を溺愛《できあい》していた。京に上るのも久蔵を京で学ばせ、絵師にしたかったからだ。

(わしが道を切り開いて、この子に継がせるのだ)

又四郎は、前波伝九郎に斬られそうになって谷川に転落しながら、どうやって生きのびたのかは妻にも言わなかった。

長新左衛門の家来が、その後も又四郎の店を何度か訪ねてきていた。もし又四郎が生きて帰れば、碁石金を伝九郎とともに奪おうとした悪事が露見することを危惧《きぐ》したのだろう。しかし、そんなことになれば又四郎の方が長家の重臣を謗《そし》ったと言われ、咎《とが》めを受けることは目に見えていた。

「長様たちが七尾に戻られて、二十日になります。お前様だけどこで何をしておいでじゃ

った」

と妙が訊《き》いても又四郎は、

「うるさい、何も訊くな」

と言うだけで答えようとはしなかった。しかし、なつがその後、どうなったのか、又四郎には気がかりだった。あるいは後ろめたかったというべきだろうか。

（なつは、わしを助けようとしたのかもしれない。その女をわしは見捨てて逃げた）

又四郎は忸怩《じくじ》たる思いだった。七尾に戻ってからも、なつの助けを求める声は耳から離れなかったのだ。

三

千利休《せんのりきゅう》がその男のことを聞いたのは、茶人の広野了頓《ひろのりようとん》からである。

広野家は足利家代々の従臣で、末裔《まつえい》の了頓は京の三条衣棚《ころもだな》町了頓図子《ずし》に住んでいる。図子とは横町とか路地のことだ。了頓が住んだことから了頓図子と呼ばれていた。

このあたりは水が良く、了頓はここに茶亭を構えて茶道を広め、後に豊臣秀吉、徳川家康、古田織部《ふるたおりべ》らが訪れたと伝えられる。

利休が了頓亭を訪れたのは、天正十七年正月のことだった。利休は、この年、六十八歳。

豊臣家の茶頭《さどう》として権威は並ぶ者がなかった。

「いや、まことに無法な絵師でござって」

了頓は笑いながら言った。話題にしているのは了頓図子に家がある絵師のことだ。

「絵師？」

「さよう。その絵師が大徳寺三玄院の襖《ふすま》に、和尚《おしょう》が留守の間に勝手に絵を描いたのです」

三玄院は、大徳寺の春屋宗園《しゅんおくそうえん》和尚の塔頭《たっちゅう》である。絵師は春屋和尚から、

「禅寺に襖絵は不要——」

と断わられていたのにも拘《かか》わらず、春屋和尚が留守の時を狙って上がりこみ、留守僧の制止を振り切って水墨で四季の山水画を描き上げたのだという。

「それで、できはどうだったのですかな」

利休は興味深げに訊いた。

「それが、唐紙《からかみ》に桐紋《きりもん》を雲母《うんも》で摺《す》り出した襖ですから表面が盛り上がって筆さばきが難しいはずなのに、なかなかの出来栄えだそうで、春屋和尚も苦笑されて何も言われなかったそうです」

「しかし、なぜ、そんな乱暴をしたものですかな」

「能登から十六、七年前に京に出てまいった男で、今では弟子《でし》も三人ほどおるのですが、なかなか芽が出ず、焦っておったようでございます」

了頓は笑ったことを、ちょっとすまなく思ったような顔になった。

「いまの絵は狩野の天下ですからな」

利休はぽつりと言った。狩野派は、初代正信の子、元信が大和絵《やまとえ》と漢画の水墨画を融合させ、

――天下画工の長

と呼ばれた。天正年間になって狩野派を率いているのは、元信の孫で史上名高い永徳《えいとく》である。

狩野永徳は織田信長に気に入られ、安土《あづち》城の障壁画を任され雄渾《ゆうこん》な筆を振るった。天正十年、信長が本能寺の変で死んだ後も次の天下人《てんかびと》、豊臣秀吉に用いられ、大坂城、聚楽第《じゅらくだい》などの障壁画、屛風絵《びょうぶえ》を狩野一門で担当していた。

雄大できらびやかな画風は安土桃山時代そのものだと言ってもよかった。しかし、

(狩野の画風は、わしの茶には合わぬ)

と利休は思っていた。

茶の湯は、もともと禅寺の喫茶作法から生じたといわれる。漢画の水墨画も雪舟《せっしゅう》のような禅僧によって描かれてきた。しかし、狩野派の絵はいまや金泥地に彩色する華麗で過剰なまでに装飾的なものになっている。

侘《わ》び茶をめざす利休にとっては粗笨《そほん》、虚飾に見えるのだ。

「ところで、その絵師の名はなんと申すのです」

「これは失礼しました」

了頓は、絵師の名は、

――長谷川等伯
だと言った。十七年前、能登を出た又四郎である。七尾から妻子とともに京に出た又四郎は、仏絵師としての縁をたどって広隆寺《こうりゆうじ》や本法寺《ほんぽうじ》塔頭教行院などに仮寓《かぐう》した。京や堺に出歩いては絵師としての知識を吸収し技術を研鑽《けんさん》した。名も等伯、あるいは等白と称するようになっていた。

絵師として仕事ができるようになったのは、ようやく、このころである。それも仏画や絵馬を描く仕事だった。

又四郎について「仲家本長谷川家系譜」には、

――三条衣棚を住居となし門弟多く、にぎやかなる絵屋也
とある。いまの又四郎は町人の絵屋にすぎなかった。

「いかがですかな。等伯殿を、こちらにお呼びしましょうかな」

了頓は罪滅ぼしのように言った。

「ここにですか？」

「はい、いまごろは家におりましょう。利休様に会えると聞けば喜びましょうほどに」

利休はちょっと考えたが、黙ってうなずいた。

やがて、了頓の家の者に呼ばれてきた等伯は、喜色も見せずに、じろりと利休を見た。すでに五十一になっている。髪には白髪がまじり、顔の皺《しわ》は深くなっていた。

「とうはく殿とは、どのような字を書きますのかな」

利休は等伯に茶を勧めながら、さりげなく訊いた。

「等は等しい、等春の等でございます」

等伯は、雪舟の門人だった絵師の名をあげた。利休がうなずくと、

「はくは、最初は白としておりましたが、いまは伯でございます」

等伯は指で字を書いて見せた。

「ほう、なぜ変えられたのだ」

「わたしは白い闇をさまよったことがございます。そのことを忘れまいと思ったのですが、春屋宗園様から、人偏をつけ、人らしくなれ、と言われまして」

等伯はにらむように利休を見た。武田の碁石金《ごいしきん》をめぐって殺されそうになった体験を思い出していた。利休には白い闇という言葉の意味はわからなかったが、等伯が人に話せない心の襞《ひだ》を持っていることは察した。

「あなたは、狩野派の絵をどう御覧か」

利休に訊かれて等伯は即座に、

「空疎――」

と答えた。利休は、ははっと笑うと、

「狩野永徳の絵は亡くなった織田右府も好まれた。天下に君臨するだけの気概のある絵だと思うが」

「永徳はたしかに天才でございましょうが、天才は二代続きませんぞ。されば永徳の絵をなぞるだけの狩野の絵は空疎になると申しました」

等伯はかすかに笑みを浮かべた。

（わしには、久蔵がいる）

と思ったのだ。

七尾を出たとき五歳だった久蔵は、すでに二十二歳、色白で眉目《びもく》秀麗な青年になっていた。等伯が見るところ絵の筋は悪くない。むしろ等伯よりも豊かで柔軟なものを感じさせていた。

なるほど、と利休はうなずいた。等伯の笑みを自信の表れだと受け取っていた。

永徳の嫡男の光信《みつのぶ》は、才優れず、口の悪い京雀どもは光信の通称が右京であることから、

――下手《へた》右京《うきよう》
などと陰口を言っている。等伯は永徳の痛いところを見ているようだ。

（この男にやらせてみるか）

利休は胸の中でつぶやいた。狩野永徳と競う絵師を育ててみようか、と思ったのだ。
「本朝画史」では、等伯と利休の結びつきを、
――等伯は、かつて狩野家が画氏の長であることを嫉《そね》み、茶人の千利休が、もともと狩野氏とよろしくなかったので等伯と交わり、心を合わせて狩野氏を譏《そし》る
と、している。等伯にとって利休との出会いは運命を変えるものとなった。

利休は、このころ大徳寺山門を重層化する工事を檀越《だんおつ》として進めていた。大徳寺の山門は応仁《おうにん》の乱で焼失したが、連歌師の宗長《そうちょう》が秘蔵の「源氏物語」を手放して金をつくり再建した。このときは単層だったため利休が私財を投じて重層の壮大な山門にしようというのである。

利休は、山門の彩色に等伯を用いることにした。等伯は、すでに二十二になっている久蔵や弟子たちとともに、山門の天井に龍、天女、共鳴鳥《ぐみょうちょう》、迦陵頻伽《かりょうびんが》、柱に仁王像を描いた。山門の落慶法要が行われたのは、この年の十二月五日である。

利休はその出来栄えに満足した。

（思ったよりも繊細、緻密《ちみつ》じゃ。これなら狩野永徳に対抗できるかもしれぬ）

さらに話してみて、等伯が絵画の知識が豊富なことを知った。後に本法寺の住職、日通《につつう》は等伯が語った日本、中国の絵師についての知識を「等伯画説《とうはくがせつ》」としてまとめることにな

る。

「もっともすぐれている絵師は誰だと思われるかな」

利休が訊《き》くと、等伯はしばらく考えた後、

「やはり、牧谿《もっけい》でございましょう」

といった。

牧谿は南宋末の画僧である。蜀《しょく》の人で精神性の高い水墨画を独自の技法で描いた。中国では古法にあわない、として軽視されたが、日本では鎌倉時代から宋元画で最高との評価を得てきた。

大徳寺には「観音・猿・鶴図」三幅が所蔵されている。等伯は後に、このうち「猿猴《えんこう》図《ず》」をモデルに「枯木《こぼく》猿猴図」を描くことになる。

利休は鼻が大きく唇が厚い。その顔にゆっくりと満足の表情が浮かんでいった。

等伯が、利休によって京都奉行の前田玄以《げんい》に引き合わされたのは、それから十日後のことだった。京都奉行の屋敷は、かつて二条にあり、二条屋敷などと呼ばれたが、天正十五年に完成した聚楽第に移った。

等伯が利休とともに屋敷に行くと、玄以は待たせることもなく出てきた。丹波亀山五万石の大名でもあるということだったが、頭を丸めた僧形《そうぎょう》である。

玄以は美濃安八《みのあんぱち》郡の出身で、はじめ基勝と称していたが僧となった。美濃で織田信忠に仕え、天正十年の本能寺の変の際には信忠の嫡男、三法師を岐阜から清洲《きよす》に逃れさせたという。三法師の後見となった織田信雄《のぶかつ》から京都奉行を命じられ、以後、慶長五年（一六〇〇）の関ヶ原の合戦まで豊臣政権の京都奉行を務めることになる。

能吏として評判は高く、宣教師は玄以のことを、

――京の副王

とまで呼んだ。

玄以は等伯と同じ年の生まれである。鼻が低く、目がたれているもののあごがはった我の強そうな顔をしている。にこやかな顔で、きょうは何の御用事でしょうか、と丁寧に訊いた。利休が茶道の師であるとともに豊臣政権では一介の茶頭《さどう》である利休の方が権勢があるからだ。

「この者は長谷川等伯と申す絵師でございます。前田殿に使って欲しいと思いましてな」

玄以は怪訝《けげん》な顔をした。

「使うと申しても、どのようにでござるか」

「新内裏《だいり》の対屋《たいのや》、来年には造作が始まりましょう」

「あれは、もう狩野がやると決まっておりますぞ」

玄以は顔をしかめた。

「さればこそ、前田殿をお頼みしております」

利休は強い光を放つ目で玄以を見た。自分の願いが受け入れられないことはない、と確信している顔だった。玄以は根負けしたように手を叩《たた》いて家臣を呼んだ。山口玄蕃《げんば》を呼んでくれ、と言った。やがて部屋に来て両手をつき頭を下げた玄蕃は、三十過ぎの色黒で痩《や》せた男だった。

「利休様、ご存じのように来年、殿下は小田原の北条《ほうじょう》攻めに御出陣される。わたしも小田原に行くことになりそうです。留守の間、新内裏、対屋の仕事は、この山口玄蕃から長谷川等伯に命じることにいたしましょう」

玄以は切れ味のいい官僚らしく即決してみせた。等伯は、ありがとうございます、と板敷に額をこすりつけた。利休はうなずくだけで、別に礼は言わなかった。

玄以は穏やかに微笑していたが、頬がかすかにこわばっているのを、等伯は見逃さなかった。

等伯が、一条にある玄以の別宅に呼び出されたのは十日後のことである。家臣に案内されて奥座敷に入った等伯は、思わず目をみはった。竹に雀、打ち出の小槌《こづち》に鼠などの模様が入った朱色や青の小袖《こそで》を着て、唐輪《からわ》に髪を結った女が四人、座敷に居並んで酒宴が開かれていた。女たちに酒を注がれているのは玄以と山口玄蕃だった。

「おお、来たか」

したたかに酒を飲んでいるらしい玄以は、等伯を手招きした。前に座った等伯に玄以は盃《さかずき》を持たせた。傍らの女が酒を注ぐ。

「きょうは絵師殿に訊きたいことがあってのう」

「なんでございましょうか」

等伯は目を光らせた。京都奉行の玄以が一介の町絵師を呼び出す以上、何かあると思っていた。

「お前は大徳寺山門の彩色をしたそうだな。その折、不審なものを見なかったか」

「不審なもの？」

「そうだ、山門に異な木像がかけられておったろう」

玄以は謎めいた言い方をした。等伯は用心深く、

「利休様の木像ですな」

と確かめるように言った。大徳寺の山門に、造作の檀越だった利休の雪駄を履いて杖《つえ》をついた木像がかかげられているのは周知のことだった。

「どう、思うた」

玄以は盃の酒をなめるように飲みながら上目遣いに等伯を見た。等伯の頭は目まぐるしく動いた。玄以が茶事のことで利休に恥をかかされ、恨んでいるという話は聞いていた。

「山門に雪駄を履いた木像をかけるのは、その下を通る貴顕の方たちを足蹴《あしげ》にすることに

なりはしないかと案じております」

「おお、そうか」

玄以はにやりと笑うと、玄蕃を振り向いた。

「絵師殿も、このように言う。衆目の一致するところだな」

玄蕃は薄く笑って等伯を見た。等伯は、試験に合格したのだな、と思った。これで、新内裏の仕事を仕せてもらえるのだろう。そのために利休を裏切ったのかもしれないが、やむを得ないと思った。

（わしは、どのようなことをしても狩野永徳を超える絵師になりたい）

等伯は盃の酒をがぶりと飲んだ。すると、新しく部屋に入って来た女が等伯の盃に酒を注いだ。

「その女、六条の遊女屋の女主人《あるじ》だ。昔は自分も遊女で千鳥《ちどり》という名だ。今でも色香はあるだろう」

玄以は笑いながら言った。等伯はうなずいて、千鳥という女の顔を見た。

どきり、とした。女は艶然《えんぜん》と笑った。

「おひさしぶり、又四郎様――」

女は、十七年前、雪山の崖《がけ》から落ちた等伯を助けた猟師の娘、なつだった。すでに三十をとうに過ぎているはずだ。かつて浅黒かった顔は化粧によってなのか白くなり、肉づきがよくなった体は色香をたたえている。

（この女が、なぜ、このようなところに）

等伯は背筋が凍りつくのを感じた。

四

「わたしはね、あの時、山伏に捕まって京の遊女屋に売られたんですよ。親父を殺されたうえに捕まった。わたしをよく見捨てなさいましたねえ」

千鳥は、玄以たちに聞こえないよう顔を寄せてささやいた。

等伯は、十七年間、抱いていた後ろめたさが恐怖に変わるのを感じた。

（やはりあの時、なつは父親の五郎兵衛と、わしを罠《わな》にかけようとしたのではないか）

という疑いが重く胸にのしかかった。

現在の千鳥の妖《あや》しさがそのことを証明している、と思った。等伯は顔をそむけて黙った。

千鳥は等伯をひややかに見ていたが、それ以上は何も言わなかった。

等伯が玄以の屋敷から了頓図子《ずし》の自宅に戻ると、久蔵と一番弟子《でし》の与六がほっとした顔で出迎えた。与六は三十になる小太りの男だ。

「前田様からのお話、悪いことではなかったようですね」

久蔵が等伯の顔色を見ながら言った。

「何を案ずるのだ。新内裏、対屋の彩色は、わしらがやることはすでに決まったことではないか」

等伯はいつもの不機嫌そうな顔で言った。久蔵は与六を振り向いて、

「そうは言っても心配です」

と笑った。与六もうなずいて、

「狩野が、われら長谷川のことを気にしているという噂がございます。用心はしませんと」

「馬鹿な。狩野にとって、われらなど眼中にあるまい。それゆえ、足をすくわれることになるのだ」

等伯は自信ありげに言った。

狩野は、等伯が思っているほど甘くはなかった。

年が明け天正十八年七月になったころである。上京《かみぎょう》の誓願寺《せいがんじ》通り小川東入ル北側、狩野図子の屋敷で狩野永徳は、息子の光信と弟の宗秀《そうしゅう》から思いがけないことを聞いた。

新内裏の絵師として狩野が押しのけられ長谷川等伯が用いられるというのである。

「等伯か」

永徳は太い眉《まゆ》をひそめた。永徳は等伯より四歳年下の四十八歳である。額が広く鼻筋がとおり、あごがはった顔をしている。目が大きく、じろりと睨《にら》まれると、相手は思わず身をすくめた。

光信が等伯について知っていることを話すと、永徳はひややかな笑みを浮かべた。

「田舎絵師が、この狩野と競うつもりか」

「されど千利休様のお気に入りのようでございます。利休様は、どうやら、われら狩野の絵がお気に召さぬとか」

光信は不安げに言った。

「わしの絵に何かが言えるのは亡くなった織田右府だけだ」

永徳は苦々しげに言った。信長が没し、秀吉が台頭してからも絵師としての狩野の繁栄は変わらなかった。それだけに大名から永徳への障壁画、屏風絵《びょうぶえ》の注文は相次ぎ、永徳にとっては過労のもととなっていた。

近ごろ、永徳は体の調子が思わしくなかった。あるいは、等伯が狩野の仕事を奪おうとしていることへの苛立《いらだ》ちには、体調の悪さも影響していたのかもしれない。

等伯の動きを聞いて永徳は動いた。

八月一日には、永徳が大納言勧修寺《かじゅうじ》晴豊《はれとよ》邸へ酒樽《さかだる》を持参して訪ねたことが晴豊の日記に記されている。晴豊から情報を収集しようとしたのだろう。さらに晴豊の八月八日の日記

には、

——ゐいとくかの事也、親子おと々来申候

と書かれている。永徳親子と宗秀が晴豊を新内裏《だいり》の件で訪ねたというのだ。情報を握った永徳の動きは素早かった。

晴豊の日記には、

——たいの屋のゐをはせ川と申者法印山口申付候めいわくのよしことはり申来候也

ともある。

永徳は晴豊に長谷川等伯に山口玄蕃が対屋の彩色を命じたことについて、

——めいわく

だとして対策を依頼したらしい。永徳の傲岸《ごうがん》ともいえる顔つきがうかがえるような記述である。

晴豊が永徳のために紹介したのは朝廷の実力者、前関白《さきの》、九条兼孝《くじようかねたか》だった。

さっそく永徳は兼孝を訪ねたようだ。どのような話が行われたのかは、わからないが、ともかく兼孝は永徳の強引な申し出を了承した。

兼孝は永徳の依頼を受けて八月十一日には朝廷で新内裏の仕事を狩野に命じることを決定した。

等伯は翌日になって二条の前田屋敷に呼び出され、玄以から事の次第を言い渡された。

この年、七月には小田原の北条が降伏開城して玄以も京へ戻ってきていた。前田屋敷の奥座敷には、千鳥たち遊女が呼ばれて酒の酌をしていた。玄以は苦い顔をして盃《さかずき》の酒をなめながら、等伯に対屋《たいのや》のことは狩野の横槍《よこやり》が入って引っくり返った、と話したのだ。

「それは、まことですか」

等伯は思わぬ成り行きに息を呑《の》んだ。玄以は、

「狩野め、さすがにしぶといな。朝廷に手をまわしおった」

とひややかに言った。朝廷の意向が決まれば、それに逆らおうというほどの気持はないようだ。

「さようでございますか」

等伯は屈辱に唇を嚙《か》んだ。永徳が、これほど執念深く仕事を守るとは思わなかった。

(天下第一の絵師とは、かほどにまで、その座を守ろうとするものなのか)

負けたのだ、と等伯は思った。

「残念なことでございますなあ」

千鳥が同情したような顔で等伯の盃に酒を注いだ。

(この女、よい気味だと腹の中では笑っておるのだろう)

等伯はじろりと千鳥の顔を見たが、その表情からは何もうかがい知ることができなかった。

狩野を悲報が襲ったのは、対屋の一件が片付いた後の九月十四日のことである。永徳が病で急死したのだ。あまりにもあっけない死だった。永徳の葬儀が行われて間も無く等伯は聚楽第に呼び出された。

「狩野永徳は残念なことをいたした。関白殿下も、お嘆きである」

玄以はもったいぶって切り出した後、かすかに笑みを浮かべて、

「等伯。これで、お前の浮かぶ時が来るぞ。あせらずに待つことだ」

と言った。等伯が黙って頭を下げると、玄以はさらに声を低めた。

「時に、このことも申し聞かせておくが、関白殿下は、近ごろ千利休に対してご不興のご様子だ。お前は利休の引き立てを受けておるが用心せい。うっかりすると、浮かぶはずのところを利休とともに沈むことになるぞ」

露骨な玄以の言葉に、等伯ははっとした。これから豊臣家の仕事を命じられるようになっても利休とは親しむな、ということなのだと思った。

大徳寺山門に利休像がかかげられたことを、豊臣家官僚の石田三成《みつなり》などが問題視しているという噂は等伯も聞いていた。それでも天下一の茶人としての利休の名は高いだけに、何事もあるまいと思っていたのだが、そうではないようだ。

秀吉は小田原攻めの後、東北地方を巡視し、九月一日に京に凱旋《がいせん》している。利休は一足早く戻っていたが、小田原在陣中に二人の間に何かあったのだろうか。

利休の二十年来の弟子で山上宗二《やまのうえそうじ》という男がいた。宗二は秀吉の茶頭《さどう》の一人となっていたが、狂信的とも言える茶道の信奉者で、秀吉にも直言して憚《はばか》らなかった。秀吉に嫌われ、諸国を放浪していたが、小田原にいたとき、利休のとりなしでいったんは許されたものの、再び秀吉を罵《ののし》って怒りを買い、鼻と耳を削《そ》ぎ落とされたうえ殺されたという話は等伯も聞いていた。

（いずれにしても利休様には、もはや近づかぬことだ）

危険を察知した獣のように等伯は身をすくめた。利休が失脚したのは翌天正十九年二月のことである。この月十三日、利休は聚楽第に近い葭屋《よしや》町の屋敷から堺へ戻るように命じられた。政敵の石田三成の策謀によるものだとも、確執があった前田玄以が、ひそかに讒《ざん》言《げん》したのだとも言われた。二十五日には、問題になっていた利休像が聚楽第の大門戻橋《もどりばし》で磔《はりつけ》にされた。秀吉は、この間、利休が詫《わ》びを入れるのを待っていたのかもしれないが、利休は黙したままだった。その後、利休は京の屋敷に呼び戻され切腹を命じられた。

二月二十八日――春雷が轟《とどろ》き、大霰《おおあられ》が降るという荒天の日だった。

利休は茶室の不審庵《ふしんあん》に尼子《あまこ》三郎左衛門、安威《あい》摂津守《せっつのかみ》、蒔田《まきた》淡路守《あわじのかみ》の三人の検使を迎え入れ、茶会を行った後、切腹した。このとき、利休は十文字に腹を切り、はらわたを取り出して自在かぎにかけたなどと言われた。一代の茶人には似つかわしくない、茶室を鮮血に染めた凄《すさ》まじい死であった。

このことを聞いた等伯は、利休の傲岸な顔を思い出して身震いした。

利休がそれほどまでにして自分の芸術を守ったことに、空恐ろしさを感じないではいられなかった。

等伯に幸運がめぐってくるのは、この年の夏のことである。

八月に秀吉の長子、鶴松《つるまつ》が三歳で夭折《ようせつ》すると、秀吉は愛児のために菩提寺《ぼだいじ》、祥雲寺を起工した。造営奉行となったのは前田玄以であり、寺内の障壁画はこれまでのように狩野ではなく、等伯に任された。

祥雲寺障壁画は豊臣家滅亡後、智積院《ちしやくいん》障壁画として残されることになる。

等伯は金碧画《きんぺきか》の「楓図《かえでず》」を描いた。楓の巨木が力強く枝をのばし、鶏頭《けいとう》、白菊、白萩があしらわれ、図案化された華麗で繊細な絵である。

狩野永徳の作品はそのほとんどが焼失するが、等伯の障壁画は後世まで残り、桃山時代最良の障壁画と言われることになる。

等伯の進出は祥雲寺だけには止《とど》まらなかった。秀吉が朝鮮出兵のためにつくった肥前名《な》護屋《ごや》城にも障壁画を描くなど狩野の領域をしだいに奪い、永徳亡き後、勢いが衰えた狩野家の人々に屈辱を味わわせた。

「本朝画史」は、等伯について、こう伝えている。

――等伯、ほぼ才あり、凡そ諸画大幅に至りて作らざるということなし、老年におよぶも筆力衰えず（中略）また豪気の風体あり、時輩のこれに及ぶ者はなし

五

「若旦那様《わかだんな》のことでよからぬ話を聞いたのでございますが」

弟子の与六が声をひそめて等伯に言った。

文禄《ぶんろく》二年（一五九三）五月のことである。等伯は五十五、久蔵は二十六になっている。

豊臣秀吉は去年三月、征明《みん》軍を朝鮮に出兵させ、いわゆる文禄の役が始まっていた。しかし、長谷川一門にとっては祥雲寺に始まった仕事が肥前名護屋城と続き、隆盛の時を迎えていた。

「久蔵が、どうしたというのだ」

「近ごろ、六条の遊郭に、よくお出《い》でになるのですが」

「なんだ、そんなことか。久蔵はまだ若い。多少は遊ぶのも仕方があるまい」

等伯は苦笑した。祥雲寺の仕事をしたとき、久蔵は「桜図《さくらず》」を描いている。等伯の「楓図」に比べ華奢《きゃしゃ》ではあるものの華麗であった。天正二十年四月には清水寺《きよみずでら》に奉納された大

絵馬を描いている。

大絵馬に描いたのは「朝比奈草摺曳図《あさひなくさずりびきず》」だ。仇討《あだう》ちで有名な曾我《そが》兄弟の五郎が兄の危難を救おうと和田一門の酒宴に駆けつけたとき、五郎の鎧《よろい》の草摺を大力の朝比奈義秀《よしひで》がつかんで引き留めた図柄である。

朝比奈の袴《はかま》の舞鶴模様が見事で評判になり、長谷川の名を高めた。

久蔵は等伯の子にふさわしい才能を発揮しつつあったのだ。

等伯は、久蔵の母が没した後、堺の町人の娘を後妻に迎えている。この妻との間にも男子が生まれているが、画才は未《いま》だしで、久蔵が文字通り等伯の片腕となっていた。

それだけに等伯には久蔵への甘さがあった。

「いえ、お遊びになるのを心配しているのではございません」

与六は唇を湿して、長谷川の台頭によって天下一画工の座を奪われつつある狩野が、そのことを恨んで策謀をめぐらしているという噂があるのだ、と言った。

「狩野が？」

等伯は眉《まゆ》をひそめた。

狩野は嫡男、光信が後継者となり叔父《おじ》の宗秀が補佐する体制となっている。光信は肥前名護屋城の座敷絵を描いたものの、目立った仕事はしていなかった。

与六が言うようなことがあるかもしれないが、それが久蔵と関わりがあるのだろうか。

「狩野宗秀が六条の臙脂屋《べにや》に出入りしておるそうでございます」

臙脂屋は、千鳥が主人《あるじ》の遊郭だった。

「臙脂屋か」

等伯は嫌な顔をした。千鳥はその後も等伯と顔を合わせても昔のことを持ち出すようなことはなかったが、何を考えているのかわからなかった。

「どうも、臙脂屋の女主人が宗秀に何か売り込んで金をもらっておるようなのです。そのころから若旦那が辻屋《つじや》に通うようになって、夕萩太夫《ゆうはぎだゆう》という遊女と馴染《なじ》みになられたそうです」

「馴染みの女ができたのが悪い噂になっているのか」

「いえ、酒を飲んで荒れることが多くなったそうで。しかも酔うと旦那様のことを謗《そし》られるのです」

「わしのことを？」

等伯は愕然《がくぜん》とした。

久蔵は、等伯が与六から話を聞いた日、了頓図子《ずし》の屋敷に帰ってこなかった。翌日の昼過ぎになって酒にむくんだ顔をして戻ってきた。等伯が叱りつけると久蔵は不貞腐《ふてくさ》れた。

「父上に、そのようなことを言われたくはありませぬ」

「親に向かって何という言い草だ」

等伯はかっとなった。

「わたしは父上のように、人を押しのけ、踏み台にする生き方はいたしたくないのです」

久蔵は不健康そうで疲れた様子だったが、目だけが光っていた。表情は暗く、この間までの眉目《びもく》秀麗な久蔵とは別人のようだ。

「いったい、どうしたというのだ」

等伯は困惑して、久蔵の顔を見た。

「臙脂屋の千鳥から、すべては聞きましたぞ」

「なに、千鳥が、どのようなことを言った」

「武田の碁石金《ごいしきん》のことです。父上は、武田信玄の坐像《ざぞう》を描いた謝礼の碁石金を自分ひとりのものにするため、使者の一行から逃げ出し、山で遭難したところを、千鳥の親父殿に助けられた。しかも礼に碁石金を分けると言っておきながら金が惜しくなって、千鳥の父親を山伏に殺させて逃げたというではありませんか。千鳥は、山伏によって京の遊女屋に売られたということです」

「違う、そうではない」

「そうでしょうか。わたしは父上が狩野永徳の急死につけこんで狩野の仕事を奪ったやり方や、恩を受けた千利休様を見捨てて前田玄以にへつらわれたのを見ております。父上は絵師として出世するためには何者でも利用しようとされる方だ」

「お前は、そのような目でわしを見ていたのか」

千鳥が巧みに久蔵の心に毒を注ぎ込んだのだ、と等伯は思った。

(なんのために、こんなことを)

と歯噛《はが》みしたが、これが千鳥にとっての復讐《ふくしゅう》なのだ、ということはわかった。復讐される理由などない、と等伯は言いたかったが、千鳥の理不尽な怨念《おんねん》をどうすることもできない。

等伯は翌日になって六条の臙脂屋に行った。千鳥と話して久蔵に手を出すのをやめさせるつもりだった。久蔵が屋敷の奥座敷から出ないように与六たちに見張らせた。

臙脂屋の主人の部屋で、千鳥は長煙管《ながぎせる》をくわえ、ひややかに等伯を迎えた。なぜ、あのようなことを言ったのだ、と等伯が迫ると、千鳥はおかしそうに笑うだけだった。

「もはや、このようなことは許さん。今度久蔵をこの店に来させるようなことをしたら、前田様に願い出て、この店は取り壊し、お前は京から追放していただく」

「怖い御顔ですねえ。だけど夕萩は本気で久蔵様に惚《ほ》れてますからねえ。生木《なまき》を裂くような真似はよした方がよくはありませんかね」

「遊女の分際をわきまえろ。わしらは貴い方のための絵を描く身だぞ」

「やっぱり、変わりませんねえ。あの日、わたしを見捨てて雪の道を転げるように逃げていったお方の背中を今でも覚えておりますよ」

千鳥に言われて、等伯は押し黙った。そして一刻も、そのままでいたかと思うと不意に立ち上がって店を出ていった。千鳥は等伯を見送りながら、

「たっぷりと苦しい思いをしていただきますよ」

とつぶやいた。等伯は、その日のうちに前田玄以に臙脂屋をつぶしてくれるよう頼み込んだ。京都奉行所の役人が翌日になって臙脂屋に行くと、千鳥はすでに店を売っていなくなっていた。それとともに、久蔵も屋敷を抜け出して行方不明になった。

千鳥が人を使って久蔵を誘い出したのだ。等伯は弟子たちに久蔵の行方を捜させたが、わからなかった。

等伯の前に久蔵が戻ってきたのは一月後だった。

このとき、久蔵は痩《や》せ衰えて病んでいた。屋敷を出て、どこへ行っていたのか何も言わず、涙をぼろぼろとこぼして、

「父上、申し訳ございませんでした」

と言った。

久蔵が再び口を開いたのは、三日後のことである。

このころには、誰の目にも久蔵に死期が近づいているのがわかった。よほどのことがあったのだろう。あるいは、千鳥によって痛めつけられ地獄を見るような思いを味わわさせ

られたのかもしれない、と等伯は憤った。

しかし、久蔵が等伯に話したのは意外なことだった。

久蔵は、夕萩の使いだと名のる男に誘い出されて大坂にまで行った。

久蔵と夕萩が囚《とら》われたのは、天満《てんま》の茶商の店に見せかけているが実は人買いの根城だった。夕萩は、この店から茶櫃《ちゃびつ》に入れられ船で明に売られるという。久蔵も銀山の人足として売り飛ばされると告げられた。抵抗した久蔵は、棒でさんざんに殴られたうえで納屋《なや》に閉じ込められた。

久蔵を納屋から助け出してくれたのは、人買いの仲間だったはずの千鳥だった。

千鳥は追いかけてきた人買い一味の男を短刀で刺した。千鳥はそのまま久蔵の手を引いて逃げた。体を痛めつけられている久蔵は足取りもおぼつかなかったが、千鳥に励まされて必死で歩いた。

大坂は安治《あじ》川、木津《きづ》川など川が多い。夜明けには二人は安治川の河岸にたどりついていた。そこに、千鳥が待たせていた舟があった。船頭に助けられて舟にのったとき、千鳥が倒れた。見ると腹のあたりが赤く血に染まっている。人買い一味の男を刺した時、千鳥も刺されていたのだ。久蔵があおむかせると、千鳥の顔は蒼白《そうはく》になっていた。

「こんな傷を負ってまで、わたしを助けてくれたのか」

久蔵は声をつまらせた。

「昔、あんたの親父は、わたしら親子に助けられた。だけど、わたしが山伏に襲われたら、見捨てて逃げた。そのことを長谷川又四郎という男に忘れさせたくなかったんだよ」

と、つぶやいて千鳥は死んだ。その後、久蔵は夢中で京まで逃げ帰ったのだという。

「千鳥が、そんなことを」

等伯はぼう然とした。昔、千鳥たち親子に助けられたとき、等伯は碁石金を守ろうとして他人に猜疑心《さいぎ》を抱いていた。そのため五郎兵衛と千鳥を信じなかった。

（わしは、千鳥を誤解していたのかもしれない）

と等伯は思った。

久蔵が息をひきとったのは六月十五日のことである。

等伯は久蔵の死が信じられなかった。

（どういうことだ、これは）

久蔵の葬儀の後、等伯は画室にこもって、誰とも会おうとはしなかった。やがて半年が過ぎたとき、等伯は絵筆をとった。

（わしは苦労を重ね、ようやく狩野を追いのけ天下一画工の座に手が届くところまで来た。久蔵によって、すべての夢がかなうはずではなかったのか）

与六をはじめ弟子《でし》たちは、等伯の様子を怖れと期待を持って見守った。等伯が描こうとしているのは水墨画である。

ひさしぶりに絵筆をとった等伯は、静かに息をつめた。厳しい表情で描いていくのは松林である。白い霧雨が煙り、その中から黒い影のように浮き出た松の林。

等伯は、絵筆を止めた。

しばらく画面を見つめた後、ため息とともに絵筆を置いた。

弟子たちの中から声にならないざわめきが起きた。あまりにも、かすかに松が描かれているだけだったからだ。

(これは下書きではないのか)

弟子たちは顔を見交わし目で話し合ったが、等伯は何も言わず目を閉じた。等伯の瞼《まぶた》の裏には七尾の松林が浮かんでいた。


慶長十五年二月――

江戸に入った等伯は、病んだ体を床の中に横たえていた。久蔵が死んでから十七年がっていることに夢の中で気づいた。

久蔵が没してからも等伯の画業は栄えた。慶長四年、六十一歳の時には本法寺に巨大な「涅槃図《ねはんず》」を描いた。慶長十年、等伯は法眼《ほうげん》に叙せられ、絵師の位として昇り詰めている。

しかし、その間――

慶長三年、豊臣秀吉が歿し、二年後には関ヶ原の戦いで徳川家康が天下を取った。豊臣は没落し慶長七年には前田玄以が亡くなっている。

狩野家を押しのけて豊臣の天下で絵師として立身した等伯にとって、思いがけない政治の変遷だった。

（わしが、江戸に下ったのも徳川に用いられるためだった）

等伯が江戸下りすることになったのは幕府に招かれたからだ。しかし等伯は絵を描いていた時、高所から落ちて怪我をしていた。

医師、曲直瀬《まなせ》道三《どうさん》の「医学天正記」には、

――長谷川等伯七十余才　去冬高きより墜ち右手不遂の頃、傷寒を患ひ発熱す、咳痰甚だしく譫言《たわごと》す

とある。

右手が不自由となり絵の制作は弟子たちに任せるようになっていた。等伯が自らは描けないのにも拘《かか》わらず江戸に下ることにしたのは、狩野の後継者、光信が慶長十三年六月に亡くなったからだ。

光信は徳川家の御用を終えて京に帰る途中、東海道の桑名宿《くわなじゆく》で客死したのだ。四十四歳の若さでの、思いがけない死だった。

光信の子、貞信はまだ十四歳である。叔父《おじ》の孝信が後見するにしても、狩野は再び危機を迎えていた。

狩野光信は地味な絵師だったが、時代の趨勢《すうせい》を見通して徳川に近づき狩野の復活を目指していた。等伯は豊臣家に用いられたために、徳川との関係では光信に一歩遅れていた。

それだけに光信の死を好機として自ら江戸に下ることにしたのだ。

(思えば、この年になっても浅ましいことであった)

等伯は天井を見上げて自らを嘲《あざけ》った。

久蔵が言った、父上のような生き方はしたくない、という言葉が耳に甦《よみがえ》った。

「わしは、お前によって長谷川の絵が完成されると思っていたのだぞ」

等伯がつぶやいた時、部屋に宗宅が入ってきた。

久蔵亡き後の等伯の男子は、

宗宅

宗也

左近

の三人だけである。

等伯から見れば皆、後継者というほどの技量はなかった。永徳亡き後、狩野が衰亡したように長谷川にも悲運が待っているのだろう、と等伯は思った。

「父上、いかがですか」

宗宅はのぞきこんで等伯の手をとった。等伯は意識が薄らいでいった。脳裏には白い闇が広がっていた。

――雪だ
等伯は空を見た。真っ白な空に薄墨色の影が浮かんでいた。松の林だろうか。いや、人影だ。

「久蔵――」

等伯は呼びかけていた。眼から涙があふれた。

等伯は二月二十四日、没した。江戸では、わずかに二日を過ごしただけだった。

等伯が亡くなって一年半後に宗宅も没した。

等伯の画業は宗也、左近が継ぐことになるが振るわず、狩野派が徳川幕府の御用絵師として繁栄したのと対照的に長谷川派の存在は影のように薄れていった。

雪信花匂
ゆきのぶはなにおい

延宝《えんぽう》三年（一六七五）秋――

京、島原の遊郭、菱屋《ひしや》で宴席が開かれていた。

金主は、大坂の両替商、天王寺屋五兵衛、招かれて五兵衛とともに上座に座ったのは平山藤五という町人である。俳諧師《はいかいし》としての名は、

――井原西鶴《さいかく》
西鶴は、この年、三十四歳。大坂の裕福な商人の子として生まれたが、十五のころから俳諧に親しみ、二十一で点者《てんじゃ》となった。初めは松永貞徳《ていとく》の貞門派だったが、その後、談林《だんりん》俳諧の西山宗因《そういん》に近づき、二年前に句集「生玉万句《いくたまんく》」を出して人気を集め、談林派の俊秀と見なされるようになった。その異風な作柄から「おらんだ西鶴」などとも呼ばれている。

この日の宴席は、西鶴が今年四月に二十五歳の若さで病没した愛妻の追善のために、「独吟一日千句」を刊行したのを慰労してのものだ。西鶴は冬には剃髪《ていはつ》することにしており、その前に島原で遊興を尽くさせようという天王寺屋の計らいでもあった。

大坂の両替商は、寛永《かんえい》五年（一六二八）、天王寺屋五兵衛が始めたのが最初といわれる。寛文《かんぶん》十年（一六七〇）には、幕府により十人両替が誕生した。大坂船場の今橋通りは、

その中でも最大手の天王寺屋五兵衛と平野屋五兵衛の二軒が道をはさんで店を構えていたことから、

「天五に平五、十兵衛横町《よこまち》」

と呼ばれた。

天王寺屋は大坂を代表する富商である。白髪頭で六十すぎの五兵衛は赤ら顔で、でっぷり太っていた。五兵衛は銚子《ちょうし》で西鶴の盃《さかずき》に酒を注ぎながら、

「まあ、先生飲んでや。頭を丸めはったら、こうはいきまへんで」

「はっは、酒に酔うより先に美人に酔いそうや」

西鶴は盃を口に運びながら笑った。

馴染《なじ》みの俳人たちが居並ぶ席には、兵庫髷《ひょうごまげ》も艶《つや》やかに鯨髭《くじらひげ》の棒笄《ぼうこうがい》、鼈甲櫛《べっこうくし》で髪を飾り、御所車《ごしょぐるま》の縫箔《ぬいはく》の小袖《こそで》、幸菱《さいわいびし》の打掛けなど豪奢《ごうしゃ》な着物の花魁《おいらん》たちが侍っていた。その中でも西鶴のそばに座った花魁は、白繻子《しろじゅす》の袷《あわせ》に秋野を手書きしたものを着て人目をひいていた。

（掛け軸でも、こんな、ええものはないで）

西鶴も好奇の目で花魁の衣装を見つめた。この花魁は島原一と評判の四代目薫太夫《かおるだゆう》だ。

西鶴の視線を心地よげに受けて、

「宗匠、この着物、御気に召しましたかえ」

と西鶴の盃に酒を注いだ。艶っぽい表情が西鶴を思わずどきりとさせた。西鶴はさりげ

なく盃を干しながら、

「ああ、さすがに薫太夫やな。大きな声では言えんが、ほかの花魁では、こんな思い切った着物は着れんなあ」

と賛嘆した。実際、正直な気持であった。薫太夫は微笑んだ。

「この絵は、どなたの筆やと思わはります」

「さあて」

西鶴は首をひねった。絵師の名前を思い浮かべようとしたが、心当たりがない。

「清原雪信《きよはらゆきのぶ》さま」

「雪信ていうたら、近ごろ評判の女絵師か」

「そうどす。ほら、あそこにおいやす方どす」

えっ、と西鶴が驚いて薫太夫が目でさした席を見ると、三十すぎ、色白で清楚《せいそ》な美しさの女が白綾《しらあや》小袖に稲妻《いなずま》織《おり》金入り帯の瀟洒《しょうしゃ》な装い、遊郭の風情に染まぬ凛《りん》とした姿で座っていた。酒は飲まずに花魁たちの衣装を興味深げに見ていた。

「あれが雪信か」

「狩野探幽《かのうたんゆう》様の姪《めい》の娘にあたられるそうどす。さすがに品がおますなあ」

薫太夫は流し目で西鶴を見た。

「探幽いうたら幕府のお抱えで天下一の絵師やけど、去年亡くなったと聞いてるで。その血縁の女絵師が、なんで京に上ってきているんやろう」

西鶴は首をひねった。

「わては、そのわけを聞いてますけどなあ」

「なんや、そんなら教えてくれ」

西鶴は意気込んだ。美しい女絵師に興味がわいていたのだ。

「そやけど、長い話になりますえ。それに、西鶴様の好きな色と金の話では、おへんえ」

「何の話や」

「恋の話どす」

薫太夫は微笑した。

一

二十三年前――慶安《けいあん》元年（一六五二）三月のことである。

春の日差しがやわらかい。空気には草木が芽吹く匂いが漂っていた。

九歳の雪は、元結《もとゆい》でまとめて後ろにたらした髪をゆらし、父、久隅守景《くすみもりかげ》の羽織の背を見ながら歩いていた。守景は右手にたたんだ提灯《ちょうちん》を持って、さっさと歩いて行く。道端の土塀の向こう側から白い花をつけた枝がのぞいているのが見えた。

「あれは、何の花」

雪が枝を見上げ指さして訊《き》いた。振り向いた守景は、総髪の頭をかしげ目を細めて枝をじっと眺めた後で、

「木蓮《もくれん》――」

とだけ短く答えた。守景は四十三になるが、相手が子供であっても真面目に答える男だ。痩《や》せ型で目が細く鼻とあごが長い馬面《うまづら》で、常にのんびりとした表情を浮かべている。

雪は納得したようにうなずくと、再び父の後を追った。木蓮の香りが風にのって雪を追いかけた。二人が歩いているのは江戸、鍛冶橋《かじばし》御門の外にある武家地だった。守景は間も無くある屋敷の長屋門の前に立った。一千坪ほどの大きな屋敷だ。守景は慣れた様子でくぐり戸から入った。雪も続いていく。

玄関先を竹箒《たけぼうき》で掃いていた若い男が守景を見て頭を下げた。

「とのさまは、お出かけか」

「いえ、先ほど守春《もりはる》殿たちに雷を落とされる声が奥から聞こえてまいりましたから、いらっしゃるのは間違いございません」

「なんだ、ご機嫌斜めか」

守景は顔をしかめて、ちらりと雪の顔を見た。雪は平気そうな顔で守景を見返した。

「お娘御ですか」

「そうだ、とのさまに初のお目見えをと思ってな」

守景は手にしていた提灯を持ち上げると、のばして見せた。提灯の胴のあたりに花菖蒲《はなしょうぶ》の絵が描いてある。若い男の目が真面目になった。

「久隅先生の筆ではありませんな。ということは、お娘御が？」

「子供の手遊びというわけだ」

「これなら、とのさまのご機嫌もなおられるかもしれませんな。でも、奥に上がられるときはお気をつけてください」

と言いながら右手の親指を上に突き出して見せた。

「惣領家《そうりようけ》が？」

「はい、さようです」

若い男は微笑を浮かべて頭を下げた。守景は、頭をかきながら脇玄関から雪を連れて上がった。よく磨かれて黒光りする廊下を通りながら雪は、

「お父様、あの方も、とのさまのお弟子《でし》ですか」

と訊いた。

「ああ、そうだ。池田幽石《ゆうせき》という、なかなか優秀な男だ」

そうですか、と雪はおしゃまにうなずいた。

守景は、徳川幕府御用絵師、狩野探幽の弟子で探幽四天王と呼ばれる高弟の筆頭と言わ

れている。
守景の先輩にあたる高弟、神足常庵《こうたりじょうあん》には探幽の妹、鍋《なべ》が嫁いでいた。二人の間に生まれた娘、探幽にとっては姪にあたる国《くに》が守景の妻で雪の母である。
雪は、探幽の外戚《がいせき》であり二重の縁で結ばれた門下の娘ということになる。
狩野家の祖先は、伊豆の豪族だったといわれる。初代の正信が、京に出て将軍足利《あしかが》義政に用いられた。正信の子、元信は漢画の水墨画に大和絵《やまとえ》の技法を取り入れて、管領《かんれい》細川氏や石山本願寺の求めによって障壁画を描き、
――天下画工の長
と呼ばれた。
その孫は、織田信長、豊臣秀吉に用いられ、安土桃山時代を象徴する絢爛《けんらん》たる画風を作り上げた永徳《えいとく》である。江戸に幕府が開かれると、狩野家は京から江戸に移り御用絵師となっていた。江戸の狩野家は三家に分かれており、屋敷のある地名から、
鍛冶橋狩野家
中橋《なかはし》狩野家
木挽町《こびきちょう》狩野家
と呼ばれ、それぞれ二百石を得ていた。
守景たちが探幽をとのさまと呼ぶのは、このためだ。このうち鍛冶橋狩野家の当主が探

幽である。中橋狩野家が狩野の嫡流である惣領家だが、当主は探幽の末弟、安信《やすのぶ》が継いでいた。木挽町狩野家も探幽の次弟、尚信《なおのぶ》が当主である。探幽は惣領家ではないものの、

——永徳の再来
と呼ばれて狩野一門を率いていた。鍛冶橋屋敷にいる男たちは探幽の弟子である。池田幽石という男も、その一人だ。今の雪は知るはずもないが、二つ下の妹、信《のぶ》は後に探幽の養女となって幽石に嫁ぐことになる。

縁側に出ると、広間が中庭越しに見えた。広間には十人ぐらいの男たちがいる。皆、絵筆を持ち、木の枠にはった絵絹に向かって何かを描いている。

「おお、やっておるな」

守景は嬉《うれ》しそうに言った。粉本《ふんぽん》（手本）を見ながら弟子たちが稽古《けいこ》をしているのだ。守景たちが縁側伝いにそばを通ると、弟子たちは一斉に頭を下げた。

高弟筆頭の守景を畏敬《いけい》して輝いた目で見る若者もいた。

守景は「山水、人物を得意とす。そのおもむき雪舟《せっしゅう》と伯仲」「探幽門下、右に出るもの無し」などという評価が江戸の画壇にあったからだ。

守景は軽くうなずいて通りすぎようとしたが、薄暗い奥から背の高い男が来るのを見て、縁側に膝《ひざ》をついた。雪もその傍らに座った。

痩せた男は、守景の前に来て立ち止まった。四十ぐらいの総髪で額が広くあごがとがり、

目が小さな人物だった。色白で華奢《きやしや》な体つきだった。黒紗《くろしや》の羽織を白地の着物の上に着て袴《はかま》をつけ脇差を差している。

「守景か」

男は乾いた声をかけた。

「惣領家様には、おひさしぶりでございます」

守景は両手をついて頭を下げた。男は惣領家と呼ばれる狩野宗家の狩野安信だった。

「ふむ、きょうもまた兄上に叱られてきたところだ」

「表では守春殿に雷が落ちたと話しておりましたが」

守景は顔をあげて、なだめるように言った。

「あれは、わしへのあてつけだ。さすがに兄上も惣領家のわしを直接《じか》には叱られぬ。かわりに弟子を叱られるのだ。わしが浅草観音堂に描いた天人、龍図の天井画がお気に召さぬらしい。わが国の座敷にはこのようなものを描くものではない。それを弟子が教えぬのが悪いと守春を散々に叱責《しつせき》された。守春には気の毒をした」

探幽の末弟、安信の画技について探幽の息子、探信に学んだ木村探元《たんげん》の画論書「三暁庵雑志」に、

――（狩野兄弟）三人の内にて永真（安信）は余程劣候

と書かれている。

安信にしても、狩野惣領家を継ぐだけに標準以上の腕前ではあるのだが、兄の探幽は十一歳で徳川家康に拝謁、十三歳の時には将軍秀忠の御前で「海棠花下二猫の図」を描いて絶賛され、「永徳の再来」という言葉を賜った神童だった。

さらに十六歳の時には、江戸城内の紅葉山霊廟《もみじやまれいびょう》に「龍図」の制作を命じられ、これも見事にこなし御用絵師に取り立てられたのである。

十六歳の若さで御用絵師となった探幽の雄渾《ゆうこん》な画風は一世を風靡《ふうび》した。

探幽と比較される安信の立場は辛《つら》いものがあった。

安信は話していて嫌になったのか、不意にそっぽを向くと玄関に向かった。安信を送っていく若い男が、通りながら守景に目礼した。守景も頭を下げて見送った。

安信は出ていきながら、雪には一瞥《いちべつ》も与えなかった。雪は立ち上がりながら、

「すねた子供みたい」

と、つぶやいた。こらっ、と言って守景が雪の頭をぽかり、と拳固《げんこ》でなぐった。広間の弟子の何人かが、雪の声が聞こえたらしく、くすくすと笑った。

守景は雪の手をひいて奥へ歩いて行った。

奥座敷に近づくと、雪はいい匂いが立ち込めているのに気づいた。

(何の香りだろう)

雪はうっとりとしながら縁側に座って頭を下げた。

「守景か、入れ」

よく響く声がして守景は座敷に入った。雪が顔を上げて見ると、座敷ではがっちりとした体格の男が絵筆を取っている後ろ姿が見えた。男の斜め向かい側に丸顔の三十ぐらいの男が控えている。この男が弟子の守春なのだろう。守景の顔を見て、ほっとした表情を浮かべた。

背を向けていた総髪の男が振り向いて雪に目をとめた。立派な絹の着物を着ている。

——狩野探幽
である。

(大きなお顔をしていらっしゃる)

雪はまじまじと探幽の顔を見た。探幽は額が広く、目が大きい。鼻が高く、彫りの深い顔であごが張っているが、何もかも普通の人より大作りな顔だ。五十ぐらいなのだろうが、表情は意外に若々しかった。目が澄んでいて、怖いほど相手をじっと見つめる癖があった。

探幽はやさしく笑って、

「お雪か」

と手招きした。雪が立って座敷に入ると、守景が持ってきた提灯《ちょうちん》を探幽の前に差し出した。探幽は盆提灯に絵付けしたのか、とつぶやきながら提灯を伸ばして花菖蒲《はなしょうぶ》の絵に見入った。

「ようできた。さすがに守景の子じゃ。いや、お前の母に流れる狩野の血の賜物《たまもの》かもしれぬな」

「幼い娘を、さように甘やかされては困ります」

守景は苦笑した。

「なんの、わしの祖父、永徳様は十歳のときに足利義輝《よしてる》将軍にお目見えした。わしも十一歳のときに神君家康公の御前に出た。才ある者は幼少より褒められた方が、よう伸びる」

「されば惣領家《そうりょうけ》様にも、いま少しお優しくなさればよいものを」

守景は仲のいい師弟らしく遠慮のない口調で言った。

「そうはいかぬ。狩野は、わしあってこそ天下の絵師に君臨できるのだぞ。そのことをわからせておくのだ」

探幽の言葉はあからさまなだけに無邪気でさえあった。

「まるで、いじめっ子でございますな。惣領家様は昔のことを今も恨んでおられますぞ」

守景はため息をついた。

二十年前、寛永九年一月二十四日に二代将軍秀忠が没し、芝の増上寺《ぞうじょうじ》に霊廟を造営することになった。

狩野一門が霊廟の装飾にあたったが、このとき画工として筆頭に挙げられたのは二十歳になったばかりの安信だった。狩野の惣領家が、御用絵師の筆頭だったからだ。

ところが、翌寛永十年に行われた名古屋城の上洛殿《じょうらくでん》建設で装飾を担当したのは、探幽だった。

上洛殿は京に上る将軍家光のために建設されたものである。本来なら御用絵師の筆頭に任されるべきだった。しかし、安信が増上寺霊廟で見せた画技が不満だった探幽は、自ら筆をとったのだ。

しかも、探幽は最高傑作とも言える「四季《しき》花鳥図《かちようず》襖絵《ふすまえ》」を描いた。四季が移ろう日本の自然の美しさを完璧《かんぺき》に表現して「本朝画史」にも、

――狩野ノ風ヲ一変セルモノナリ
と書かれたほどの襖絵である。さらに、続いて安信にとって面目を失うことが起きた。

老中たちの前で狩野三兄弟が席画を描くことになったのだ。三人の前に絵道具が用意され、いざ描こうとしたとき探幽は安信を振り向いて鋭い声で、

「名人たちが描くのを見ていろ」

と命じた。絵筆をとらず探幽と尚信が描くのを見て勉強しろ、と言うのだ。安信は、顔を青ざめさせて絵筆をとることができなかった。

「あのころの安信の腕ではしかたがなかったことだ」

探幽は平気な顔で言うと、雪の傍に寄って、その手を両手でとった。

「よい指をしている。絵師は手を見れば天分がわかるものだ。雪は十七になったら、わしの門下にしてやろう」

「本当でございますか」

雪は嬉《うれ》しくてはしゃいだ。そのとき、座敷に入ったときのいい匂いをかいだ。探幽の着物に炷《た》き込められた香の匂いなのだとわかった。

（とのさまは、よい匂いをしておられる）

雪は探幽の顔を見て微笑んだ。

探幽への顔見せを終わった雪は、守景に連れられて玄関から出た。

雪は、あんなに優しいとのさまが、惣領家様にはなぜ冷たいのかと父に訊《き》きたかったが、何も言わなかった。守景が何か考えながら門へと歩いていたからだ。

二人は幽石にあいさつして門のくぐり戸から外へ出た。このとき、雪は門の前に立っていた少年にぶつかりそうになった。

「申し訳ありません」

少年はあわてて謝った。まだ前髪が残る十二、三の少年だった。袴をはいて小刀を腰にしているところを見ると、武家の生まれのようだ。

「どうされた。狩野に入門される方か」

守景が気軽に声をかけた。少年は戸惑ったように頬を染めたが、頭を振った。

「さようか。わたしは久隅守景と申す狩野探幽の弟子《でし》です。入門されるのなら、いつでも御紹介いたしますぞ」

守景が優しく言うと、少年は感謝するように守景を見て頭を下げ、そのまま小走りに去っていった。

「なぜ、あのようなことを申されたのですか」

雪は不思議な気がして父の顔を見た。

「時々、あのような若者が門の前に立つのだ。絵師になるため狩野の門を叩《たた》きたい。しかし、絵師になるなど親御は許してくれぬに決まっておるから、どうしたものかと迷いながらな」

「絵師になることは、そんなに悪いことなのですか」

「絵師は、米も作らぬし戦もできぬ。世の中を美しくするだけだ。美しいものがなくても生きていければよい、と思えば、かように無用なものはない」

守景の言葉が雪には意外だった。絵師とは、とのさま始め、世の中から尊崇されているものだと思っていたからだ。

雪は、子供ながらも絵師になりたいと思っていただけに裏切られたような気がした。

（本当かしら。もしそうだとすると、わたしもあの子も、無駄なことをしようとしている

ことになるけど)

雪は、色白で鼻筋がとおり、凛々《りり》しい顔立ちだった少年の顔を思い浮かべていた。

二

七月になり、日ごとの蒸し暑さが増すころ、鍛冶橋を渡ってすぐの五郎兵衛町《ごろべえちょう》にある守景の家に、緊張した表情で少年がたずねてきた。

あいにく守景は、このころ加賀藩に招かれて留守だった。

加賀藩では前田利常《としつね》が、高岡の瑞龍寺《ずいりゅうじ》造営を七年前の正保《しょうほう》二年(一六四五)から行っている。守景は障壁画の制作を依頼されていた。瑞龍寺の障壁画完成は、この年から四年後の明暦《めいれき》二年(一六五六)で、守景はしばしば加賀に赴くことになる。

摂津尼崎《あまがさき》五万石、青山藩の江戸詰藩士の子で平野《ひらの》清三郎《せいざぶろう》と名のった少年は、玄関で内《うち》弟子《でし》の新蔵からそのことを聞いて、見る見るがっかりした表情になった。奥から玄関をのぞいていた雪は出ていくと、

「お父さまは間も無くお帰りになります。わたしは十七になったら、狩野さまの門弟になりますから、あなたは、わたしと一緒にお父さまから絵を学ばれて、とのさまのお弟子にしていただいたらよいのではありませんか」

「そのようなことが、できますか」

清三郎は顔を輝かせた。

「お雪様、弟子入りのことは先生におうかがいしなくては」

新蔵が困った顔をするのにも知らぬ顔で、雪はにこりとうなずいた。

新蔵は、以前は京の四条流の包丁人だった。二十二のときに絵師になりたいと一念発起し守景の弟子になった。ことし二十八である。人の良さそうな丸顔で、台所に立ち料理もするという久隅家にとっては重宝な弟子だった。

新蔵は、雪が親しげに清三郎を見つめているのを眺めて頭をかいた。

そのとき、門から家僕の甚助が、あわてた様子で駆け込んできた。

「大変でございます。鍛冶橋で彦十郎《ひこじゅうろう》様が酔った浪人者と喧嘩《けんか》をされております」

甚助は額に汗をうかべて大声で言った。

「なんだって」

新蔵は履物をつっかけて外へ飛び出た。雪と清三郎も続いた。

三人が駆けつけてみると、橋詰《はしづめ》で色黒の大柄な浪人と前髪立ちで袴《はかま》をはいた少年が睨《にら》みあっていた。少年は雪の四歳年上の兄、彦十郎だった。

浪人は新蔵たちを見ると、熟柿《じゆくし》臭い息を吐いた。目が酔いのためか血走っている。

「なんだ、この小僧の加勢か。わしは、こやつがぶつかっておきながら謝らぬから、懲らしめてやろうというのだ」

「うるさい、この酔っ払いめ。わざとぶつかって金でもせびろうというのだろう。無礼は許さんぞ」

彦十郎は利かぬ気らしく、あごをあげてわめいた。

小僧め、と怒鳴ると浪人者がつかみかかった。あわてて新蔵が止めに入ったが、浪人者は新蔵を突き飛ばした。新蔵は地面に土煙をあげて転がった。

彦十郎は浪人の向こう脛《ずね》を思い切り、蹴《け》りつけた。うわっ。痛そうに足を抱えた浪人は逆上して刀を抜いた。

「お役人だ。お役人が来たぞ」

大声で誰かが叫んだ。浪人は、はっとしたようだ。あわててあたりを見回すと、人だかりができている。舌打ちして浪人は逃げるように走っていった。彦十郎は、さすがに、ほっとした顔で浪人の後ろ姿を見送った。

「やはり、後ろめたいことがある奴のようですね」

役人が来たと叫んだのは、清三郎だった。

「彦兄さま、こんな乱暴をしていると、また父さまに叱られますよ」

雪は新蔵を助け起こしながら言った。

「生意気言うな。父さまには内緒だぞ」

彦十郎は面倒くさそうに言いながら、地面から何かを拾いあげた。手紙のようだ。

「なんだ、さっきの浪人のものかな」

彦十郎は無雑作に書状を開いた。雪と清三郎も傍に寄って、のぞきこんだ。書状の中は手紙ではなく、地図だった。広い地域に堂や塔などが書き込まれている。

つまらん、と言って、彦十郎はそのまま懐に仕舞い込んだ。これが、後で問題になるとは、このときの彦十郎には思いもよらなかった。

清三郎が再び守景の屋敷を訪れたのは、八月になってからだ。守景が加賀から戻ったと聞いて正式に入門するため、数寄屋橋《すきやばし》内にある青山藩の藩邸から父親の伊兵衛とともにやってきたのだ。

「ここは画塾ではありませんから、束脩《そくしゅう》(謝礼)などはいりません。絵がお好きなら、わたしの息子たちとともに手ほどきをいたしましょう」

守景はにこやかに言った。隣室でこれを聞いた雪は、嬉しくなった。

雪も守景から絵を教えてもらうことになっている。あの清三郎とともに絵を学ぶということが、楽しみだった。もっとも、乱暴者の兄も一緒なのは嫌だったが。

雪が居間に戻り、信の着物を繕っていた母親の国にそう言うと、国は笑った。

「彦十郎殿も絵を学べばおとなしくなられるかもしれませんよ」

「そうでしょうか。兄さまは変わらないと思いますけど」

「いいえ、あの平野清三郎殿は、なかなか利発そうでした。お友達になっていただければ彦十郎殿も影響されるのではないかしら」

国はなぜか清三郎贔屓《びいき》だった。彦十郎の喧嘩騒ぎのとき、清三郎が機転をきかせて浪人者を追い払ってくれた、と新蔵から聞いたからかもしれない。傍らで信が目を大きくして聞き入っていた。ところで加賀から帰府した守景は、彦十郎を厳しく叱りつけた。

「近ごろ御府内には浪人者が増えておる。去年の由比正雪《ゆいしょうせつ》の騒ぎをしらんのか。うかつに喧嘩などして仕返しを受ければ、お前だけのことではすまなくなるのだぞ」

由比正雪の騒ぎとは去年、慶安《けいあん》四年（一六五一）七月に起きたいわゆる、

――慶安事件

である。七月二十三日の夜、本郷御茶ノ水で槍《やり》の道場を開いていた丸橋忠弥《まるばしちゆうや》という浪人者が突如、謀反《むほん》の疑いで捕縛された。この夜、捕り方は夜が遅くなるのを待って道場のまわりを囲み、「火事だ」と騒ぎ立て、忠弥が二階の戸を開けて外をのぞくと、いっせいに飛び込んで忠弥を取り押さえたという。

謀反の首謀者は江戸で高名な楠木《くすのき》流軍学者由比正雪だった。この年春、徳川三代将軍家光が四十八歳で亡くなり、十一歳の家綱が四代将軍を継いでいた。

正雪は、将軍代替わりの世情不安につけ込んで謀反を計画したとされる。浪人三千人を

集めて久能山《くのうざん》にある家康の遺金を強奪し、駿府《すんぷ》城を乗っ取ろうとしたという。この計画に怖気《おじけ》づいた仲間が裏切り、正雪も三日後には駿府の旅籠《はたご》梅屋で包囲され切腹して果てた。

守景が浪人を危険な存在だと思うのも無理は無かった。

叱られた彦十郎はしょんぼりしたが、やがて清三郎、雪とともに絵を学び始めると元気になった。清三郎とは同い年で、すぐに仲良くなれたからだ。

守景の教育法は、古今の名画の摸本《もほん》を見せることから始めた。雪舟、等顔《とうがん》などの水墨画を見せ、さらに土佐派の大和絵など狩野派以外の絵を勉強させた。

一月がすぎて居間で三人と向かいあった守景は、

「どのような絵が好きになったかな」

と訊《き》いた。三人は顔を見合わせたが、やがて清三郎が、

「わたしは、先生の夕顔棚納涼図《ゆうがおだなのうりょうず》が好きでございます」

と恐る恐る答えた。

「なに、わしの？」

守景は意外だった。狩野派の絵は見せていなかったからだ。

「新蔵殿に頼んで見せてもらいました。新蔵殿を叱らないでください」

雪が急いで言った。雪が頼んだとき、新蔵は、

「先生に叱られはしませんか」

と、ためらいながらも画帳の中から摸写を見せてくれたのだ。新蔵は雪たちに、

「わたしは、先生の絵が狩野派の中で一番好きなのですよ」

と言った。あるいは、雪たちが「夕顔棚納涼図」を気に入ったのは、新蔵の感動が伝わったからかもしれない。

「お前たちも、わしの絵が好きなのか」

守景が訊くと、雪と彦十郎もうなずいた。守景は困った顔をして、あごをなでた。

「夕顔棚納涼図」は、守景が加賀に行った際にひそかに下絵を描いたもので、後に屏風絵《びょうぶえ》となる。後世、郵便切手になったことでも知られている。

農村の夕顔棚の下で農民の夫婦と子供が夕涼みにくつろいでいるところを描いたものだ。

歌人、木下長嘯子《ちょうしょうし》の、

――夕顔のさける軒はの下すずみ　おとこはててれ　めはふたの物
に取材したと言われる。女は上半身裸で、ふたの物（腰巻）姿であり、男はててれ（襦袢《じゅばん》）を着て寝そべっている。男の襦袢の生地は薄く褌《ふんどし》が透けて見えている図柄だ。

守景は、はっは、と大声で笑った。守景は京の出身で無下斎《むげさい》などとも号した。

寛永十九年、探幽、尚信らとともに聖衆来迎寺《しょうじゅらいこうじ》障壁画制作に参加して、絵師として認められた。探幽四天王の一人と言われているが、狩野派からはみ出て自由なところがあった。

「あの絵は卑俗に過ぎよう。若い者が好むとは思えんぞ」

「いえ、俗というより、なんとなく懐かしいような気がします」

清三郎が言った。

「わたしはもったいぶらないところが好きです。それに、優しい気持が伝わります」

雪はにこりとして付け加えた。彦十郎も何か言おうとしたが、口をもごもごさせただけで結局、言わなかった。

「ですが、狩野派では先生のような絵は好まれないと思うのですが」

清三郎は首をかしげた。そのことは雪も不思議だった。探幽は弟の惣領家《そうりようけ》、安信に、あれほど厳しいのに、高弟の守景が気ままな絵を描くことを許しているのだろうか。

「そのことは、お前たちにはまだわからないことだ」

守景は微笑した。三人がこのことの意味がわかるようになるころには、どのような大人になっているのだろう、と思った。

三日後――雪は日本橋の書肆《しよし》に、守景が注文していた書物を受け取りに行く使いに出た。風呂敷《ふろしき》に書物を包んで帰り道を急ぎ常盤町《ときわちよう》にさしかかった時、辻《つじ》に浪人者が立っているのに気づいた。
あっ、と思ったのは、この間、彦十郎が喧嘩《けんか》騒ぎを起こした浪人だったからだ。立ち止まった雪を浪人は訝《いぶか》しげに見ていた。何かを思い出そうとしている顔だった。浪人は突然、

近づいてくると、

「お前、この間の小僧と一緒にいた娘だな。あの小僧はどこだ。わしの大事なものを拾っておるはずだ」

雪の腕をつかんで言った。

「放してください。そんなものは知りません」

雪はもがいたが、浪人はつかんだ腕を放さず横町に雪を引きずっていった。

雪が悲鳴をあげると、浪人は口を大きな手で押さえた。さらに面倒になったのか首をしめて気絶させようとした。

「待てっ」

大声が響いて誰かが駆け寄ってきた。

浪人は振り向くと刀の柄《つか》に手をかけ、鯉口《こいぐち》を切った。その瞬間、雪の手を引いて背中にかばったのは平野清三郎だった。

清三郎は学塾の帰りに、たまたま浪人に横町へ引きずりこまれる雪を見たのだ。

「貴様――」

浪人は刀を抜いた。清三郎もためらわずに腰の小刀を抜いた。雪は、清三郎が落ち着いているのを見て、頼もしいと思った。だが、浪人は体も大きく、これまでにも人を斬ったことがありそうに見えた。

雪は地面の石を探した。浪人に投げるつもりだった。

浪人が刀を振りかぶって踏み込んできた。雪が石を投げた。音を立てて浪人の顔に石が当たった。思わず浪人は顔を左手で押さえた。その隙を清三郎は見逃さなかった。やっ、と気合をかけて清三郎は浪人の右手に小刀を走らせた。少年とは思えない鋭い太刀筋だった。腕を斬られた浪人が、うめいて膝《ひざ》をついた。清三郎は小刀を構えたまま、

「人さらいです。どなたか、お役人を呼んでください」

と、まわりの町人に言った。町人たちが番所に駆け出した。浪人は観念したようにうずくまっている。清三郎は雪を振り向くと、微笑してうなずいた。

(清三郎殿が、わたしを守ってくれた)

雪は胸がときめくのを感じた。


浪人はこの後、番所に引き立てられ町奉行所の取り調べを受けた。その後、守景の家に日ごろ親しくしている同心がやってきた。浪人は山本勘兵衛という名で伊予《いよ》の出身だという。勘兵衛が落としたものは彦十郎が拾った地図だった。その地図が問題で、同心は、

「増上寺の見取り図でした」

と教えてくれた。芝の増上寺は徳川家の菩提寺《ぼだいじ》で、敷地は二十万坪。鐘の音は海を越えて上総《かずさ》まで届いたといわれる。

「増上寺の？」

眉《まゆ》をひそめた守景に、同心はうなずいて、

「山本勘兵衛という浪人は、この見取り図を別木庄左衛門《べっきしょうざえもん》という男に届けようとしていたのです」

とだけ言った。その意味がわかったのは、九月になってのことである。このとき、明らかになった事件は、慶安から承応に年号が変わったことから、

――承応事件
と呼ばれることになる。由比正雪の事件ほど史上、有名ではないが、慶安事件に引き続いた浪人の謀反計画として幕府を震撼《しんかん》させた。事件の発端は、老中松平信綱への密告だった。浪人の別木庄左衛門らが増上寺で家光生母崇源院《すうげんいん》の法要が行われるのに際して、老中の襲撃を計画しているというのである。

ただちに捜査が行われ、庄左衛門らは捕縛され、一味は浅草で磔《はりつけ》になった。信綱に密告したのは長島刑部左衛門《ぎょうぶざえもん》という浪人で、庄左衛門の一味には、老中阿部忠秋《ただあき》の家臣、山本兵部《ひょうぶ》がおり、兵部はキリシタンだと訴えた。山本兵部は、別木庄左衛門に軍学を教えたことがあると認めたが、企ての一味ではなくキリシタンでもない、と弁明した。兵部が計画に関与していなかったことは認められたが、阿部忠秋は激怒して兵部に切腹を命じた。

山本兵部は、「徳川実紀」に武田信玄の軍師、山本勘助の孫として記されている。あるいは、山本勘兵衛とも血のつながりがあったのかもしれない。

事件の落着後、守景の息子、彦十郎は奉行所に呼び出され、

「浪人が落とした増上寺の見取り図を届け出なかったのは不届きである」

と叱責《しっせき》された。

「まさか、そんな絵図だとは思わないものなあ」

彦十郎はしきりに愚痴ったが、雪は相手にならなかった。それより山本勘兵衛に連れ去られそうになったとき、身をもって助けてくれた清三郎の背中を思い出していた。

三

雪は約束通り、十七になると探幽の直弟子《じきでし》となった。

彦十郎、清三郎は五年前、十六歳のときに入門している。弟子入りの日、雪は白梅を散らした小袖《こそで》を着ていた。

あいさつをする雪に探幽は、

「雪は守景の手作りじゃ。初学のことはすんでおろう。わしが粉本《ふんぽん》を見立ててやろう」

とにこやかに言った。

「女だからとて、甘やかしては困ります」

つきそいの守景が言うと、

「なんの、女だからこそ男に負けぬよう、わしが自ら鍛えてやろう、というのだ」

探幽は笑った。雪の入門について母親の国は、

「わざわざ鍛冶橋の門下生にならなくとも家で稽古《けいこ》すればよいではありませんか。女絵師になどなれば殿方と競う女になりましょう」

と反対したのだが、伯父《おじ》の探幽が雪を気に入っているとあっては、どうしようもなかった。その日から雪は鍛冶橋屋敷の画室に入って絵筆をとった。

狩野派の教育法は、粉本を摸写《もしゃ》することである。狩野家の屋敷には常時、住み込みの弟子がいる。広い画室でいつも摸写が行われていた。

木挽町狩野家には、常に五、六十人、中橋狩野家でも二十人ぐらいの弟子が住み込んでいた。

入門の年齢は十四、五歳からである。最初は、師匠から山水画、人物画などの絵手本を与えられて、一年半ほど摸写する稽古に明け暮れる。さらに第二段階になると、花鳥図を半年ほどかけて摸写する。第三段階になって、ようやく顔輝《がんき》、馬遠《ばえん》、夏珪《かけい》など宋元末の中国の大家、さらに雪舟や狩野永徳、元信などの名画の一枚物摸本を摸写するのだ。最後に探幽の聖賢障子絵を学んで終わることになっている。

普通、一枚物を描きだすと七、八年後に師の別号をもらい、さらに二年後に師の名前の一字を与えられる。

これを「一字拝領」といって言わば卒業になる。修業は十年から二十年はかかり、十代半ばで始めて、一人前になるのは三十ぐらいだという。弟子となってから雪の進歩は群を抜いていた。探幽が雪を可愛がって特別に粉本を与え指導したからだろう。

雪の進歩は周囲も認めるところで、門人になって三年目、二十歳になったときには探幽の名、守信の一字が与えられ、雪信《ゆきのぶ》と名のることを許された。これ以降、雪は自分の絵に久隅の本姓の清原と合わせて、

——清原雪信

と款記《かんき》を入れるようになった。清原雪信の絵は守景の自由な教育のおかげもあって、狩野絵というより大和絵《やまとえ》の繊細、温順さがあった。このためか、大名の奥方などからも、席画や出稽古などを求める依頼が相次ぐようになった。

雪は二十歳で流行画家となっていた。雪が絵道具を入れた風呂敷《ふろしき》包みを持って鍛冶橋狩野屋敷に着くまでの間にすら、道行く人が雪の顔を見て、あれが、狩野の女絵師だ、と噂するのである。

「どうも面白くないな」

彦十郎は、鍛冶橋狩野屋敷の画室で先輩がいないのをいいことに寝転んでつぶやいた。

鍛冶橋屋敷は探幽がいる居間と次の間、画室が長廊下でつながっていた。門弟たちが絵の稽古をする画室に探幽が姿を見せることはない。画室の上席になる窓際は古参の門弟に占められ、新入生は日当たりの悪いところと決まっていた。門弟たちは屋敷内の広い部屋に二畳だけを与えられ、絵具《えのぐ》簞笥《たんす》を置いて生活している。夜の稽古の後、道具を片付け夜具を敷いて寝るのである。清三郎は藩邸から通ってくるが、彦十郎は家では稽古にならぬと守景に命じられて住み込みだった。

それでも雪のように探幽から直接、指導してもらったことはなかった。

「なぜ、雪だけがとのさまに可愛がっていただけるのだ」

彦十郎は不満たらたらだった。絵筆を持って稽古していた清三郎が、

「どうした。稽古が進まぬようだな」

と背を向けたまま言った。二十四歳になった清三郎は、父の名の伊兵衛を継いでいたが、すでに探幽から「一字拝領」を許され、守清《もりきよ》と名のっていたから、雪は守清殿と呼んでいる。もっとも兄の彦十郎は画技が進まず、「一字拝領」を許されていないから、相変わらずの彦十郎だった。

「そうではないか。雪はきょうも出稽古だぞ。大名の奥方の稽古に行けば、たんまりと謝礼がもらえる。なぜ、雪ばかりがよい目をみるのだ。面白くないではないか」

「大名の奥方にとっては女の方が習いやすかろう。そのかわり席画のときなどには、われらにも声がかかるではないか」

「雪のお供としてな」

彦十郎はつまらなそうに顎《あご》の不精《ぶしょう》ひげを抜いた。そら豆のように、あごがしゃくれた顔である。雪は大名や大商人の席画に呼ばれる機会があると、必ず彦十郎か清三郎と行くようにしていた。こういう席では料理と酒が出ることが多い。女一人で酒席に出るわけにはいかなかったからだ。

「そんなことより、雪殿の評判が高くなると、中橋や木挽町では嫉《ねた》む者も出てくる、そのことを兄として心配してやった方がいいのではないか」

清三郎、いや守清は、ちらりと彦十郎を見た。ふん、そんなことは放っておけ、と彦十郎は手を振った。守清は、しかたのない奴だというように首を振ったが、ふと、

「しかし、狩野三家は同じ一門でありながら、仲が悪いのは不思議だな」

とつぶやいた。彦十郎は急に起き上がると、

「守清は入門して八年にもなるのに、そんなこともわかっていないのか」

「彦十郎は知っているのか」

守清は意外そうに彦十郎の顔を見た。

「当然だ。酒を飲みながら守春さんたちからうかがった」

彦十郎は、絵の稽古よりも同門の弟子たちとの酒のつきあいを好むようだ。

「では、訊《き》くが、狩野一門はなぜ仲が悪いのだ」

「大もとは、五代目の光信様が、四十四歳のとき江戸から京へ戻る途中、東海道の桑名宿《くわなじゅく》で客死されたことにあるな。光信様の嫡男、貞信様はまだ十二歳で狩野の六代目となるには若すぎた。そこで光信様の弟で貞信様には叔父《おじ》にあたる孝信様が、貞信様が成人するまでという条件つきで狩野家を率いることになった。この孝信様が狩野探幽、すなわち、わしらのとのさまの父上だ」

「なるほど」

「孝信様は画技よりも政治力が出色な方だった。黒衣の宰相とも呼ばれた金地院崇伝《こんちいんすうでん》様と親しくして幕府に食い込んだ。幕府の御用絵師としての狩野の地位を固めたのは孝信様ということになる。それだけに孝信様は、御自身の家を狩野本家にしたくなったのだ。しかし、貞信様がいる以上、そうはいかない。そこで、とのさまに幕府の御用絵師として別家をたてさせた。惣領家《そうりょうけ》と御用絵師としては同格の、鍛冶橋狩野家が生まれたのだ。その後、孝信様の家はとのさまの弟、尚信様が継がれた」

「しかし、いまの惣領家は、とのさまの弟御ではないか」

守清は首をかしげた。

「そこなのだ。孝信様はとのさまに別家をたてさせた後、亡くなられた。その後、貞信様も江戸に出られたのだが、不運な方であったのだな、二十七歳の若さで亡くなった。しかも跡継ぎがいなかった」

「それで安信様が惣領家に入られたのか」

「一門の話し合いで、そう決まったのだ。皮肉なものだな。とのさまが別家をたてていなければ、惣領家に入られて名実ともに狩野の指導者になられたはずだ。とのさまは、弟が惣領家になったことが面白くなかった。それから安信様に厳しくあたられるようになった。惣領家はこれに反発するし、尚信様にも孝信様の血筋で言えば木挽町狩野が本家だというつもりがあるからな」

「つまりは、本家争いということか」

「狩野家は城や寺院の障壁画、襖絵《ふすまえ》などで、どの部屋を担当するかは格式によって決まっている。一番格式の高い部屋を担当するのが狩野の代表者だ。三家のうち、どこが本家かということは絵師としての序列につながっているからな」

このことについて貞信は、亡くなる前に遺言で一族と高弟七人に誓約書を出させている。

その内容は、

——一御公儀御作事時分、御広間之御絵、惣領被仰付筈御座候。自然他人被仰付儀候とも、たって御せそう申上、源四郎殿被仰付候様可仕候
というものだった。

公儀の建築物では広間の絵は狩野の惣領が命じられるはずである、他の者が命じられたときには、幕府に嘆願して惣領の源四郎（安信）に命じられるようにしなければならない、というのである。しかし、この誓約書がそのまま守られたとは言えない。探幽が安信と同格か、それ以上の立場で絵を担当することが、しばしばだったからである。

探幽は、最高の絵師は自分なのだから当然のことだ、と思っていた。しかし、貞信の遺言から見れば、探幽の専横とも言えた。

彦十郎は顔を右手でつるりとなでて、まあ、埒《らち》も無い話なのだ、と言った。守清は、うなずいて、

（絵師の世界にも面倒なことが多い）

と思った。

雪は閨秀《けいしゅう》画家として名が高くなるにつれ、出稽古《でげいこ》を求められることが多くなったが、彦十郎はしだいに一緒に行くことを避けるようになってきた。

妹と画技を比較されるのが嫌だったのだ。それに近ごろ藩邸を出て町家暮らしをするようになった守清の父が長患いをして寝ついており、医薬代に窮していることを知っていた。

出稽古だけでなく席画などでの謝礼を守清に渡してやりたかった。そのことは、雪もわかるから、できるだけ守清を誘うようにした。しかし、これが思わぬ噂のもとになった。

雪は年頃になって肌も白く、目がすずしい女になっていた。

雪の美しさには、守景や彦十郎ですら、はっとさせられることがあった。守清も生来のととのった顔立ちに絵師としての修業で積んだ素養が加わり、若いながらも風格すら感じさせる容貌《ようぼう》だった。

美男と美女が連れ立って出稽古に行くことが、しだいに人々の好奇の目をそそるようになってきたのだ。

時折り、他の弟子も誘い三人で出かけたりするのだが、大名家の奥に仕える女たちは雪と守清の姿だけを記憶に残し、二人が去った後、ため息まじりに噂するのだった。

雪は、あからさまに中傷されるようになっていた。

鍛冶橋狩野家で最初に、このことを口にしたのは探幽の養子、洞雲益信《とううんますのぶ》である。益信は、この年三十九。痩《や》せて怜悧《れいり》な顔つきをしている。

寛永十二年、十一歳のときに金工家の後藤家から養子に来た。探幽には中年まで子が無かったからだが、皮肉なことに妻に先立たれた探幽が四十九で再婚すると三年後、五十二になって男の子が授かった。後の探信守政《たんしんもりまさ》である。さらに二年後にも次男が生まれた。後の探雪守定《たんせつもりさだ》。探信は、この年十一歳、探雪は、まだ九歳だった。

益信の立場は微妙だった。

子煩悩《こぼんのう》な探幽が益信を義絶して探信に家督を譲りたいと思うようになったからだ。後に益信は、狩野二家に加えて新たに駿河台《するがだい》狩野家を興すことになるのだが、このころは鍛冶橋狩野家の一員に過ぎず、居心地の悪い思いをしていた。

この日、益信は画室に雪を呼び出して、

「近ごろ、雪信殿の評判、まことに高いらしいな」

と切り出した。

草花模様の着物を着た雪は、益信の視線を避けるように目を伏せた。守清とのことを言われるのはわかっていた。だから、黙っていると、

「あまりに評判になっても父上の御名に泥を塗ることになるかもしれん」

益信の言い方に、雪は腹がたった。

「わたしは、とのさまの御名前を汚すようなことはしておりません」

「そうか、ならばよいのだ。しかし守景殿も、何を考えておいでなのか」

益信はわざとらしくため息をついた。

「どういうことでしょうか？」

「去年、雪信殿の妹御が父上の養女として池田幽石に嫁がれたな。これでは姉妹の順序が違いはしないかな」

「それは久隅の家のことですから」

「久隅の家？　いや妹御は狩野の養女として嫁がれたのだぞ。父上が何を考えておいでな

のか、雪信殿にはおわかりでないようだな」

益信は謎のようなことを言った。

この日はこれだけだったが、一月後、本郷の加賀藩屋敷に招かれたときのことである。加賀藩前田家は、守景とも縁が深いだけに、この日は守清だけでなく守景も一緒だった。藩邸に行ってみると雪たちだけではなく、益信と惣領家の安信も来ていた。

藩主綱紀《つなのり》の奥方が近ごろ病んでいたが本復したのを祝っての席画だということで、広間には奥に仕える女中衆も居並んでいた。

綱紀に面して下座に控えた安信は五十を過ぎて、さすがに貫禄がついていた。最近では鍛冶橋屋敷を訪れることもないが、近ごろ「画道要訣《がどうようけつ》」という画論を書いていた。その内容は、すでに狩野派内には伝わっている。

安信は、絵には
質画
学画
の二つがあるという。

すなわち質画とは天性の才能で描かれる絵、学画とは学習して描く絵だ。安信は天才絵師の絵よりも学習した絵に価値があるというのだ。

天才絵師、探幽に劣等感を抱いて苦しんできた安信のたどりついた結論だった。

藩主や女中衆たちが居並ぶ席で雪と守清が絵筆をとると、奥方は嘆声をもらした。

この日、雪は白綾《しらあや》に花鳥を墨絵で描いた着物に綴《つづれ》の帯を胸高に締めていた。守清は黒紋付羽織、小倉《こくら》の袴《はかま》である。前田侯の前に出るとあって月代《さかやき》を青々と剃《そ》り、清々《すがすが》しかった。

席画は広間で行われた。広間に面した庭は、松を背に苔《こけ》むした岩がすえられている。軒下の影が暑さを遮り、人々の汗をひかせていた。

絵筆をとる時、守清は袖《そで》が汚れるのを嫌って白襷《しろだすき》をかけた。襷をかける守清のきびきびとした身動きのたびに、女中衆の間からはため息がもれる。

「まことに雛人形《ひなにんぎょう》のような二人ですね。絵を描く二人の様子が、そのまま一幅の絵のようです」

奥方が感心して言った。綱紀もにこやかにうなずいたとき、

「さよう。それがしは天性の才による絵よりも修業して学んだ絵を貴しと思っておりますが、美形であることだけは学んでも得られませぬ。まことに、うらやましい」

と安信が口をはさんだ。

藩主夫妻は安信の冗談だと思い、おかしそうに笑ったが、守景は眉《まゆ》をひそめた。すると、益信が笑顔で、

「それでけ見目《みめ》麗しい遊女が絵筆をとるのが一番ということになって、絵師は職を失いま

しょう。もっとも近ごろは遊女のごとき絵師も増えたようですがな」

と悪意のあることを言った。

益信の言葉を聞いて雪の絵筆を持つ手が震えた。

(わたしは何と言われてもいい。だけど、これでは守清殿を辱しめたことになる)

雪は唇を噛《か》んで横の守清を見た。

守清は絵に集中しようとしているが、顔は青ざめていた。雪はたまらなくなって守景を見た。

しかし、守景は目で、

——何も言うな
と言った。雪は黙るしかなかった。安信と益信は、そんな雪の様子を見ながら、ひそひそと話して笑うのだった。この日、守清は席画が終わると、加賀藩邸の門前で雪たちと別れて一人で帰った。雪は何も言えずに遠くなる守清の背中を見送った。

守清は、雪とともに出稽古や席画に行くことをやめた。鍛冶橋狩野屋敷にも姿を見せることは少なくなり、雪と会うことがあっても他人行儀なあいさつをするだけになった。

「もう、守清殿とは会わない方がいいのでしょうか」

ある日、雪は鍛冶橋屋敷から帰っていた彦十郎に訊《き》いた。

彦十郎は、居間で行儀悪く寝そべって餅を食っていた。近ごろ、彦十郎は酒と女を覚えて、どこから金を都合するのか悪所にも通っているという話だ。

起き上がった彦十郎は、あごがしゃくれた顔を向けて、

「それは、お前しだいだろう」

と意外にやさしい声で言った。餅の粉で口のまわりが白く汚れている。

「わたししだい？」

「そうだ。どういうわけか、お前は狩野の閨秀《けいしゅう》画家として江戸でも有名になってしまった。守清とのことをどうするかは、お前が決めることだ」

「わたしは、そんなことを言ってるわけでは」

「誤魔化《ごまか》すな。お前と守清が昔から好き合っていることは、そばにいたわしが一番よく知っているのだ」

彦十郎は笑った。雪は赤くなって、うつむいた。彦十郎は頭に手をやって、

「とは言え、とのさまのお考えもあることだし、お前は不自由な身だからな」

と言いながら腕を組んだ。雪は顔をあげた。

「益信様にも、そんなことを言われましたけど、どういう意味なのですか」

「それは、お前——」

彦十郎はにやにやした。

雪が不審そうな顔をすると、彦十郎は言葉を続けた。

「どうやら惣領家《そうりょうけ》にも、とのさまに反抗するだけの気概が出てきたということさ。惣領家は女の縁で、とのさまを包囲する布陣を考えたのだ」

「女の縁?」

「惣領家が益信様と仲がいいのを見て不思議だとは思わなんだか。惣領家は、いずれ益信様が鍛冶橋狩野を継がずとも別家を立てると見越して自分の娘と夫婦にさせたのだ。そして木挽町狩野の尚信様の息子、常信《つねのぶ》様にも娘を嫁がせているんだ」

「それは、どのような意味があるのですか?」

「鍛冶橋狩野とだけ婚姻しないということだ。とのさまの子供は男だけだ。娘を嫁がせて血縁を深めることができない。惣領家はその弱みをついたんだな。狩野家は血の結束で天下の絵師に君臨してきた。とのさまが生きておられる間はともかく、次の時代になれば鍛冶橋狩野は他の家から粗略にされるだろうな」

「まさか」

「無論、惣領家の狙いにはとのさまも気づかれている。そこで考えついたのが、とのさまの姪《めい》の娘を養女として、これはと思う相手に嫁がせることだ」

「それで、お信が幽石様に嫁いだのですか」

雪は息を呑《の》んだ。

去年の秋、雪の妹、信は探幽の養女として池田幽石に嫁いだ。小伝馬町《こでんまちょう》の屋敷で行われた婚儀には探幽も出席し、狩野一門がそろって、はなやかに行われた。姉の雪よりも先に信が嫁ぐことについては、守景と国の間で一悶着《ひともんちゃく》あったのだが、これも探幽の鶴の一声で決まったのだ。彦十郎は哀れんだように雪の顔を見た。

「とのさまの思惑があってのことさ。信よりも大きな手駒は閨秀画家として人気が出てきた、お前だというわけだ。惣領家も、とのさまがお前をどう使うか気にしているはずだ。そのお前に浮いた話が出てきたのだから、どう利用してやろうか、と舌なめずりしているところだろう。一門の男女が私通すれば、これは不義ということになる。惣領家にすれば、弟子《でし》が不義を働いたということで、とのさまを一門の長の座から引きずり下ろせるというわけだ。お前も、とんだ争いに巻き込まれたな」

雪はぼう然とした。

不義という言葉が耳を打っていた。それとともに、ひどく悲しくなってきた。守清とは大きな壁でへだてられているという気がしたからだ。

四

「正筆じゃ」

「写し物——」

「弟子の絵」

「正筆にてなし」

探幽は、目の前の絵を次々に見ながらつぶやいていく。手は休み無く動いて絵の構図、賛文、款印《かんいん》を手控えに写し取る。鍛冶橋屋敷に持ち込まれた掛け軸、屏風《びょうぶ》などの絵の鑑定を行っているのだ。探幽の目が時折り、鋭くなって、

「偽物なり」

と吐き捨てるように言う。さらに辛らつな口調で、

「筆知るほどの絵にてなし」

と言った。探幽は鑑定に持ち込まれた絵で作者について知らないときには、

「筆知らず」

と、はっきり言う。「知るほどの絵にてなし」は、よほどできの悪い絵で探幽にとっては偽物よりも不愉快だった。

天下一の絵師、探幽のところには大名や寺院などから絵の鑑定依頼が大量に持ち込まれる。探幽が鑑定して本物と認めた「極札《きわめふだ》」が有る無しで、絵の値段も大きく変わるのだ。当然、高額の謝礼が支払われるから、探幽にとっても大きな収入源だった。しかも探幽は絵を写し取った手控えを「探幽縮図」として、自ら絵を描くとき構図の参考として生か

す。それだけに手を抜かずにやるのだが、何十もの絵を鑑定すると、さすがに疲れた。

探幽は懐紙で額の汗をぬぐって一息ついた。

幕府の奥絵師は、本丸大奥の御絵部屋に月に六回出仕して、御用の絵を描く。時に将軍がお出ましになって、席画を命じられることがあるほかは、「かきため」の絵を描くのである。これらの描きためられた絵は、正月に大奥の女たちに賜るほか、進講の学者、武術の演者などに「禄絵《ろくえ》」として賜ることになる。

探幽は、出仕をしない日は屋敷でもっぱら鑑定を行っていた。探幽は、この年六十二になる。頭を剃《そ》りあげているが、目の精気は衰えていない。

弟子の一人が茶を持ってきた。探幽は茶を飲みながら、傍らの雪を振り向いて、

「雪信も、少し休め」

とやさしく言った。

雪は、鑑定される絵が持ち込まれた日付、依頼者の名、鑑定の結果などを絵の脇に記す「留書《とめがき》」を書いていた。日ごろは住み込みの弟子が行うのだが、きょうは、ひさしぶりに鍛冶橋屋敷に顔を出した雪に命じられたのだ。

「残りは、どれほどある」

探幽に訊かれて、雪は絵を数え、十ほどでございます、と答えた。そうか、と探幽はうなずいたが、ふと雪の顔をのぞきこんで、

「どうした、顔色が悪いぞ。なんぞあったか」

と訊いた。あるいは、雪のふさぎこんだ様子に気がついて、話を聞くために「留書」を命じたのかもしれない。雪は迷ったが思わず、

「世間の噂は恐ろしゅうございます」

「守清のことだな」

探幽は察していたらしく、あっさりと言った。雪はうなずいた。

「わたしは、どのようにしたらよいのでしょうか」

「気ままにすればよい」

探幽はにこりと笑った。

「と言いましても」

「世間が雪信の噂をしていることは、わしも知っておる。そのようなことは気にするな」

探幽は手であおぐような仕種《しぐさ》をして見せた。雪は涙ぐんだ。これほど優しい探幽が、なぜ惣領家から憎まれるのか、と思った。探幽が惣領家にだけ違う顔を見せてしまうのは、なぜなのだろう。そのことが悲しかった。しかし、探幽から、

――気ままにせよ
と言われたことは雪の気持を明るくした。今度、守清に会ったら、探幽の言葉を伝えようと思った。

守清の父と母が相次いで亡くなったのは、九月に入ったころだ。この年は秋風がつめたく、上野の山や社寺の紅葉が美しかった。

葬儀には守景と彦十郎が行った。雪も行こうとしたが、

「お前は遠慮しなさい」

と守景から止められたのだ。

雪が行けば好奇の目を集めるかもしれない、行かない方がいいと守景は言った。この日、久隅家には、平桶《ひらおけ》に鯛を入れて手土産にした新蔵が訪ねてきていた。葬儀に守景たちが出かけると聞いて、

「これは、とんだ不調法でございました」

と頭をかいた。新蔵は五年前に日本橋の呉服商、駿河屋に婿養子に入っている。

画技があまり上達しなかった新蔵は、駿河屋で開かれた席画の際に駿河屋の娘に見初められ、婿の口がかかると、絵師の道を諦《あきら》めた。

二年前に義父が病没し、今では駿河屋新右衛門と名を改めて主人となっていた。内弟子のころとは違って商人らしい物腰になっている。

久隅家では、雪と信に国まで加わって、醜男《ぶおとこ》とは言わないまでも平凡な顔立ちの新蔵が、富商の娘によく見初められたものだと不謹慎な話に花を咲かせて、守景にひどく叱られた。

ところが、若いころ四条流の包丁人だった新右衛門は、使用人のあつかいもうまく、絵師として積んだ素養が客にも知られて評判も上々で、駿河屋を繁盛させているということだった。江戸の呉服屋は西陣織《にしじんおり》など京から仕入れて売るため、番頭や手代は京言葉を使うことに憧《あこが》れる傾向があった。京の包丁人だった新右衛門は、番頭たちにも一目置かれたようだ。駿河屋の娘の目は、なかなか高かったということになる。

八月に待望の長男が生まれた新右衛門は、守景からもらった祝いの返礼に鯛を持ってきたのだ。鯛をどうしようか、と台所で困った顔になった新右衛門に、国は微笑して、

「うちが喪中というわけではありませんから、皆でいただきますよ」

と言った。しかし雪は思いがけなく強い口調で、

「わたしはいただきませんから」

と言った。守清の家が葬儀の日に生臭ものを食べる気にはなれなかった。新右衛門は驚いたように目をしばたたいた。国は眉《まゆ》をひそめて、

「この人は、平野様にお嫁にいくつもりなのかしら」

と困ったように言った。国は、雪が女絵師として、もてはやされることには以前から気をもんでいて、しかも守清との間が噂になったことも心配していた。

国は、守清のことは気に入っていたが、不義の汚名を娘に着せたくはなかった。

「わたし、そんなつもりで申したのではありません」

切り口上になる雪を、新右衛門がやわらかく手でさえぎって、

「鯛は、わたしが塩焼きにしておきましょう。今夜でなくとも明日にでも召しあがっていただけばよいのです」

となだめたうえで、

「平野様のところは、御両親が長い間患われたそうで、失礼ながら、さぞ医薬代がかさまれたでしょう。わたしの店では、近ごろ金持の商人を集めて屛風絵や掛け軸の見立て会などもやっております。守清様に席画をしていただければ、絵の注文主なども御紹介できると思うのですが」

新右衛門は、雪と守清の事情を知っているらしく気遣うように言った。

「新蔵、いえ新右衛門さん、それは本当ですか」

「絵師は、まず名が売れることが第一です。守清様の名が売れれば、つまらぬ噂など消えていきますよ」

「ありがたいお話だわ。守清殿もきっと助かると思います」

「ただ、商人の注文を受けることは、大名に仕える絵師とは違って、町絵師、言うなら町《まち》狩野《がのう》になることでございます。守清様が、それでよろしいのかどうか」

新右衛門はうかがうように雪を見た。尼崎藩士の守清が町狩野になることは、藩を離れ、侍の身分を捨てることでもあった。

「それは」

と言いかけて雪は口ごもった。守清が、侍の身分を捨ててまで絵師としての道を歩むかどうかは、雪にも言い切れなかった。

(葬儀が終わられてから守清殿のお気持を訊いてみよう)

雪は自分に言い聞かせた。そうすれば、また守清に会えるのだと思った。


守清は、両親の四十九日を終えて屋敷で一人になった。十月末である。下僕と下女にも暇を出していた。尼崎藩の侍として生きていく気はなくなっていた。

雪との間が不義の噂になっている以上、狩野門下で絵師として立っていくことも難しいかもしれない。いっそ、一介の町絵師になろうかと思っていた。

守清の脳裏には昔見た、守景が描いた農村風景の絵があった。狩野派にいれば人を描くのは聖賢などに限られる。

(わたしは、守景先生のような絵が描きたいのだ)

しかし、守清には不安があった。亡くなった父が労咳《ろうがい》(結核)だったことだ。労咳は、このころ不治の病とされていた。

藩邸にいれば周囲に嫌がられるので町家を借りたのだが、医薬代と合わせて随分と金がかかった。蓄えは底をつき、親戚《しんせき》からもこれ以上、借金はできないところに来ていた。父に続いて亡くなった母は、看病疲れがたたって心ノ臓を病んだということになっているが、父の労咳が伝染《うつ》っていたのではないか、と守清は思っていた。守清も近ごろ、夜中に咳《せき》が出ることがある。

(ひょっとしたら、労咳ではないか)

そう思うと、前途が暗く閉ざされるように感じるのだ。

守清は雪から遠ざかろうとしてきたが、前途に暗い気持を抱くと、雪の面影が暗闇での光明のようにすら思えてきた。しかし、そんな自分の気持を認めるわけにはいかなかった。

(雪殿に会いたいなどとは思ってはいかん。守景先生にも御迷惑をかけることになるではないか)

守清は自分を戒めていた。

雪からは葬儀の後、手紙をもらっていた。かつての新蔵、駿河屋新右衛門から絵の見立て会での席画を頼めないかという話がある、この件についてお会いしたい、という内容だった。守清は、ありがたいがしばらく考えさせて欲しいと返事の手紙を出しただけで、雪と会おうとはしなかった。

会ってはならないのだ、と思っていた。

その二人がひさしぶりに思わぬ場所で会うことになる。

このころ加賀に赴いていた守景から、「四季耕作図《しきこうさくず》」の摸本《もほん》を送ってくれと留守宅に手紙がきた。加賀藩の小納戸《こなんど》役に頼めば藩の飛脚が加賀まで送ってくれるという。

彦十郎が動けばいいのだが、珍しく腹痛で二、三日寝込んでいたため、雪が摸本を鍛冶橋屋敷から借りて加賀藩邸にまで持って行き、小納戸役に依頼した。

その帰途、雪は加賀藩邸前から水戸藩邸前を通って千駄木《せんだぎ》から谷中《やなか》に抜ける長い坂に出た。

このあたりには日本武尊《やまとたけるのみこと》が創建したとも、太田道灌《おおたどうかん》が建てたとも伝えられる古い神社がある。この小さな古社が後の宝永年間、五代将軍綱吉《つなよし》が甲府宰相綱重《つなしげ》の子である綱豊《つなとよ》を養子にして六代将軍に内定すると大神社へ変貌《へんぼう》する。

綱豊が住んでいた根津《ねづ》屋敷の一隅にこの古社があり、綱豊の産土神《うぶすなかみ》だったからだ。

根津は、江戸城から東北の位置、鬼門の方角にあたる。綱吉は綱豊が住んでいた屋敷跡に鬼門避《よ》けを兼ねた壮大な社殿を建築する。

将軍直々《じきじき》の普請で根津権現の造営が行われ、宝永三年(一七〇六)に完成する。千駄木の小さな祠《ほこら》から神体を遷宮して、社領五百石という大神社になるのだ。

しかし、このころは、まだその偉容は影もなかった。

雪は坂道を落葉を踏んで歩いていった。

坂を下りて右に曲がり、着いたのは大雄寺という日蓮宗の寺だった。

この寺の境内には見事な楠《くすのき》の巨木がある。

天を覆うように枝を茂らせていた。江戸でも一番の大きさの楠ではないだろうか。

雪は楠が好きで時折り見に来ることがあった。境内に入ると、近くの寺の銀杏《いちょう》から風に吹き寄せられた黄葉が足もとにまとわりついた。

秋らしい、光に満ちた昼下がりである。雪は楠に近づいたとき、佇《たたず》んで樹上を見上げている男がいるのに気がついた。

羽織、袴《はかま》姿で両刀をたばさんだ若い武士である。武士は手に画帳を持ち、矢立《やたて》の筆で何か熱心に描きこんでいる。

雪ははっとした。武士は守清だった。

（楠を写しておられるのだ）

狩野派の絵師は写生ということをしない。古画を摸写して、そのままに描くのだが、守景は雪や守清に「自然を見て学べ」と教えた。

だから、雪たちは樹木などを、ときには写し取ることを心がけていた。

雪が落葉を踏みしめて近づいて行くと、守清は振り向いた。黄葉を踏みしめ、透明な光に包まれるようにして歩いてくる雪を見た。

「守清殿――」

雪が呼びかけると、守清は黙ってうなずいた。このような場所で会うとは夢にも思わなかった。楠の枝葉が風に揺れている。

雪は胸が騒ぐのを感じた。

二人は、この日、谷中の茶屋で話した。さしたる話をしたわけではない。守清は、

「町絵師になろうか、と思っています」

と話し、雪は探幽から気ままに生きよ、と言われたことを打ち明けた。

「気ままにですか」

「はい、気ままにです」

雪は守清の顔を見つめて答えた。

別れたのは、変わりやすい秋の空が急に曇り、雨が降り出したからである。守清は茶屋で借りた傘を雪に渡した。

「守清殿が雨に濡《ぬ》れるではありませんか」

雪は、傘を守清が持っていくように言ったが、守清は頭を振って、

「いいのです」

と言うと、そのまま雨の中を歩いていった。

守清が病んでいることを雪が知ったのは、七日後のことだ。

家に帰ってきた彦十郎が、

「守清め、あるいは労咳かもしれぬ」

と沈んだ表情で言ったのだ。雪が驚いて訊《き》くと、彦十郎がひさしぶりに訪ねたところ守清は寝込んでいた。熱が出て咳がやまないのだ、と言う。

「それは」

雪ははっとした。

「なんでも、ひどく雨に濡れてから熱が出て、それがひかぬそうな。他の者には言うなと言うのだがな。なぜ、守清はあのように気を遣うのかな」

彦十郎は首をひねった。

（わたしと会った日に雨に濡れたからだ）

雪は唇を嚙《か》んだ。すぐに立ち上がると、納戸の薬簞笥《くすりだんす》から熱さましの薬を取り出した。

「おい、どうした」

彦十郎が不審そうに声をかけた。雪は薬を風呂敷《ふろしき》に包んで、

「兄さま、わたし守清殿のお見舞いに参ります」

と言った。彦十郎は驚いた顔になった。

「待て、いまは父上がお留守だぞ。そんなときに守清のところに行っては世間で何と言われるか」

「兄さまらしくもない。世間の噂が怖いのですか」

「怖いなどとは言っておらん」

彦十郎は苦りきった。

雪は、彦十郎の困惑した顔に構わず玄関に向かい家を出た。

五

「近ごろ、雪信の不行跡をお聞きでしょうか」

中橋狩野屋敷の茶室で益信が声をひそめて言った。茶釜《ちゃがま》の前に座った安信は、慣れた手前で柄杓《ひしゃく》に湯をすくいながら、

「守清のところに通っておるそうだな」

と探るように益信の顔を見た。

「さよう。ふしだらな所業でございます」

益信は憤慨したように言った。

「兄上は、なんと仰せなのだ」

「それが、わたしどもが申し上げることをお聞き入れになられないのです」

「ほう」

「かねてから、雪信は父上のお気に入りではございましたが、これは狩野の体面にも関わることでございます。惣領家様《そうりょうけ》より御叱責《ごしっせき》あってしかるべきだと思いますが」

「叱責などと、わしから兄上にできることではない」

安信は笑うと濃茶《こいちゃ》を点《た》て、黒楽茶碗《らくぢゃわん》を益信の膝前《ひざまえ》に置いた。益信はゆっくりと茶を喫して、

「されど、父上を諫《いさ》めていただくのは惣領家様しかおられませぬ。これは一門の嘆願でございます」

益信は茶碗を置いて、あらためて頭を下げた。安信は茶室の障子窓に目をやって、

「さてのう」

とつぶやいた。

安信は十分な成算がありつつも、まだ機会をうかがっているところだ。うまくやれば、永年、安信に苦渋を味わわせてきた探幽への仕返しができるだろう。

「いま一服進ぜようか」

安信は、益信の前にある茶碗に手をのばした。

「お前は、何を考えているのだ」

久隅家で彦十郎は声を荒らげた。

雪は、守清の看病に毎日のように通いつづけている。

小女を連れていくこともあるが、ほとんどが一人だけである。守清は下女も家僕もいな

い一人暮らしだ。若い女が一人で通い、看病だけでなく食事や身の回りの世話をすれば、近所でも評判になっているに違いなかった。

「わたしは、守清様の看病をしているだけです」

雪はきっとなって言った。

「それでは世間が通るまい」

「兄さまは、気が小さい」

「なんだと」

彦十郎は、顔を怒りで赤くしてこぶしを振り上げたが、さすがに殴ることだけはしなかった。そんな久隅家での騒動が守清にわからなかったわけではない。守清は熱に弱りながらも、何度か、

「ここには来られぬがよい」

と言ったが、雪は微笑んだ。

「わたしは人に恥じるようなことは、なにもしておりませぬ。それとも、守清殿はわたしに恥じよと仰せられるのですか」

年の瀬のある日——雪は粉雪が舞う日に守清の家を訪れた。玄関の格子戸を開けて訪れを告げると、いつもは守清の声が応《こた》えるのに、家の中は静かだった。

「守清殿——」

雪は不安に襲われて家の中に上がった。襖《ふすま》を開けて奥の部屋に入ると、守清が倒れているのが見えた。あたりには絵道具がちらばっていた。

「どうされました」

雪は守清の肩を抱き起こした。守清の口から赤い血の筋がたれた。雪は声にならない悲鳴をあげた。見ると畳の上に吐血が散っている。

「しっかりして」

雪は守清を抱えて隣の部屋の寝床に運んだ。それから守清の口のまわりを懐紙でぬぐい、火桶《ひおけ》に炭をおこして部屋を暖めた。

いつも世話になっている近くの小間物屋の女房を訪ねて、医者を呼んでくれるように頼んだ。その後、雪は家に戻って守清の額に水をしぼった手拭《てぬぐい》を置いた。

やがて、やってきた四十すぎの浅黒い顔の医者は、熱さましの薬を調合したが、雪に向かって、

「今夜が山でござろう。熱に体が負ければ、さらに弱ります。弱れば、病はさらに重くなって命を奪う。しかし、熱に負けなければ、体の力が戻って参るでしょう」

「そのためには、どうしたらよいのでしょうか」

「ただ、看病あるだけです。部屋を暖め、汗はふき取って体を冷やさないようにしてください。熱がひいたら滋養のある卵粥《たまごがゆ》などを食させてくだされ」

医者の言葉を雪は何度もうなずいて聞いた。その夜、雪は帰らず守清の看病を続けた。手桶に水を満たし、守清の額の手拭が乾くつど水にひたしてしぼった。首の周りや胸の汗をぬぐい、火桶の炭火を絶やさなかった。

夜がふけ、やがて朝方になるころ、雪は守清の寝床の傍らにうつ伏せていた。疲れきっていた。

白々と夜が明け始めたころ、守清は目を覚ました。傍らでうつ伏せになっている雪を見た。守清は、これからどんなことがあろうとも、雪と離れてはならないのだ、と思った。雪が、はっと気づいたのは雨戸の間からもれる朝の光を感じてだ。このとき、守清は寝床に起き上がっていた。すでに熱がひいている。

「守清殿――」

雪は守清にすがった。守清も雪を抱きしめた。

雪は、その後も守清の家に通った。

守清の病が癒《い》えるにつれて二人は求め合った。雪は、不義という言葉が怖くなくなっていた。国は、世間から咎《とが》められたら守清とともに亡びるつもりだった。

雪は、そんな雪を怖いものでも見るように見て、何も言わなくなった。

雪は、この日も守清の家に行った。

昼になって雪が守清に粥を食べさせていたとき、

「ごめん」

という大きな声がした。

彦十郎の声だ、と雪ははっとした。そのときには、ずかずかと足音が響いて襖ががらりと開いた。彦十郎は仁王立ちして部屋の様子を見た。

守清は寝床に起き上がり、膳《ぜん》が膝前に置かれている。傍らに雪が座って新妻の風情だ。

「馬鹿者」

彦十郎は部屋に入ると、いきなり守清をなぐりつけた。

「兄さま、なにをするのです。守清殿は病人ですよ」

雪は彦十郎に抱きついて止めた。

「お前たち、何をしたかわかっておるのか」

「わたしたちは、何もやましくはありません」

「それが、世間で通ると思っているのか」

彦十郎はため息をついて、どっかと座った。守清を見て、なぐって悪かったな、体の方はどうだ、と訊《き》いた。

「大事無い。それよりも雪殿のこと、心配をかけてすまなかった」

守清は頭を下げた。彦十郎は答えずに、しゃくれたあごをつまんで雪を見て、

「雪、父上が加賀に行っておられる間は、わしが久隅の当主だ。わしはお前を義絶する」

と厳しい声で言った。

「兄さま――」

雪は唇を嚙《か》んだ。

「彦十郎、やはりそうか」

守清はさびしげにつぶやいた。

「やむを得んのだ。お前たちのことを世間では不義ともてはやすに違いない。そうなれば、とのさまの面子《めんつ》にも関わる。父上も狩野門下を破門されることになるだろう」

彦十郎はちらりと守清を見て、

「それよりも、お前たちはこのまま駆落ちしろ。わしが弁明する。惣領家あたりは騒ぎ立てるかもしれんが、久隅の家としてはけじめをつけた、とわしが義絶しただけなら父上との縁は切れぬ。先になれば、お前たちを正式に夫婦と認める手立てもあろう」

雪にも兄が精一杯の配慮をしてくれたのだとわかった。

では、わしは帰るぞ、と彦十郎は立ち上がった。雪は彦十郎を見上げて、

「わたしは、このままここにいるのですか」

「あたりまえだ。わしはお前を義絶したのだ。もう家に帰ることは許さん」

彦十郎はさっさと玄関に向かった。あわてて見送りについていった雪を振り向いた彦十

郎は、

「わしは捨てる神だが、わしが出ていけば表では拾う神が待っておる」

と謎のようなことを言って背を向けた。その言葉通り、彦十郎が格子戸を閉めて出て行くと、格子戸の向こうに人影が立った。

「どなた」

雪が声をかけると、格子戸を開けて入ってきたのは駿河屋新右衛門だった。

「雪お嬢様、守清様とお二人のことは、これから、わたしがお世話させていただきますよ」

新右衛門はにこりとして言った。彦十郎は新右衛門の店を訪ね、雪のことを頼んでから守清の家に乗り込んだのだという。すべてのことを考えたうえで彦十郎が守清をなぐる芝居をしたのだ、と雪にもわかった。

雪は、外に出て通りを去っていく彦十郎の後ろ姿に手を合わせた。

雪と守清は、その後、新右衛門が根岸に持っている寮に住んだ。守清は病をゆっくり養生し、雪は時々、駿河屋での席画に出てその謝礼で暮らしの金をまかなった。

新右衛門の世話は行き届き、暮らしに困ることもなく落ち着いた生活を送ることができた。雪が駆落ちしたことが伝わると、鍛冶橋狩野屋敷に安信が乗り込んできた。

安信は、奥座敷で探幽と向かいあった。益信もそ知らぬ顔でひかえた。

「雪信のこと聞きましたぞ。狩野の体面にも関わることでございます。兄上は、どうされるおつもりか。よもや不義の駆落ち者をそのままにしておかれるつもりはござるまいな」

「さあてな」

探幽はそっぽを向いて、とぼけた顔で煙管《きせる》をくわえた。

「さて、とはどういうことでございますか」

安信は意地悪く訊いた。探幽は答えなかったが、益信が膝《ひざ》を乗り出して、

「ただいま、兄の彦十郎を呼んでおります。彦十郎めに質《ただ》されてはいかがでしょうか」

「そうか、それはよい。守景が釈明すべきところだが、加賀に行っておらぬなら仕方がない。妹の不始末、いかに償うか兄にも考えがあるはず。あるいは、一家そろっての破門を願い出るかもしれぬ」

安信は、彦十郎が破門を願い出れば、その不祥事を理由にして家督を益信に譲り、隠居することを探幽に迫るつもりだった。

探幽にも安信の腹はわかっている。娘婿の益信に鍛冶橋狩野を継がせ、文字通り惣領家《そうりようけ》として狩野一門に君臨したいのだ。

(わしは鍛冶橋の家は仙千代に継がせる。お前らの思惑通りにはさせせぬ)

探幽は苦りきった。

彦十郎が廊下に来て膝をついた。益信にうながされて中に入ると平伏した。

「彦十郎、惣領家殿が、お前に訊きたいことがあるそうな」

探幽は皮肉な口調で言った。

安信は眉《まゆ》をあげて探幽を見たが、そのまま彦十郎の方に向き直った。

彦十郎は顔を伏せたまま、

「惣領家様には、お心をわずらわせ、まことに申し訳ございません。わたくし、守清をなぐりつけ、妹雪を義絶して家から追い出しましたが、近ごろになって、これは早とちりであった、と気がつきました」

「早とちり、だと」

安信は眉をひそめた。彦十郎が何を言い出すのか、と思った。

「雪は、守清のところに病気見舞いに行っておっただけなのでございます。それなのに、わたくしは、世間の下司《げす》の勘ぐりを真に受けて、不義者を成敗するのだと騒ぎ立てました。おかげで雪は行くところもなく、仕方なく守清と夫婦になったのです。思えば、愚かな兄の粗忽《そこつ》が絵師としての妹の前途を閉ざしてしもうた、父にも妹にも真《まこと》に取り返しのつかぬことをいたした、と悔いておるところです」

「お前の勘違いだったと申すのか。世間の見るところとは随分と違うな」

「さよう、まことに世間の者は、おのれの醜悪をもって他人を測るものでございます。しかし、そのような世間の噂を鵜呑《うの》みにしたのは、わたくしの愚かさでございますれば、腹を切ってでもおわびいたしたいと思っております」

「お前が腹を切っても仕方があるまい」

安信はうんざりしたように言った。

「されば、この彦十郎、おのれを罰するため一字拝領を御辞退申し上げます」

彦十郎は顔をあげて安信の顔を見た。

「一字拝領の話などしておらぬ」

安信は、これでは埒《らち》があきませぬ、失礼いたすと探幽に頭を下げて立ち上がった。

そして、座敷を出ていこうとして彦十郎を振り向くと、

「彦十郎、きょうのあいさつは覚えておこう」

と言い捨てた。益信が後からついて行き、彦十郎は平伏して見送った。

彦十郎の目は笑っていた。探幽も、くっくっと笑った。

彦十郎が、安信の言葉を思い知ることになるのは九年後のことである。

六

雪は、その後、守清とともに何度か転居した。守清が健康を回復したことから町中に居

を移したのである。

一年後には女の子を産んで春と名づけた。雪の閨秀《けいしゅう》画家としての人気は衰えず、「唐美人図」「花鳥図屛風」などを描いた。

清楚《せいそ》で品のある画風が好まれたことも確かだが、恋を貫いた美しい女絵師という評判も人々を惹《ひ》きつけたようだ。

加賀から江戸に戻った守景は、彦十郎の処置をよかったとも悪かったとも言わず、

「義絶したのは彦十郎なら、わしは関係あるまい」

と根岸にいた雪夫婦を訪ねた。このため、国や信も雪を訪ねては暮らしに必要なものを持ってきた。

雪が駆落ちしてから九年がたった。寛文十二年夏である。このころ谷中《やなか》の大雄寺近くに住むようになっていた雪は二十九、守清は三十三、春は九歳になっている。

ある日、使いが来て雪は五郎兵衛町の実家に呼ばれた。

実家の敷居をまたぐのは九年ぶりである。雪が訪れを告げると奥から信が出てきた。信は笑顔になって、

「よく来てくださいました。もう、大変なのです」

見ると、いままで何かの仕事をしていたらしく襷《たすき》をかけている。

「どうしたのです」

「父上が加賀に行かれるということで、絵道具、摸本《もほん》や画帳の荷造りで大忙しです」

「また、加賀でお仕事ですか」

「いいえ、こんどは加賀に永住されるということです」

信はちょっと涙ぐんだ。

驚いた雪が奥へ入っていくと、守景と国が二人で書物の整理をしていた。守景は、六十三になって総髪にも白髪が増えている。国は雪を見て、ほっとしたように、

「父上が、突然、加賀に移り住むと仰せになって、とてものこと用意が間に合いません」

と愚痴を言った。

「父上、またどうして加賀に移り住むなどと言われるのでございます。兄さまは承知されているのですか？」

「その彦十郎が、問題なのだ」

「兄さまが？」

「そうだ。お前は彦十郎の近ごろの所業を聞いてはおらぬのか」

守景は苦々しげに言った。

雪も彦十郎の悪い噂は聞いていた。若いころから、酒と女遊びが好きで悪所にも出入りしていた彦十郎だが、三十を過ぎても素行は改まらなかった。近ごろでは、酒に酔っての喧嘩沙汰《けんかざた》が絶えず、無頼の者ともつきあっているという噂だった。

「兄さまはよい御人なのですが」

「人がよいことはわかっておる。しかし、惣領家に憎まれすぎた」

「それでは、わたしをかばわれたことが今でも」

「彦十郎が悪いのだ。お前のことでの処置をとのさまに気に入られたのに調子づいて、さんざん惣領家の悪口を言ってまわったのだ。あれでは中橋狩野だけではない、木挽町狩野の中からも彦十郎を嫌う者が出てくる。狩野の絵師としては、とても立ってはいけん」

「それで、父上は加賀に参られるというのですか」

「わしからとのさまに、破門していただくよう申し出るつもりだ」

「破門を？　そこまでされねばなりませぬか」

「これ以上、彦十郎の評判が悪くなれば、とのさまに迷惑がかかるからな。お前が町狩野《まちがのう》として身過ぎができるのも、とのさまが破門せずにおいてくださるからだ。しかしこれ以上、とのさまに甘えるわけにはいかん」

探幽が破門しないから絵師として生きていけるのだ、ということは雪にもわかっていた。絵を注文する商人たちも狩野の名がついているからこそ有り難がるのだ。

「きょう呼んだのは、わしが加賀へ行けば、お前も破門されると思うからだ。そのことを覚悟しておいてもらいたい」

守景に見つめられて雪はうなずいた。

いつかはこういう日が来るだろうと、守清とも話し合っていた。

「もし、そうなれば、わたしは京に参ろうかと思います」

「京へ?」

「はい、かねてから考えておりました。江戸で駆落ち者の女絵師だと人々に興がられるのにも飽きました。それに、わたしの絵を所望される方は狩野の名がつく絵を欲しいと思ってのことです。守清も京で、源氏物語の絵でも描き、わたしの絵だから欲しいと言われるようになりたいのです。京で、あらためて絵を学びたいと申しております」

「そうか、それがよいかもしれぬな。もともと、わしは京の生まれだ。京には親戚《しんせき》もおるし、京狩野《きょうかのう》も、お前が行けば粗略にはすまい」

京狩野とは、狩野永徳の弟子で狩野が江戸に移ってからも、京に残った山楽《さんらく》、その弟子の山雪《さんせつ》を祖とする一派である。

永徳の遺風を継いで江戸狩野とは違う独自の画壇を形成していた。すでに山雪は没し、いまは山雪の長子、永納《えいのう》が代表者である。

狩野探幽の血縁につながる女絵師が京に行けば、京狩野は喜んで迎えるだろう。

雪は、住み慣れた江戸よりも京の雅《みやび》にふれることで新しい絵の境地に入りたいと思った。

(兄さまも、京に一緒に行っていただこう。京の風に染まれば、あの荒々しさも矯《た》められるかもしれない)

雪は、九年前、義絶を言い渡されてから会っていない彦十郎にひさしぶりに会おうと思った。


雪は、翌日、駿河屋の新右衛門に手紙を書いた。

彦十郎が近ごろでは家にも帰らず悪所を泊まり歩いていると聞いて、新右衛門に頼むしかなかった。新右衛門が連絡をつけて、日本橋の駿河屋で彦十郎と会うことができたのは二十日後のことである。

このとき、すでに守景は国とともに加賀へ旅立っていた。

約束の刻限に雪が駿河屋を訪ねると、出て来た新右衛門が頭を振って見せた。

「駄目ですよ、お嬢様。彦十郎様はもう、お酒を召し上がってます」

「お酒を?」

「はい、店にお出《い》でになったときには、昼間だというのに、すでに赤い顔をされておられました。奥の座敷にお通ししたら、女子衆《おなごし》に酒を持ってこい、と言われて、わたしはお止めしたんですが、とても聞かれる風ではありませんで」

新右衛門は申し訳なさそうに言った。雪が奥座敷に入ってみると、彦十郎は膳《ぜん》を前に寝転び、ひじ枕をして手酌で酒を飲んでいた。

九年前に比べ、頬がこけ不精《ぶしょう》ひげを生やして荒《すさ》んだ様子に、雪は胸がふさがる思いだった。

「兄さま」

雪は彦十郎の前に座って、言葉もなく見つめた。彦十郎はにやっと笑った。

「すまぬな。九年ぶりに駆落ち者の妹から説教されるとあっては、酒でも飲まずにはおられん」

「説教などと。わたしは、兄さまには申し訳ないことをしたと思っております」

「なぜ、お前が申し訳ないなどと思うのだ」

「兄さまが狩野派の中で居心地悪くなられたのは、わたしのことがあったからではありませんか」

「相変わらず生意気な奴だ。わしが狩野派で孤立したのは、わしのわがままが原因だ。たしかに、わしはお前のことで惣領家《そうりようけ》の鼻をあかしてやったが、それだけですまさずに惣領家を嘲《あざけ》ったのは、わしの傲慢《ごうまん》さというものだ。だから惣領家に嫌われ、しかも絵の方はいっこうに上達せぬから鼻つまみ者になった。それで酒に溺《おぼ》れたのはわしが悪いと、そこまではわかっておるのだ」

「でしたら、わたしたちと京に参りませぬか」

「京へ?」

彦十郎は首をかしげた。

「わたしと守清は京に参って、あらためて絵を学ぼうと思います」

「ふむ、親父殿は加賀に参られたし、お前は京へか」

彦十郎はさすがに考えこんだ。起き上がって酔いがさめた顔になった。

「江戸の狩野ではなくとも、京狩野としてなら生きていけるのではないでしょうか」

「それも面白いかもしれぬな」

「はい、面白うございますとも」

雪はうなずいた。そうか、と言って彦十郎は畳に仰向けになった。

「なあ、雪、人を恋するというのは、どういう気持のものだ」

「どういう気持？」

「ああ、そうだ。わしは女を恋したことがないからな」

「さあ、何かを得て何かを失うもの。その痛みに耐える気持でしょうか」

「ほう、お前は、何を失ったのだ」

「父上と兄さまを失うところでした」

「そうか、わしは親父殿には見捨てられ、妹は義絶し、絵の道ではうだつが上がらぬ。失うものが無いから恋ができぬのかもしれぬなあ」

この日、彦十郎はそれ以上は話さずに帰った。

三日ほどして来た手紙には、わしも京へ行こうと思う、と書かれていた。雪が手紙を見せると守清も、これで彦十郎と昔のように絵筆をとれると喜んだ。

雪たちのもとに悲報が届くのは、京への旅立ちをひかえた九月になってからである。

この日、彦十郎は酔っていた。

鍛冶橋狩野屋敷内の長屋である。屋敷の奉公人たちの部屋に彦十郎は転がりこんでいた。足軽の弥十《やじゅう》と昨夜、酒を飲んだのである。

弥十は朝から探幽の供でお城に上がっている。

彦十郎は一人で夜着にくるまって日が高くなっても寝ていたのだが、起きだすと部屋の隅に転がっていた銚子《ちょうし》の中に残っていた酒を飲んだ。

ごく、ごくと口をつけて飲むと昨夜の酔いがぶり返してきた。

彦十郎はふうっと酒臭い息を吐くと立ち上がった。

間も無く京へ旅立つことになる、その前に永年修業してきた画室を見ておこうと思ったのだ。酒の匂いをさせて屋敷内を歩くことなど初めてだった。彦十郎は中庭に出て縁側から上がった。

画室の前まで来たとき、中から話し声が聞こえてきた。五、六人の若い門弟たちが彦十郎の噂話をしていた。そら豆殿と彦十郎のあだ名を口にする若い男もいた。

彦十郎は顔がこわばるのを感じた。

「どういうことだ。昨夜の長屋での、あの騒ぎは」

「彦殿だろう」

「足軽どもと酒盛りをしておったらしい」

「なんでまた」

「京へ上るとかいう話だ」

「京へ？」

「そうだ、あの雪信夫婦が京へ行くので、一緒にということらしいぞ」

「雪信とは、あの駆落ち者か」

「そうだ。わしは昔から知っておるが、なかなかの美女だぞ」

「ほう、あの、そら豆殿の妹とも思えぬな」

「はっは、愚兄賢妹《ぐけいけんまい》よ。あの気ぶっせいな先輩がおらぬようになるのはありがたい」

「しかし、雪信といえば、不義をはたらき鍛冶橋狩野の体面に泥を塗った不肖の門弟ではないか。それが久隅先生の娘だということで、とのさまのお目こぼしにあずかり、破門もされず、今も狩野の絵師を名のっておるのだぞ。それが、兄妹そろって京に上るとは、とのさまへの忘恩ではないか」

「それは、そうだのう。そら豆殿が京に上って、我こそ江戸狩野などと名のられてはたまらんぞ」

「そうとも。とのさまに申し上げてお叱りいただかねば」

「だが、とのさまは雪信に甘いゆえなあ」

「彦殿の不行跡を申し上げればよいのだ」

「しかし、酒に酔っての喧嘩沙汰《けんかざた》など、そら豆殿にかぎって、とのさまも驚かれぬぞ」

「いや、酒代に困って、枕絵《まくらえ》を描いて金にしておるという噂がある」

「枕絵とは、男女秘戯図《だんじょひぎず》か。いくら彦殿でも、それはすまいよ」

「いや、真《まこと》でなくともかまわぬではないか。そのような噂をたてられるだけでも破門に値する」

「なるほど妹の不義に兄の枕絵か、これは面白い」

「さっそく、とのさまに申し上げよう」

そうじゃ、そうじゃ、と笑い声が起きたときには、彦十郎は障子をがらりと開けて画室に踏み込んでいた。手近にいた男をなぐりつけ、蹴飛《けと》ばし、組みついてきた男を投げ飛ばした。

「何をする」

「狂ったか」

門弟たちは叫びながら逃げようとした。追いすがった彦十郎は、いつの間にか腰の脇差を抜いていた。くらえ、と一人の背中を峰打ちした。

さすがに斬るつもりはなかった。それでも峰打ちされた男は、斬られたものと思って惑乱した。振り向いて、わめきながら彦十郎に組みついた。そのはずみで彦十郎の脇差が男の腹に突き刺さった。血があふれた。

彦十郎は蒼白《そうはく》になった。酔いはさめていた。

(わしは、怒りにまかせて、なんということを)

雪の悲しむ顔が脳裏に浮かんでいた。

「まさか、そのような」

雪は愕然《がくぜん》となった。家に突然来た信が、思わぬことを知らせたのだ。

彦十郎が鍛冶橋狩野屋敷で酔って、門弟たちを相手に刃傷《にんじょう》事件を起こしたという。しかも狩野家からの訴えで彦十郎は町奉行所に捕らわれていた。

彦十郎に刺された男の傷は浅かったが、酔って屋敷内で刀を振り回した彦十郎の所業は、さすがに探幽もかばえなかった。

「兄さまが乱暴した門弟たちは、かねてから益信様がかわいがられていた者たちで、日ごろから兄さまの悪口を屋敷内で言いふらしていたそうです」

益信は五年前、駿河台に屋敷をもらって独立しているが、鍛冶橋狩野にはいまも息がかかった門弟が多い。

「兄さまは、罠《わな》にかかったのかもしれない」

雪は眉《まゆ》をひそめた。

「そのようなことはないとは思いますけど」

信も疑いをぬぐいきれないようだった。彦十郎の処分は十日後に言い渡された。思ったよりも重く佐渡島《さどがしま》への遠島であった。このことは鍛冶橋狩野屋敷に呼び出された雪と守清、池田幽石、信に探幽の長男、探信から告げられた。

探信はこの年、二十歳。探幽が七十一になって病勝ちのため鍛冶橋狩野の当主としての務めを果たしていた。

雪たちが通されたのは、探幽の部屋である。探幽は痩《や》せていた。病床に起き上がり雪にうなずいてみせた。

雪は、探幽と九年ぶりの対面とあって春を連れてきていた。

探信は色白でおとなしい若者だった。雪に向かって、

「すまぬな。わしが若いゆえ、惣領家の言うままになってしもうた」

「もったいない。お屋敷で喧嘩騒ぎを起こした兄の罪は許されるものではございません。申し訳もございません」

雪と守清は平伏して頭を下げた。探幽は厳しい目で、

「彦めは、生まれるのが遅すぎた。戦国のころなら永徳様のような絵師になれたかもしれ

ぬ。苦難にありのは彦めの業《ごう》というものじゃ。苦難を乗り越えて彦は一人前になるのだと思うしかあるまい。思えば、わしも安信をいじめすぎた。養子とした益信も、実の子が生まれると邪魔者あつかいしてしもうた。わしに押さえつけられた者たちの憎しみがまわりまわって彦十郎に集まったのだ。彦十郎には気の毒をした、と思うている」

「とのさま、もったいのうございます」

「わしがいじめたおかげで安信は、絵は生まれついた才よりも学ぶ方が貴いなどと言い始めた。これからの狩野の絵師たちは、わしが描き残したものを必死で描き写すだけの絵師になろう。幕府お抱えの狩野家を存続させていくためには、その方がよかろう。しかし、絵師というものはな」

探幽は激しく咳《せ》き込んだ。

雪があわててそばに寄って、探幽の背をなでた。咳が止まった探幽は、雪の顔を見て、

「お前に、わしは守清のことは気ままにせよと、言ったことがあったな」

「はい。そうおっしゃっていただけたゆえ、守清殿と夫婦になることができました」

「絵師とはな、命がけで気ままをするものだ。他人の描いた絵をなぞったところで、面白くはない。わしが、お前の父、守景が狩野とは違う絵を描くことを知りながら黙って見ておったのは、わしも守景と同じように面白く描いてみたかったからだ。しかしわしには、狩野の絵を離れることは許されていなかった。その腹立ちが、安信をいじめさせたのだ。

わしも、あまり面白くは絵を描いてこなかったということだ」

探幽は、はっは、と笑った。雪は、傲慢な独裁者に見えた探幽こそが狩野の名にもっとも縛られていたのか、と思った。

探幽は守清の傍らに座っている春を手でさしまねいた。春がそばに行くと、手をとって、

「初めて雪に会うたころと同じ年頃ではないか。雪と同じよい指をしておる。よい絵師になるであろう。将来を見届けてやりたいが、わしの寿命は長くないから、そうもなるまい。いま一字拝領を許し、わしの名から信の字を与えよう。大きくなって絵師になったら春信と名のれ」

探幽は春の頭をなでた。春はにこりとして、はい、と答えた。

雪と守清は涙をこらえられず嗚咽《おえつ》した。

彦十郎は間も無く佐渡送りになった。

無宿人などの佐渡送りは、毎年一回、十数人が越後路に雪が消える四月から八月にかけて行われる。しかし彦十郎は晩秋、江戸から送られることになった。

江戸から越後の寺泊《てらどまり》まで中仙道《なかせんどう》、三国《みくに》街道を経て七日から十日の旅である。さらに、佐渡へ船で渡り、この世の地獄とまで言われた佐渡金山へ送り込まれることになる。

雪と守清は、佐渡へ送られる彦十郎をひそかに見送った。

彦十郎は牢《ろう》暮らしで青白くやつれ、不精《ぶしょう》ひげを生やしていたが、目には何かを思い定めた諦観《ていかん》があり、元気を失ってはいないようだった。

雪たちは彦十郎が江戸からいなくなって十日後、京に旅立った。

出立の日、雪と守清、春の親子を池田幽石、信夫婦と駿河屋新右衛門が品川まで見送った。雪たちは駿河屋の手代、小僧の三人とともに東海道を上ることになっていた。

手代たちは京から呉服を仕入れるために行くのだが、子連れの旅をする雪たちが心丈夫だろうと同行することになったのだ。

信と新右衛門が、雪たちと名残りを惜しんだ後、幽石が袱紗《ふくさ》の包みを守清に手渡した。

「とのさまからの餞別《せんべつ》だ。表立っては見送ってやれぬから、と言われてな」

守清が受け取った包みの中には二十五両の餞別と短冊が入っていた。

「これは」

守清は雪に短冊を見せた。短冊には探幽の手蹟《しゅせき》で、

――秋野には今こそ行かめもののふの男女《おとこおみな》の花匂《はなにおい》見に

と書かれていた。

「万葉集にある、大伴家持《おおとものやかもち》の和歌だな。花匂とは、花に美しく映えるさまのことだ。とのさまは、わたしたちの旅立ちを祝福してくださっている」

守清がしみじみと言った。

花匂、と雪は胸の中でつぶやいた。秋の光に照り映える花々の中に佇《たたず》んでいる気がしていた。春の手をにぎりながら強く生きていこうと思った。

「なるほど、この秋野にはそんな意味があるんや」

西鶴は薫太夫の袷《あわせ》を手にとって、しげしげと眺めた。

袷には秋野の絵のほか和歌も流麗な筆で書かれている。この書は、秋野の和歌を八人の公家《くげ》がそれぞれ書いたのだという。

「よろしゅおすやろ」

薫太夫は艶然《えんぜん》と微笑んだ。

「さすがに島原一の薫太夫は雅《みやび》なものや」

西鶴は大仰に言った。袷に手書きした女絵師の才能に目を開かれる思いだった。西鶴は下座にいる雪信を目で探した。しかし、そこには紫の座布団が残されているだけだった。

雪信は座を立ち、すでに帰ろうとしていた。天王寺屋に招かれて義理で座に加わったが、もともと長居するつもりはなかったのだろう。

「あれ、雪信はん、帰らはりますえ」

薫太夫は、いいのか、というように西鶴の顔を見た。

「帰らはるなあ」

西鶴は盃《さかずき》を胸元で止めた。雪信を追いかけて声をかけようか、と思った。雪信の話を聞いて書き残したかったからだ。

（そやけど、書いてどないするんや。雪信はんの恋は、見事な花を咲かせたやないか。まわりの者は花の美しさを静かに見たらええだけのことや）

西鶴はぐいと酒を飲んだ。わしが書くのは、色と欲とに振り回されて生き抜く俗にまみれた男と女の話やろうなあ、と思った。

西鶴が浮世《うきよ》草子《ぞうし》の作者として筆名を高くするのは七年後、「好色一代男」を刊行してからである。「好色一代男」の中で、西鶴は清原雪信が手書きした薫太夫の着物について書いた。

――白繻子《じゆす》の袷に狩野の雪信に秋の野を書かせ、これによせての本歌《ほんか》、公家衆八人の銘々書き、世間の懸物《かけもの》にも稀《まれ》なり、これを心もなく着る事、いかに遊女なればとてもつたいなし、とは申しながら、京なればこそ、かほるなればこそ思ひ切つたる風俗と、ずいぶん物におどろかぬ人も見て来ての一つ咄《ばな》しぞかし

井原西鶴の「好色一代男」が刊行された天和《てんな》二年（一六八二）、雪はこの世を去った。三十九歳だった。彦十郎はその九年後、元禄《げんろく》四年（一六九一）七月に狩野探信、探雪、常信の嘆願によって赦免された。兄妹が再び会うことはなかった。

雪の娘、春は絵師となって、春信と名のり花鳥画をよく描いたという。

一蝶幻景《いっちょうげんけい》

一

──貞享《じょうきょう》五年(一六八八)春、四月。絵師の多賀朝湖《たがちょうこ》は江戸、日本橋茅場町《かやばちょう》の俳諧師、宝井其角《たからいきかく》の家を訪ねる途中で蝶《ちょう》の群《むれ》を見た。薬師堂の近くの町家が続く道である。

白い蝶の群は、道を横切っていく。四、五十はいるのではないか、と見える蝶が一固《ひとかた》まりになったかと思うと帯のように細長く連なって宙を舞っていた。

なにかの拍子に散りそうになるが、また引き寄せられるように群をなすのだ。ひらひらと飛ぶ蝶は、白く輝いてきらめくようだ。暖かな日差しの中、陽炎《かげろう》のように道を過ぎる。

「なんだ、あれは」

朝湖は立ち止まって、ぼう然と見ながらつぶやいた。朝湖はこんな蝶の群を見たのは生まれて初めてだった。

(蝶には蝶の道があるというが、このあたりもそうなのか)

やがて蝶の群は、町筋の彼方《かなた》へと消えていった。不思議に人通りが絶え、蝶の群を見たのは朝湖だけである。朝湖は再び歩き出しながら、今のは何かの瑞兆《ずいちょう》だろうかと思った。

それにしては、ゆらめく蝶の群は不気味な思いを心のどこかに残した。朝湖の手のひらには、いつのまにかじっとりと汗が浮いていた。

其角の家に着くと、朝湖はさっそく今見たばかりの蝶の話をした。其角にとって俳句の材料になるかと思ったのだが、

「それは俳句になりそうでいて、どうもね」

其角は俊秀な顔に苦笑を浮かべた。

「やっぱり、だめかね」

「蝶の群というのは、にぎやかすぎる」

「わたしは、なんとなく怖いような不吉な感じもしたんだが」

「それは暁雲《ぎょううん》さんが、群れるのが嫌いだからだ」

其角はにこりとして朝湖を俳号で呼んだ。

うなずいた朝湖は、色は浅黒いが眉《まゆ》が秀でた面長の精悍《せいかん》な顔だ。それでいて、いつも笑みをたたえているから、どこかおどけているような印象を与える。

朝湖は伊勢の亀山藩石川侯の侍医、多賀伯庵《はくあん》の息子で幼名を猪三郎《いさぶろう》、元服して助之進を名のった。諱《いみな》は安雄《やすかつ》という。子供時代は京で過ごし、十五歳のとき父伯庵が江戸詰めになったのにともない江戸に出てきた。兄が二人いたため医師にならず幕府御用絵師、狩野《かのう》家の宗家、狩野安信に弟子入りし修業したが、二十歳のころ遊びを覚え吉原に入り浸った。

今では絵師というより大名の取り巻きの幇間《ほうかん》のような暮らしだ。この年、三十七歳。乱行を咎《とが》められ狩野派を破門された放蕩者《ほうとうもの》である。しかし風雅の道には才を発揮した。俳句

を学び、其角が編んだ「虚栗《みなしぐり》」には朝湖の句も入っている。

一方、其角は寛文《かんぶん》元年（一六六一）、日本橋堀江町《ほりえちょう》の医師、竹下東順の長男として生まれた。幼名は源助、この年、二十八歳になる。医術、儒学を学んで才を現し、十四歳にして芭蕉門《ばしょうもん》に入った。十七歳で「桃青門弟独吟二十歌仙」に加わった麒麟児《きりんじ》である。

朝湖は九歳年下の其角の才を認めて友人付き合いをしていた。この日も煙草を手土産に芭蕉の消息でも聞こうかと訪ねてきたのだ。

二人が蝶の話をしているうちに、其角の家人が酒と料理の膳《ぜん》を出した。其角は酒好きの朝湖が来たときには、必ず酒を出すことにしている。

朝湖は遠慮なく盃《さかずき》を口にしながら、

「お師匠は、いまごろ、どこの旅の空かねえ」

ため息をつくように言った。芭蕉は四年前の貞享元年、四十一歳のとき、

——野ざらしを心に風のしむ身かな
の句とともに伊賀上野、美濃《みの》、名古屋をめぐる「野ざらし紀行」の旅に出た。

芭蕉はこの旅以降、生涯の大半を旅の空で過ごすことになる。

貞享三年、芭蕉はひさしぶりに江戸深川の芭蕉庵で過ごしたが、去年十月には其角の家で送別会が開かれ、

——旅人とわが名呼ばれん初しぐれ

の句を残して弟子《でし》の曾良《そら》、宗波《そうは》を伴い生国の伊賀上野に旅立った。伊賀上野で年を越した芭蕉は、吉野を行脚《あんぎゃ》し、大和《やまと》、奈良を経て大坂から、須磨《すま》、明石《あかし》をめぐっているはずだ。この旅は後に「笈《おい》の小文《こぶみ》」にまとめられる。

「暁雲さんは、本当にお師匠が好きなのですね」

「わたしは、狩野派を破門された放蕩絵師だからね。お師匠のような厳しくて清々《すがすが》しい句の境地に惹《ひ》かれるんだろうね」

朝湖は、はっは、と笑った。其角も微笑して、

「時に、暁雲さんは近ごろも吉原通いですか」

と訊《き》いた。

「ああ、相変わらずだよ。どうもこの道ばかりは、いったん足を踏み入れるとなかなか抜けない。吉原たんぼにどっぷりつかっているよ」

このころの吉原は明暦の大火で日本橋葺屋《ふきや》町の元吉原が全焼して浅草に移った、いわゆる新吉原。太夫《たゆう》、格子《こうし》、端《はした》などの遊女千人がいる。

「その足、ちょっと抜くわけにはいきませんか」

「おや、驚いた。其角さんから、吉原通いの説教を聞くとはね」

「わたしが、そんなことを言うわけはない」

其角は笑いながら手を振った。其角は脱俗風雅の人生を歩む芭蕉の弟子でありながら、

その句風は伊達《だて》、粋《いき》が身上で都会的だった。

朝湖とともに吉原で遊んだことも何度かある。

朝湖は其角とともに吉原から朝帰りしたとき、道ばたに朝顔の垣根を見かけ、手にしていた傘を開いて垣根にたてかけ、

――あさがほに傘《からかさ》干して行く程ぞ
と詠んだ。さらに、少し考えて、

――しばしとて蕣《あさがお》に借《か》す日傘《ひからかさ》
とした。夕方にはまた吉原に来るぞ、という意を持たせて洒落《しゃれ》たのである。この句は「虚栗」にも入っている。二人は笑い合いながら吉原を後にした。そういう間柄である。

朝湖と其角は年の差こそあるものの、洒脱ではなやかな気質はよく似ていた。其角は、盃を置いて、

「だけど、暁雲さんの悪口を言う人もいる」

「ほう、そりゃありがたい。江戸の人間は、人の口にのぼってようやく一人前だよ。たぶん、わたしのことを大名の遊び相手を務める幇間《ほうかん》絵師だというんだろう」

朝湖は笑った。

「まあ、そうです。だから、わたしたちから見ればもったいない」

「もったいない？」

「ええ、暁雲さんは菱川師宣《ひしかわもろのぶ》を超える絵師だと、お師匠は言われてましたよ」

「お師匠がね」

朝湖はちょっと意外そうな顔をした。

菱川師宣は安房《あわ》の人で名は吉兵衛。実家は縫箔屋《ぬいはくや》だったという。

大和絵《やまとえ》を京で学び万治《まんじ》年間に江戸に出て肉筆画、屛風絵《びょうぶえ》、掛物、板刻の一枚絵、絵本の挿画などを描いて人気を博した絵師だ。中でも「見返り美人」に代表される美人画で一世を風靡《ふうび》した。ことし七十になるはずだ。後の浮世絵の元祖とされる。

「これからは、絵も御殿や社寺仏閣だけを飾るものではなくなります。和歌よりも俳諧《はいかい》が盛んになったように百姓、町人を楽しませる絵が求められていると思いませんか」

其角は朝湖の顔をのぞきこんだ。

芭蕉は朝湖の才を買っているが、放蕩で身を持ち崩すのではないかと気にかけている。

そのことを朝湖に伝えておきたかったのだ。

「まあ、そうだがね」

と朝湖は煮え切らない口調で煙管《きせる》をくわえた。

朝湖が狩野派を破門になったのは吉原通いの不行跡を咎められてだが、その背景には、画技では師の安信をしのぐと言われるようになっていた朝湖が、伝統的な狩野派の絵に飽き足らず、今の風俗の美を描きたかったことがある。

しかし、狩野派から飛び出し遊里に入りびたり、幇間まがいの暮らしをするようになってみると、自堕落にも思える枠のはずれた生き方が性にあっている気がしてきた。

(風雅というのは肩肘《かたひじ》はらずに楽しむことじゃないか)

そう思うと、困難な旅を続けてまで俳諧の道を歩もうとする芭蕉は、いささか重苦しいようにも思える。

絵で高名を得たい気はあるが、それよりも今は遊びが面白い。絵師としての名声は美女に一杯の酌をしてもらうのに役立てば、それだけでいいと思っていた。

朝湖はぼんのくぼに手をやった。芭蕉に批判がましいことを思ったのが心苦しかったのだ。もっとも、そんな気持は芭蕉の高弟でありながら都会的な作風の其角も同じだろう。

「まあ、そのうちに師宣を超えてみるかね」

朝湖が気乗りしない口調で言うと、其角もそれ以上は言わなかった。蝶の群の話をした朝湖に、日ごろに似あわない虚《うつ》ろなものを感じて元気づけたかっただけなのだ。

朝湖はこの日、夕刻になって神田の家に戻った。其角にふるまわれた酒の酔いが残っている。玄関を入った朝湖は眉《まゆ》をひそめた。奥から男の声が聞こえてくる。それに応《こた》えるような女の話し声がする。女の声は、近ごろ朝湖が一緒に暮らしているおいとのものだ。しかし、おいとは元は吉原の散茶女郎《さんちゃじょろう》だったが、落籍《ひか》して一緒に暮らすようになった女だ。こんな夕刻に来る男には心当たりがない。しかも男の声は二人で、そのうちの一人は傍若無人な大声だ。酒でも飲んでいるのではないだろうか。

朝湖は顔をしかめ、黙って家の中に入ると居間の襖《ふすま》をいきなり開けた。振り向いたのは、真っ赤な顔をした坊主頭の大男だった。三白眼で眉が薄く鼻がとがった馬面《うまづら》だ。膝《ひざ》の前に膳《ぜん》が置かれ皿の魚が食い散らかされている。右手には盃を持っていた。驚いたことに足には草鞋《わらじ》を履いたまま座敷に上がっている。

「おお、これは朝湖さん。お留守に邪魔しておりましたよ」

かなり酔っているらしい。ろれつが回らない口調で言った。大男の向かいには羽織を着た二十三、四の若い町人が座っている。この男は色白で鼻筋のとおった美男だが、どこかつめたい感じがする。おいとがあわてて、

「もう随分、お待ちなんですよ」

と言うと、朝湖の膳を用意するつもりなのだろう、台所に駆け込んでいった。朝湖は、飯は食ってきた、酒だけでいい、と声をかけ男の前に座った。大男は民部《みんぶ》という名の鎌倉仏師だ。朝湖より三歳下の三十四である。若い町人は村田屋半兵衛という本石町《ほんごくちょう》の米屋だった。民部は遊扇《ゆうせん》、半兵衛は角蝶《かくちょう》と名乗って朝湖の遊蕩仲間だった。

「きょうは話があってきたんだよ」

民部は赤い顔を朝湖に向けた。

鎌倉仏師は源頼朝《よりとも》が鎌倉に幕府を開いた後、奈良から成朝《せいちょう》を招いたのが始まりだという。

奈良仏師の運慶《うんけい》の影響を受け、鎌倉仏師の後藤、三橋家などは「運慶末流」を称している。このころは仏像だけでなく仏具や木彫漆器の調度品なども作っていた。

しかし民部は鎌倉仏師とは名ばかり。素行が悪く二年前には人を殺していた。

相手は同じ仏師だった。

仕事のことで言い争いになり、昼間から酒を飲んでいた民部は作業場にあった彫刻刀の丸刀でいきなり刺し殺してしまった。

民部は奉行所に引き立てられると、殺した男が気がふれて、いきなり襲いかかってきたため止むを得ずに返り討ちにしたのだ、と言いくるめてしまった。このため処罰も江戸払いですんだ。江戸払いとは品川、板橋、千住《せんじゅ》、本所《ほんじょ》、四谷《よつや》大木戸の内から追い払うものだ。

民部はしばらく江戸から姿を消していたが、近ごろ、ふらりと戻ってきた。

奉行所に知られれば咎《とが》めを受けるから友人のところを泊まり歩き、しかも、いざというときに「旅の途中に立ち寄っただけ」と言い訳するため、草鞋の紐《ひも》もとかずに座敷に上がるのだ。

朝湖は民部を悪党だと思っているが、不思議に気があって訪ねてくれば酒を飲ませ馬鹿話をしてしまう。しかし、きょうの朝湖は、民部を見る目がひややかだった。其角から絵師として充実した仕事をすべきではないか、と言われたことが頭に残っていた。

（こんな悪党といつまでも友達付き合いをしていていいのか）

朝湖はおいとが持ってきた盃《さかずき》を口に運びながら、民部の脂ぎった顔を鬱陶《うっとう》しい思いでながめた。民部はそんな朝湖の気持を察したのか、

「面白い儲《もう》け話を持ってきたんだよ」

と媚《こ》びるように言った。半兵衛も傍らで、にやにやと笑っている。

半兵衛は女に手の早い男で、いまも酒を運んできたおいとに妙な目つきをした。朝湖が留守の間に、おいとの手ぐらい握っていたのかもしれない。朝湖はますます苦い顔になった。

「儲け話？」

「そうさ、吉原の噂話をするだけでたっぷり金子《きんす》がいただけるという話だよ。俺が江戸払いの身でなかったら独り占めしたいところだが、そうもいかない。だから、俺より吉原の噂に詳しい朝湖さんに話を持ってきたというわけさ」

「おおかた、酒の席で太夫の評判でもさせようというんだろう。どこの助平大名だい」

朝湖は不機嫌にいった。

「いや、それがね――」

民部は小ずるい顔つきになった。この男がこんな顔をするときはろくなことがない、と朝湖は嫌な予感がした。民部は、おいとが台所に引っ込んで話し声が聞こえないのを確かめてから、

「話に行くのは谷中《やなか》の感応寺《かんのうじ》さ」

「なんだ、相手は坊主か」

朝湖は顔をしかめた。民部は仏師だけに僧侶《そうりょ》とつきあいがある。そんな僧侶の無聊《ぶりょう》を慰める話を持ちかけられたのだろう。谷中の感応寺は日蓮宗である。寛永寺、池上本門寺、浅草寺《せんそうじ》などと並ぶ大きな寺だ。民部はあわてて手を振った。そして半兵衛の顔をちらりと見ると好色そうに舌なめずりして、

「大奥の奥女中なんだ。それも飛び切りの別嬪《べっぴん》らしいよ」

とささやくように言った。

「大奥の――」

朝湖は目をみはった。将軍家大奥は美女三千人が将軍一人に仕えるという。江戸の庶民にとって、窺《うかが》い知ることのできない秘密めいた場所である。なぜか昼間見た白い蝶《ちょう》の群が朝湖の脳裏に浮かんできた。

二

朝湖が民部、半兵衛とともに感応寺に行ったのは十日後のことだった。早朝に寺に入った三人は半兵衛も頭を剃《そ》り、それぞれ墨染めの僧衣を着て、本堂裏の小さな部屋で昼過ぎ

まで待たされた。やがて三人を呼びに来たのは日珪《にっけい》という若い僧だった。顔が小さく、目が切れ長で品のある顔をしている。

日珪は民部の顔見知りらしく、何事かひそひそと話していたが、詳しい事情は知らない様子で三人を寺の奥に案内することに困惑した表情を浮かべていた。

民部に話を通じたのは、この寺の高僧らしいが三人の前には現れなかった。民部はなれなれしく日珪の肩を叩《たた》いて笑い声をあげた。

三人が連れていかれたのは中庭に面した座敷だった。庭の緑が瑞々《みずみず》しい。躑躅《つつじ》が赤い花をつけていた。脇息《きょうそく》に片手を置いて庭を眺めていた女が、隣の部屋に平伏した朝湖たちを振り向いた。白綸子《しろりんず》の打掛け、白い羽を広げた鶴の模様が入った鶯色《うぐいすいろ》の小袖《こそで》を着た女だ。豊かな黒髪を御所風に結っている。陶器のようになめらかで色白の肌をして、目が黒々としていた。二十四、五だろう。女の傍らには奥女中らしい女がひかえている。

女は身分ありげで、ただの奥女中のようではない。

(御年寄《おとしより》か上臈《じょうろう》のような貫禄《かんろく》じゃないか)

朝湖は女が大奥でも格が高い役職なのではないか、と思って眉をひそめた。

大奥には正室の御台所《みだいどころ》、側室、将軍の男子を産んだ御部屋様、女子を産んだ御腹様に仕えて奥を仕切る御年寄、上臈、中年寄、中臈などがいることは朝湖も知っていた。

大奥の奥女中が吉原の話を聞きたがっていると聞いて、民部は色話をするのだと受け取っていたようだ。しかし女には、そんな淫《みだ》らな様子はなかった。むしろ凜《りん》として吉原で遊ぶ大名について質問を重ねていった。

民部は、場合によっては御女中の相手をすることになるかもしれない、と美男の半兵衛にわざわざ頭を剃らせたのだが、女は半兵衛の顔には何の興味も示さず一瞥《いちべつ》しただけだった。むしろ朝湖が狩野派の絵師だったと名のると、

「ならば、武家にも顔見知りが多いでしょうね」

と関心を持ったようだ。やわらかな京言葉なのだが、頭のいい女らしく問い質《ただ》だす内容は鋭かった。やがて民部は額に汗を浮かべて、

「そう言えば喜多見《きたみ》様はとんだことがおありで、近ごろ吉原にお見えではないようで」

「喜多見？」

女の目がきらりと光った。民部は懐紙で額の汗をふきながら、

「はい御旗本、一千石、小普請組《こぶしんぐみ》の喜多見重治様でございます」

「御側用人《おそばようにん》、喜多見重政様の御分家ですね」

女は怜悧《れいり》に言った。

喜多見家は古い名族だ。祖先は徳川氏が幕府を開くより三百年前に江戸に居館を構えていた江戸一族である。

南北朝時代に江戸遠江守《とおとうみのかみ》は新田《にった》義貞の二男義興《よしおき》を多摩川の矢口の渡しにおびき寄せ殺

したが、その後、落雷を受け、狂死したと伝えられている。江戸氏は江戸城を太田《おおた》道灌《どうかん》に譲り、世田谷《せたがや》の喜多見に居を移して喜多見を姓としていた。

徳川氏が江戸入りすると喜多見勝忠が臣従し旗本となった。重政は勝忠の孫であり、綱吉の側用人となって重く用いられ二万石を与えられている。

「さようですが、重治様は酒と博打《ばくち》がお好きという遊び人でございまして」

朝湖は、つまらぬことを言うな、と民部の袖を引っ張った。民部はそれに構わず、

「それで金に困っておられましたが、近ごろ妹様の嫁ぎ先の家財を売り払ってしまわれたそうで」

「妹の嫁ぎ先？」

女は眉《まゆ》をひそめた。

「はい、妹様が嫁がれていたのは、やはり小普請組の丸尾備前《びぜん》と申される方でございます。あることでお咎めを受けて、しばらく江戸追放になっておりました。その間、喜多見様が家財道具を預かられていたのですが、博打で負けが続いたため売り払ってしまったのです。近ごろ丸尾様がご赦免になって江戸に戻られると、このことを知って立腹され、喜多見様に手厳しく掛け合いをされているのです」

「面白い話じゃ」

女は興味を持ったようだ。膝《ひざ》をわずかに乗り出した。

「ところが喜多見様は、おそれながら、お伝の方様の弟御と親しいのです。御本家の重政様が御出世されたのも、この縁でお伝の方様の後押しがあったからだということです。喜多見様は後ろ盾があるのを頼みにされて丸尾様をつめたくあしらっておいでだそうで」

お伝の方とは将軍綱吉の愛妾《あいしょう》である。綱吉が上州館林《たてばやし》二十五万石の領主で館林宰相と呼ばれていたころからの側室で鶴姫、徳松の二人を産んだ。

綱吉の子はこの二人だけだったから、お伝の方は「お袋様」と称された。ところがせっかくの世継ぎだった徳松は、五年前の天和《てんな》三年（一六八三）に五歳で病死したため、お伝の方が将軍家生母となる夢は断たれたが、綱吉の寵愛《ちょうあい》はいまも失っていない。

「実は、わたしも江戸払いの身でございまして、丸尾様とは駿河《するが》で知り合ったのでございます。丸尾様は喜多見様のなされように、ひどく憤慨されております」

「怪《け》しからぬことよ」

女は微笑して言った。民部がうかがうように見ると、

「仮にも御側室様の威勢を頼みに他人の家財を売り払うなど許されることではない。丸尾某とやらは、あきらめずに掛け合うことじゃ。このことはいずれはお上《かみ》の耳に届くかもしれぬゆえな」

意味ありげに民部の顔を見た。民部は、はっとして平伏し、朝湖と半兵衛も頭を下げた。

女との話はこれで終わり、三人にはそれぞれ十両の金が日珪から渡され、今後も呼び出しがあれば話に来るようにと言われた。女の前から下がるときになって朝湖は、おそれながら、と頭を上げた。女が怪訝《けげん》な顔で見ると、

「まことにおそれいりますが、あなたさまのことを何とお呼びいたしたらよろしいのでしょうか。わたしも江戸では、いささか人に知られた絵師でございます。名も知らぬ方に人の噂話をしたとあっては物笑いの種になりますゆえ、お聞かせ願えませぬか」

言葉はおそれいったようでも目には不敵な強い光があった。女は驚いたようだったが、やがて、

「右衛門佐《うえもんのすけ》――」

と短く言った。傍らの奥女中がうろたえ顔になったところを見ると、偽りではないようだ。しかも、今まで権高だった女が恥じらうように頰を染めたのが不思議だった。

三人は僧衣を着替えると、感応寺を出てそのまま本石町の村田屋に行った。すでに夕刻になっている。村田屋の店先には米を買いにきた女や仲買の商人らしい男がいて番頭や手代と話していた。半兵衛が朝、店を出たときとは違って青々と頭を丸めて戻って来たので、半兵衛の女房や店の者たちは目を丸くした。

「厄落としだよ。坊主になって厄落としをしたんだ」

半兵衛はうるさそうに言うと、朝湖たちを奥座敷に案内し、女房に酒を持ってくるよう言いつけた。

半兵衛は以前、武家の足軽奉公をしていたが、村田屋の娘に町で見初められて入り婿になった男だ。女房は美男の半兵衛に惚《ほ》れきっているらしく、愛想のいい笑顔になるといそいそと台所に駆け込んだ。

三人が奥座敷に座ると、朝湖はじろりと民部の顔を見て、

「さあ、絵解きをしてもらおうか。寺遊びに来た奥女中相手に座興の話をすればいいのか、と思っていたら、まるで何かのお調べのようだったじゃないか。いったい、どんな裏があるんだね」

「いや、俺も、あんなに堅い話だとは思わなかったのさ」

民部は困ったように半兵衛の顔を見た。半兵衛は自分の頭を手でなでながら、

「せっかくの髷《まげ》を下ろして坊主にまでなっちまったわたしは、どうなるんですか。あの奥女中、わたしには見向きもしないで、朝湖さんが気に入ったみたいでしたよ」

と不服そうに言った。

「そんな話をしてるんじゃないだろう」

朝湖は苦りきった。しかし、右衛門佐と名のった女の面影が胸の底にあることに気づいてうろたえる気持もあった。

民部は半兵衛の女房が持ってきた酒を飲みながら観念したように、

「実はね、きょうお会いしたのは、将軍様付上臈《じょうろう》御年寄の右衛門佐様だよ。もともとは京の御公家、水無瀬《みなせ》中納言様のお姫様で常磐井《ときわい》という方さ」

民部の話によると常磐井は新上西門院に仕えていた。ところが新上西門院が鷹司《たかつかさ》左大臣教平《のりひら》の娘で将軍綱吉の夫人、信子の姉だった縁で、御台所《みだいどころ》付上臈として大奥に仕えるようになった。常磐井は天性の美貌《びぼう》に加え和歌、源氏物語の素養が深く、香合わせ、生け花、囲碁など何でもできるという才女だった。

学問好きの綱吉は、たちまち常磐井の魅力にひかれ、信子夫人に頼み込んで将軍付上臈御年寄にもらいうけた。さらに大奥女中の総支配を命じた。常磐井は役職名として右衛門佐を名のり、千石をたまわった。側室にして大奥総支配を兼ねたのである。

このころ大奥は「お袋様」と呼ばれるお伝の方が、綱吉の生母、桂昌院《けいしょういん》のお気に入りでもあることから勢力を伸ばしている。信子夫人は、これに対抗するために京の官女の中から選《え》りすぐりの常磐井を呼び寄せたわけで、常磐井は、その期待に応《こた》えて大奥に地歩を築いたことになる。

「そんな右衛門佐様だから、たまに寺参りしたときに気晴らしをされたいんだろうと思ったが、どうも違ったようだ」

民部は珍しく真面目な顔で考えこんだ。

「つまり、わたしらを諜者《ちょうじゃ》にしたいということじゃないか」

朝湖は腕を組んだ。

「ちょうじゃ、ってなんですかね」

半兵衛が怪訝な顔をして首をひねった。

「市井を探る目や耳になれということさ。民部が喜多見の殿様の話をしたら、興味があるみたいだったじゃないか。吉原は遊び好きの大名や旗本の噂が、すぐに流れる。そんな話を聞かせろということなんだろう」

朝湖が言うと民部は膝を叩《たた》いた。

「喜多見様はお伝の方とつながりがある。右衛門佐様は御台所が、お伝の方に対抗するために京から呼んだ女だ。お伝の方につながる大名、旗本の悪い話を聞き込んで、お伝の方の尻尾《しっぽ》を握ろうということだよ。喜多見の殿様の本家の喜多見重政様は、言わばお伝の方派の側用人だ。分家に不始末があれば責任をとらされるかもしれないじゃねえか」

そう言えば、と半兵衛が膝を乗り出した。

「お伝の方は、黒鍬者《くろくわもの》の娘だそうですね。たしか父親は小谷権兵衛とかいう十二俵一人扶《ぶ》持《ち》、御家人《ごけにん》ともいえない低い身分だ」

よく知っているな、と朝湖が半兵衛の顔を見ると、

「それがね、六年ぐらい前のことだけど、お伝の方の兄貴で権太郎とかいう男が殺された

んですよ」

「殺された？」

「それも博打《ばくち》の上での喧嘩沙汰《けんかざた》でね。これは、わたしが知り合いの御用聞きから聞いた話ですけどね。権太郎は、飲む、打つ、買うのどうしようもない奴だったらしいんですがね、小山田弥一郎という男に喧嘩のあげく殺されてしまった。そのころはお伝の方が産んだお世継ぎが生きてらしたころだから、仮にも将軍家お世継ぎの伯父《おじ》様が殺されたんだ、奉行所では弥一郎の人相書きを作って全国にばらまくっていう騒ぎになったんですよ。とのつまり、常陸《ひたち》に逃げていた弥一郎と一味六人を捕まえて獄門磔《はりつけ》にしたうえ、日本橋に三日間さらしたそうですよ。たかが博打の喧嘩沙汰だ。殺されたのが、お伝の方の兄貴じゃなかったら、あんな騒ぎにはならなかったはずだ、と御用聞きは話してましたよ」

ふーん、と朝湖はうなずいた。

「お伝の方の実家がそんな風だとすると、お伝の方に都合の悪い話を探るのに、吉原に詳しいわたしたちを使おうというのは、見当違いじゃないな」

朝湖は右衛門佐の利発そうな黒い瞳《ひとみ》の輝きを思い出して感心した。

「そういうことだよ。噂話を聞き込むだけで、俺たちはたんまり金をもらえるというわけさ」

民部は大口を開け、いかにも悪党らしく笑った。朝湖は盃《さかずき》を口に運びながら、これから時々は右衛門佐に会えるのだな、と思った。甘い蜜《みつ》にひきよせられていくような気がしていた。

ところで、この日は四月二十一日だった。将軍綱吉は御側用人《おそばようにん》牧野成貞《なりさだ》の屋敷に「お成り」している。綱吉は臣下や大名の屋敷を訪ねる「お成り」をしばしば行った。後に寵用《ちょうよう》される柳沢吉保《やなぎさわよしやす》の屋敷をたびたび訪れるが、このとき牧野邸を訪れたのが、その最初である。

しかも綱吉の牧野邸への「お成り」は、このときから三十二回にもわたって行われる。成貞は綱吉の幼少のころから仕え、当時は二千石だったが、綱吉が将軍になるとともに一万三千石となり、天和三年には下総関宿《しもうさせきやど》の城主として五万三千石をあたえられるまでになっていた。綱吉の寵臣筆頭として「お成り」は何よりも名誉なはずだったが、この日、綱吉を迎えた成貞の表情は暗くよどんでいた。

屋敷の式台にひかえた成貞の妻、阿久里《あぐり》の顔も青ざめていた。阿久里は、かつて綱吉の母、桂昌院に侍女として仕えていた。このころから綱吉は阿久里に執心していた。綱吉の「お成り」は成貞夫妻に地獄の苦悶《くもん》を抱かせるものだった。

三

九月十日――芭蕉庵から大川沿いに上流にある葛飾《かつしか》の素堂亭《そどうてい》に朝湖は来ていた。

主人の山口素堂のほか、八月に江戸に帰ってきたばかりの芭蕉をはじめ、高弟の服部嵐《らん》雪《せつ》や其角など七人が集まっていた。

九月九日は菊の節句、重陽《ちょうよう》の節句で翌十日または十一日、宮中では「残菊の宴」を開く。この日の句会は、芭蕉と弟子《でし》たちの残菊の宴だった。素堂は甲斐《かい》の人で芭蕉より二歳年長だが漢籍の素養が深く、芭蕉の篤実な門弟だ。

――目にけ青葉山ほととぎす初鰹《はつがつお》

という江戸の風情を伝える俳句で知られている。ひさしぶりに朝湖に会った芭蕉は、首をかしげるようにして、

「暁雲殿は」

と言って笑みを含んだ。

「なんでございましょうか」

「いや、お若くなられた」

「これは、また」

朝湖は、ぼんのくぼに手をやった。江戸に戻ったばかりの芭蕉は、来年春には奥州に歌枕を訪ねての旅に出るつもりだという。「奥の細道」の旅である。

――漂泊の思ひやまず

という芭蕉の詩心、俳句への熱情に朝湖は圧倒されるばかりだ。そんな芭蕉から、若くなったと言われては戸惑うしかない。

「いや、からかっているのではない。暁雲殿は、いずれよい仕事をされよう。若やぐのはそのためだ」

朝湖は思わず自嘲《じちょう》した。芭蕉は首を振って、

「わたしは、お師匠のように艱難《かんなん》の路《みち》を歩むことができません」

「生きていることは、すべて苦行。旅の空にあろうと、金殿玉楼にあろうと火宅にいることに変わりはない。暁雲殿は」

芭蕉はさらに何か言おうとしたが、酔った嵐雪が話に割り込んできたため続けることができなかった。

朝湖は、この日夜になって神田の家に戻ったが、芭蕉が言いかけたことが気になった。

(お師匠はわたしに何を言おうとしたのだろう)

朝湖は物思いにふけりながら格子戸を開けた。そのときになって家の中に灯《あか》りがなく暗いことに気づいた。

（おいとの奴〟また遊びに行っているのか）

朝湖は舌打ちした。おいとは、近ごろうわついた様子でよく外出する。男ができたのではないか、と朝湖は疑っていた。だとすると相手は村田屋半兵衛だろう。

明日、半兵衛を訪ねてとっちめてやろう、と思いながら朝湖は奥の部屋に入り手探りで行灯《あんどん》の灯をつけた。部屋が薄明るくなったとき、隅に何者かがうずくまっているのが見えた。朝湖はぎょっとした。

「誰だ」

「俺だよ、朝湖さん」

うずくまっていたのは民部だった。声がかすれて元気がない。

「なんだ。どうしてこんな暗いところにいる」

「これだ、見てくれ」

民部は行灯の明かりに左手を差し出した。袖《そで》が破れ、二の腕が赤く血に染まっている。

「どうしたんだ」

朝湖は緊張して民部の顔をのぞきこんだ。

「きょう、例の件で本所の喜多見屋敷に丸尾備前と一緒に押しかけたのさ。二人して売った家財道具を返せって強談判《こわだんぱん》していたら、喜多見の殿様が突然、逆上してね。刀を抜いて斬りつけたんだ」

「それで、どうした」

「丸尾備前は袈裟《けさ》がけに斬られたから、まず助からないだろう。俺は手傷だけだったから懸命に逃げてきたのさ」

民部はあえぎながら言った。朝湖は台所から焼酎《しょうちゅう》を持ってくると、民部の傷口に吹きつけ、さらに傷薬を塗ってやった。民部は手当てをされる間、うめきながらも、

「ここに来たのは朝湖さんに、きょうのことを右衛門佐様に伝えてもらいたいからさ。今月の三十日には、また感応寺でお会いする約束だ」

「馬鹿なことを言うな。その前に奉行所に訴え出るのが先だろう」

「馬鹿なことを言っているのは朝湖さんだよ。喜多見の殿様の後ろには、お伝の方がついていなさる。武家屋敷内での刃傷沙汰《にんじょうざた》に奉行所は手が出せない。大目付だって、いまをときめくお伝の方に睨《にら》まれたくはない。よってたかって、もみ消しちまうさ。それより、俺は江戸を離れなきゃならない。江戸払いの俺が旗本屋敷での刃傷事件なんぞに関わっていることがばれたら首が飛んじまう。俺は三年限りの江戸払いなんだ」

「なるほどな」

「俺は、一年もすれば、大手を振って江戸に戻れる。いま、捕まるわけにはいかないんだ。江戸から逃げるのには金がいる。悪いが、今度右衛門佐様からもらう金は、全部俺がもらうぜ」

それは構わないが、と言いかけて朝湖は黙り込んだ。

右衛門佐からの呼び出しは四月以降、七月に一度あった。今度の三十日で三度目だが、前回のとき、半兵衛は「もう坊主にはなりたくない」と言い出して来なかった。

民部が江戸から逃げ出すとなると、これからは朝湖が一人で右衛門佐に会うことになる。

「なに考えているんだよ朝湖さん、せっかくの金づるを逃がしちゃだめだぜ」

民部にとりすがられて、朝湖はうなずくしかなかった。


三十日になって朝湖は感応寺に行った。この日も、民部は朝湖の家に身をひそめたままだ。一方、おいとはあの日から帰ってこなかった。民部は笑って、

「おおかた、半兵衛がたぶらかして駆落ちと洒落《しゃれ》たんだろう。だけど、あの男は根っからの浮気者だから、そのうち女を捨てて、ここにも平気な顔でやってくるよ」

と言った。

朝湖も、おいとがいなくなったことに未練は無く、腹も立たなかった。美男の半兵衛がよかったのなら気のすむようにすればいい、と思っている。

朝湖は右衛門佐の前に出て平伏した。朝湖の話を途中まで聞いた右衛門佐は、傍らの奥女中に席をはずすように命じ、日珪に部屋まで酒を運ばせた。

朝湖の話をじっくりと聞くつもりのようだ。あらましを語り終えた朝湖は、ゆったりと

した様子で盃《さかずき》を口に運ぶ右衛門佐が、ふと小面憎《こづらにく》くなった。そこで、思わず、

「これで、お伝の方様の御味方の側用人が身内の不祥事で失脚することにもなりましょうか。右衛門佐様には御本望でございましょう」

と皮肉な口調で言った。右衛門佐はちらりと朝湖を見た。わずかな酒で桜色に染まった顔を朝湖は美しいと思った。

（いつか、この顔を絵に描きたい）

珍しく絵師らしい気持がわいてきた。

「朝湖は思い違いをしている」

右衛門佐は朝湖の不遜《ふそん》な言葉をとがめようともせず、盃をとらせよう、と言った。朝湖が右衛門佐の白い指から盃を押し頂くと、

「わらわはお伝の方など相手にはしておらぬ。たかが黒鍬者の娘ではないか」

美しい顔に似合わぬ不遜な口振りだった。朝湖ははっとして、右衛門佐の顔をまじまじと見つめた。

「朝湖は幼いころ京におったそうな。それなら天子様が尊貴であることは存じておろう。わらわのような公家《くげ》の女は、京の朝廷より江戸に遣わされたと思うている。それなのに、公家の女たちが、大奥でどのような目にあってきたか」

右衛門佐は憤りを抑えられずに声を高くし眉《まゆ》をひそめた。それから右衛門佐が話したこ

とは、朝湖が耳を疑うようなことだった。

徳川家は二代将軍秀忠の正室が浅井長政の三女、お江与だったが、三代家光の正室は関白左大臣鷹司信房の姫、孝子だった。四代家綱の正室は伏見宮式部卿貞清《さだきよ》親王の姫、顕子、五代綱吉の正室は鷹司左大臣教平の姫、信子と、いずれも公卿《くぎょう》、親王の娘だった。

しかも、家光の正室孝子は妻とは名ばかりだった。

孝子は、吹上御苑《ふきあげぎょえん》の中の丸殿に住んで、中の丸殿と呼ばれて別居生活を送り、家光の世子、家綱の嫡母《ちゃくぼ》にもなれなかった。このため家綱は孝子が七十三歳で没したとき喪にも服さなかった。

家綱の妻、顕子は一歳上で十八のときに御台所《みだいどころ》になった。家綱は生来病弱だったが、側室の数は多く顕子とは交渉もなかった。顕子は三十七で若くして没した。二人とも子はなかったが、それは幕府の意向でもあった。

また、家光にはお万の方という側室がいた。五摂家の一つ二条家の支流、冷泉院《れいぜいいん》の一族六条参議有純《ありずみ》の姫、満子である。

満子は若くして仏門に入ったが、江戸に下ったおり家光に見初められ、無理やり還俗《げんぞく》させられ側室となった。家光の寵愛《ちょうあい》も深かったが、幕府は公家の女が徳川家の嫡子を産むことを望まなかった。このため、お万の方が懐妊するとひそかに薬を飲ませ流産させた。

このことは「将軍外戚伝《がいせきでん》」に、

——老中より内証ありて懐妊を禁ぜしゆえに御子なしと書かれている。

家綱には、従《じゅ》二位侍従吉田兼敬《かねたか》の養女で顕子とともに江戸に下り側室になったお振の方がいた。お振の方は「生身の吉祥天女《きっしょうてんにょ》」と言われるほどの美女だった。ところが、お振の方は家綱の寵愛を受けて懐妊し、出産を前に突然、病死している。公家の女は将軍家正室、あるいは側室になっても一人も子を産んでいない。このことは綱吉正室の信子も同様である。

「公家の女に子を産ませたくないのであれば、大奥に入れなければよいのじゃ。それなのに正室の身分だけ与え孤独な生涯を送らせるのが徳川のやり方じゃ」

右衛門佐は吐き捨てるように言った。目に酔いとともに涙がたまっていた。

「わらわたちを今阻んでおるのは桂昌院じゃ」

「桂昌院様？」

朝湖は目をみはった。桂昌院といえば将軍綱吉の生母ではないか。

「桂昌院が京の八百屋の娘であったことは存じておろう。わらわは、そのことを蔑《さげす》むわけではない。されどことあるごとに御台所に冷たく当たり、黒鍬者の娘のお伝の方を贔屓《ひいき》にすることは許せぬ。十六のときに輿《こし》入れされた御台所は、大奥の荒い作法を雅《みやび》なものに改めようとされてきたが、ことごとく桂昌院に邪魔されてきたのじゃ」

桂昌院は若いころの名を、お玉といった。今年、六十二になる。京、堀川通り西藪屋町《にしやぶや》の八百屋仁左衛門の娘である。幼いころ道で遊んでいたとき、通りがかりの僧から「天下取りを産む相だ」と予言されたという。

仁左衛門の死後、母親が二条関白光平の家司《けいし》、本庄宗利の後妻となった。これが縁で、お玉は十六のとき、お万の方の部屋子として江戸に下った。お玉の美貌《びぼう》は春日局《かすがのつぼね》の目にとまり、家光の側室となって綱吉を産んだ。

綱吉が将軍となると生母として威勢を振るい、綱吉を産むとき安産を祈願した僧、亮賢《りようけん》のために高田薬園のあたりに護国寺を建立した。さらに、かつて、お玉の将来を予言した僧を捜し、僧がすでに死んでいることがわかると、その弟子にあたる隆光《りゆうこう》を江戸に呼び寄せ、神田橋外に方二町の護持院を建立した。

この隆光の進言によって綱吉は悪法として名高い「生類憐《しようるいあわ》れみの令」を発している。桂昌院の威勢け政治にも大きく影響していた。

桂昌院が御台所の信子に辛《つら》くあたったのには理由がある。

一つは京の八百屋の娘で公家の家来の家に連れ子となった前身が、公卿の娘に対して屈折した思いを抱かせたのである。もう一つは朝廷への警戒心だった。

病弱の家綱には世子がいなかったため、家綱の死後、大老で「下馬将軍《げばしようぐん》」とまで呼ばれた権力者の酒井忠清《ただきよ》は、京から親王を招き将軍にしようとした。これに対して老中、堀田《ほつた》正俊が家綱の弟、綱吉を将軍とすることを果敢に主張し、綱吉はようやく将軍になることができたのである。

桂昌院は酒井忠清を辞めさせ、堀田正俊を重く用いることを綱吉に強く勧めた。このため忠清は御役御免となって失脚し、正俊が老中筆頭となった。しかし桂昌院には、その後も朝廷を警戒する心が強く、大奥からも京の影響をできるだけ排除しようとしていた。

朝湖はうなずきながら、

(これは、根深い女の争いだ)

と胸の中でつぶやいた。いわゆる嫁、姑《しゅうとめ》の諍《いさか》いではあるが、大奥の対立は政争でもあるのだ、と思った。それだけに争いの渦中にいる右衛門佐に哀れなものを感じないではいられなかった。

この日、朝湖は感応寺からの帰り、深川の芭蕉庵を訪れることにした。今月十三日には芭蕉庵で十三夜の月見の宴が開かれ、朝湖も其角とともに訪れたばかりなのだが、大奥の陰湿な話を右衛門佐から聞いた後では、芭蕉と会って風雅の話がしたかった。

芭蕉庵は、もともとは弟子の幕府魚卸商、杉山杉風《すぎやまさんぷう》が持っていた生簀《いけす》の番小屋だった。ところが天和二年、駒込《こまごめ》の大円寺を火元とする、いわゆる「八百屋お七の火事」で焼失した。いまの芭蕉庵は、弟子《でし》たちが金を持ち寄って再建したもので、以前と変わらない質素な家である。周囲には大名、旗本屋敷や寺が多く閑静でもあった。朝湖にとっては俗塵《ぞくじん》を避け清々《すがすが》しい気持になれる場所である。

朝湖が芭蕉庵にほど近い小名木川《おなぎがわ》にかかる万年橋の北詰を歩いていると、夕闇の河岸で男女がもつれあっているのが見えた。何か言い争っているらしい。男の白い顔が見えたとき、朝湖ははっとした。

（半兵衛の奴だ）

だとすると、女はおいとではないか。半兵衛は、朝湖の家から連れ出したものの、すでに飽きて邪魔になったおいとと喧嘩《けんか》をしているのかもしれない。

朝湖は思わず小走りに駆け寄って、

「おい、半兵衛、何をしている」

と声をかけた。半兵衛はぎょっとして振り向いた。

「あっ、朝湖さんじゃないか。手伝っておくれ」

「なんだと」

「この女《ひと》が、川に飛び込もうとしているんだよ」

驚いて朝湖が見ると、女はおいとではなかった。

武家の奥方のような立派な身なりをしている。しかし、髪はほつれ、着付けも襟元が乱れて異様な雰囲気だった。何より目が虚《うつ》ろで、どこを見ているのかわからない。

朝湖は、ぎょっとした。女は、もがいて半兵衛を突き放し、川に飛び込もうとしているようだ。朝湖はあわてて女の肩をつかまえた。そのとき、

「ここにおられたぞ」

という声とともにバタバタと足音がした。見ると羽織袴《はおりはかま》姿の四、五人の武士たちが血相を変えるようにして駆け寄ってきた。先頭にいた中年の眉《まゆ》が濃く、あごがはった武士が刀の柄《つか》に手をかけ、

「その方ら、何をしておる。無礼をすると許さぬぞ」

と怒鳴った。半兵衛と朝湖は、思わず女から手を放した。すると女は、そのまま川に飛び込もうとし、武士たちが、あわてて押さえた。

「さっきから、こうなんですよ。わたしは、通りがかりにこの方を見かけただけなんで」

と言いかけた半兵衛は、武士の顔をまじまじと見て、

「あっ、佐野様、佐野次郎衛門様ではございませんか。お忘れですか、六年前まで御屋敷で足軽奉公しておりました半助でございますよ」

と大声で言った。佐野次郎衛門と呼ばれた武士は、困惑した顔で半兵衛を見つめ、

「半助か」

とうめいた。半兵衛はあらためて女の顔を見た。

「それでは、この方はもしや、お安《やす》様では」

半兵衛が懐かしそうに言うのを聞いた武士たちの間に、さっと緊張が走った。

「半助。ちと話がある、ついてまいれ」

次郎衛門が目をすえて言った。その様子を見た朝湖は、半兵衛の袖《そで》をひきながら、

「おい、これ以上、ここにいたら御迷惑のようだ。さっさとお別れしな」

半兵衛も危険を察したらしく青ざめてうなずいたとき、武士たちは、二人を取り囲んだ。

次郎衛門は、

「半助、よけいなことを知ってくれたな」

とひややかに言った。

（こいつら。斬るつもりだ）

と思った朝湖は思わず大声で、

「助けてくれ、辻斬《つじぎ》りだ」

と叫んでいた。その声に応《こた》えて、

「何事ですかな」

落ち着いた声が思いがけなく近くからした。

次郎衛門たちも、はっとして振り向くと、万年橋のたもとに宗匠頭巾《ずきん》をかぶった芭蕉と其角が立っていた。

「これは、松尾芭蕉先生――」

朝湖はわざと声を高くして芭蕉の名を呼んだ。武士たちも俳人として高名な芭蕉の名は知っているはずだと思ったからだ。案の定、武士たちは顔を見交わすと女を連れて、そそくさと立ち去った。芭蕉は面白そうに朝湖の顔を見ていた。

このとき半兵衛は、おいととはもう別れて本石町の店に戻っている、きょうは深川の知り合いに会いに行くところだった、と説明しただけで帰っていった。朝湖の家に顔を出したのは十日後のことだ。

「朝湖さん、とんでもねえ話を聞いてしまったよ」

座敷に上がった半兵衛は、朝湖が出してやった茶を飲みながらげっそりした顔で言った。おいとのことは、もう説明がついているつもりなのか、謝る気配もない。朝湖もこだわる気はなかった。それよりも、半兵衛がかつて足軽奉公をしていたという武家のことが気になっていた。半兵衛がお安様ではないかと言った武家の奥方らしい女には、不吉な暗さがあったからだ。

「わたしは六年前まで牧野備後守《びんごのかみ》様の御屋敷で足軽をしてましてね」

「牧野様？」

「御側用人《おそばようにん》で将軍様の大層なお気に入りということだよ。今年も二万石加増になって七万三千石の御大身になられたそうで」

「お前、そんなことをどこで聞いてきたんだ」

「昔の足軽仲間ですよ。この間、わたしが助けた女は牧野様の御息女の安様だ。あの様子はただごとじゃないと思って、ちょいと嗅《か》ぎまわってきたんだ。するとね」

半兵衛はごくりと茶を飲んだ。珍しく、顔に懊悩《おうのう》の表情が浮かんでいた。朝湖が話の続きをうながすように黙っていると、

「牧野様のご出世には、とんでもない裏があるんだよ。牧野様には阿久里様という、お美しい奥方がいらっしゃるんだが、将軍様が昔からご執心でね。牧野様は阿久里様を将軍様の御寝所に上げた。つまり、自分の女房を差し出して出世したってわけさ」

「それは」

朝湖は顔をしかめた。遊蕩者《ゆうとうもの》でさんざん遊んできた朝湖でも、主君が家来の女房をわが物にする話には胸が悪くなった。半兵衛は手を振って、

「それだけじゃないんだよ。将軍様は牧野様の御息女、安様も大奥に呼び出して手をつけられたんだ。それも安様は、黒田信濃守《しなののかみ》様の御次男、成時様を婿にとられていたんだ。成時様はまだ二十五だったが、安様に将軍様の手がついたことを知ると、去年の九月に腹を切って死んだそうだよ。憤死したというわけさ。このことは屋敷の外にもれないように秘密にされて、成時様は病死という届けになっているそうだがね」

半兵衛は吐き捨てるように言った。

「ひどい話だな」

「しかも今年になって将軍様は、たびたび牧野様の御屋敷にお成りになるようになった。母親と娘を一緒に寵愛《ちょうあい》するためにね。これじゃあ、地獄だ。気もふれようというものさ」

半兵衛は頭を振った。

(いまの将軍様は、学問好きで論語を御家来衆に講義することもあるっていう話だが、やっていることはとんだ非道だな)

朝湖は、右衛門佐が目に悲憤の涙を浮かべていた理由がわかったような気がした。

この年は、九月三十日をもって年号が貞享から元禄へと変わった。いわゆる元禄時代の始まりである。

翌元禄二年(一六八九)二月、側用人の喜多見重政は一族の重治の刃傷《にんじょう》事件を咎《とが》められ罷免された。右衛門佐が事件を綱吉に伝えたからである。重政は伊勢に配流され後に狂死した。

また九月には、牧野成貞の次女、安が病死した。綱吉から安の病気に対して、伽羅《きゃら》と香《こう》箱《ばこ》を牧野屋敷に賜り、安の死去に対しては、柳沢出羽守《でわのかみ》が使者となって銀百枚が与えられたという。

四

「おい、味噌《みそ》を貸してくれんかね」

生垣越しに大きな声がした。

昨夜、飲みすぎて昼寝していた朝湖は、嫌な顔をしてむっくりと起き上がった。

元禄四年八月である。

蒸し暑く、朝湖はじっとりと汗をかいていた。声の主はわかっている。近ごろ隣に越してきた男だ。年は五十過ぎだろう。白髪まじりの総髪で屈強な体つきをしている。ただ、長年日光にあたっていなかったかのように顔色は青白い。あごがしゃくれた、そら豆のような顔だった。

最初に引っ越してきたときにあいさつに来て、紙に書いた名を見せ、

──胖幽斎《はんゆうさい》

と名のっていた。

胖幽斎は、朝湖が絵師だと聞くと興味を持ったらしく、しばしば米や味噌を借りに来ては、上がりこんで話していくようになっていた。この日もそのつもりなのだろうが、二日酔いの朝湖は相手をするつもりはなかった。

朝湖は起き上がって台所に行き、水瓶《みずがめ》から柄杓《ひしゃく》に水をくんで飲んだ。ついでに味噌つぼの味噌をのぞいてみた。そして居間に戻ってみると座りこんでいる胖幽斎の背中が見えた。傍らに味噌つぼを置いている。生垣を越えて入り込んできたようだ。

「胖幽斎殿——」

朝湖はうんざりして声をかけた。胖幽斎は振り向きもせずに、ああ、とうなるような声を出しただけだ。朝湖はそばに寄って驚いた。胖幽斎は、朝湖が描きためている下絵を見ていたのだ。

朝湖はあわてて下絵をひったくったが、胖幽斎は二、三枚は握ったまま放さなかった。

「隠さなくてもいい。なかなか上手《うま》いではないか。お主は狩野派で修業したとみえる」

ずばり言われた朝湖は驚いた。

「あなたも絵師ですか」

朝湖に訊《き》かれても胖幽斎は鼻の先で、ふふん、と笑っただけだった。手にした二枚の下絵をひらひらと振って、

「この二枚がよいな」

と言った。朝湖は苦笑いして、左様ですか、とだけ応《こた》えた。胖幽斎が手にしているのは一枚が遊里での遊びの舞、「布さらし」を描いたものだ。

幇間《ほうかん》らしい男が酒席で一枚の長い布が床につかないよう巧みに楽しげに踊っている。

もう一枚は時ならぬ雨に、大きな門の屋根の下で武士や町人、物売り、女、子供たち、見知らぬ者同士が肩を寄せ合うようにして雨宿りしている絵だ。

後に朝湖が「布晒舞図《ぬのさらしまいず》」「雨宿図《あまやどりず》」として描く絵の下絵だった。

「これは、手遊びですよ」

「そうでもあるまい。こんな絵を描くようでは狩野派は窮屈だったであろう。破門された口だな。どこにおったのだ、中橋《なかはし》か、木挽町《こびきちょう》か、まさか鍛冶橋《かじばし》ではあるまい」

狩野家には、高名な探幽《たんゆう》が祖の鍛冶橋狩野、探幽の次弟、尚信《なおのぶ》の木挽町狩野、末弟、安《やす》信《のぶ》の中橋狩野がある。胖幽斎は、そんな狩野家内部のことをよく知っているようだ。

「中橋狩野で手ほどきを受けましたが」

「なんだ、惣領家《そうりようけ》か。それでは合うまい。あそこは粉本《ふんぽん》の描き写しばかりであろう」

「ひょっとすると、あなたも」

狩野派だったのか、と訊こうとしたが胖幽斎は手を振って遮り、しみじみと朝湖の顔を見て、

「お主は、わしと同じ匂いがするのう」

「同じ匂い？」

「そうだ、あまりいいことではないかもしれんがな」

「よいことではないのですか」

「そうだ。わしの匂いは島流しの匂いだからな」

胖幽斎はにやりと笑った。


朝湖はこの日の夕刻、いつものように感応寺に行った。

右衛門佐に会うためだった。

右衛門佐は、朝湖たちが喜多見重治の刃傷事件の情報をもたらしたことで、お伝の方につながる側用人、喜多見重政を失脚させて以降、朝湖たちを諜者《ちょうじゃ》として使い続けている。

朝湖は側用人、牧野成貞の妻、阿久里と娘、安のことも話していた。

「知らなんだ。わらわたちは大奥の外のことは何もわからぬゆえ」

右衛門佐は愕然《がくぜん》となった。さらに安の死を聞くと、

「上様もむごいことを」

目を伏せて、しばらく何も言わなかった。それでも右衛門佐は、桂昌院、お伝の方との大奥での勢力争いに勝とうという意志を失っていなかった。それは御台所《みだいどころ》信子に命じられていることでもあったからだ。

言わば大奥を舞台にしての幕府と禁裏の争いだった。

右衛門佐が近ごろ朝湖たちに調べさせているのは、喜多見重政の失脚とともに、側用人として台頭してきた柳沢出羽守保明《やすあきら》の身辺だった。

柳沢保明は十六歳のとき、館林藩主だった綱吉に小姓として仕え、天性の美貌《びぼう》を愛されて衆道の相手を務めたと言われる。

五百石の身分から異例の累進を重ね、元禄元年に側用人に登用され一万石を与えられた。さらに去年、二万石が加増され三万二千石となっている。

後の元禄十四年には綱吉の一字を与えられて名を吉保と改め、宝永元年（一七〇四）には甲府十五万石の領主となる保明は、出世の階段を駆け上がり始めたところだった。

今年、三月二十二日、綱吉が神田橋御門内の柳沢屋敷に「お成り」をしている。柳沢屋敷への「お成り」は、これ以降、五十八回にもおよぶことになる。

綱吉は柳沢屋敷で大学を講義し、能の鑑賞が行われたと言われるが、それだけで五十回を超す「お成り」があるだろうか。綱吉の「お成り」の裏には怪しい何かがありそうだ。

右衛門佐の関心もここにあった。

「どうです。なにかわかりましたか」

朝湖に尋ねる右衛門佐は、この日、夏風邪でもひいたのか、日ごろになく顔色が悪く、やつれた様子だった。

「それが、側用人様の側室がお産みになったのは上様の御子ではないか、という噂がございます」

「ああ、やはり」

右衛門佐は手にしていた白い扇子を苛立《いらだ》たしげに、ぴしゃりと膝《ひざ》に打ちつけた。

朝湖が話したのは次のようなことだ。

柳沢保明には染子という側室があった。公家《くげ》の娘だという話もあるが、出自はよくわからない。色白で百合《ゆり》を思わせる美女であるという。

染子は、貞享四年、男子を産んだ。吉里《よしさと》という名で保明の嫡男である。

吉里が生まれた翌年、保明は側用人に登用された。以後、吉里の成長とともに立身してきたのである。

このことは、すでに江戸に戻った民部と半兵衛が足軽部屋などに出入りして探り出してきたのだが、柳沢家では、さして秘密にしている様子もないという。

「むしろ、足軽や侍女の口から世間に伝わることを望んでいるのかもしれませんな」

朝湖が言うと、右衛門佐はうなずいた。

「出羽殿は、なかなかの知恵者じゃ」

右衛門佐は、若いころから美男として知られ、三十四歳の男盛りとなって渋さを増した保明の顔を思いうかべた。

保明は桂昌院に気に入られているが、御台所派にも如才なく接しており、嫌われてはいない。美男の保明に好意を持つ奥女中は多いのだ。

右衛門佐は、吉里が綱吉の子だということを疑っていた。

綱吉には男子がいない。吉里が綱吉の実子であれば、将来将軍家世子となる。保明は、なんとしても吉里が綱吉の子であると認めてもらうようにするはずではないか。そうしないのは保明に思惑があるからだ。綱吉に吉里が自分の子かもしれない、と思わせることで出世の糸口をつかんだのではないだろうか。

(油断がならない男だ)

右衛門佐は、したたかな保明に警戒心を抱いていた。大奥で桂昌院派と御台所派が争っている間に保明が漁夫の利を得るのかもしれない。だからこそ、桂昌院も、あせってあのようなことを言い出したのか。右衛門佐が考え込んでいると朝湖が、

「いかがされました。御心にかかることがおありのようですが」

と訊いた。右衛門佐は顔をあげて朝湖を見た。

なぜか面映《おもはゆ》かった。公家の姫として育った右衛門佐は、父と兄弟しか男とは話したことがなかった。

綱吉が、初めて身近に接した男である。しかし綱吉は、青白く瘦《や》せて、額には常に癇《かん》症《しょう》の青筋を浮かせた男だった。右衛門佐が思い描いた男とは、かけ離れていた。

(蛇のように血が冷えている人だ)

と右衛門佐は思っていた。それに比べて朝湖は初めて会った日、真正面から目を見て話すのが印象的だった。

牧野備後守の娘、安の死を話したとき、朝湖の目には熱い物がたまっていた。

(朝湖の方が人としての温かみがある)

右衛門佐は額を白い指で押さえた。酒を口にしていないのに、酔ったような気がしていた。


このころ大奥には、大典侍《おおすけ》という新たな側室が加わっていた。公家の清閑寺《せいかんじ》前大納言熙《ひろ》房《ふさ》の姫で信子の供として江戸に下った女性である。神田御殿の上臈《じょうろう》だったが、右衛門佐の推挙で側室となっていた。

大典侍はつつましやかな美貌で、学問の素養もあり綱吉の寵愛《ちょうあい》を受けた。いまでは北の丸に住み、北の丸殿と呼ばれている。

御台所派は北の丸殿によって綱吉をお伝の方から引き離すことができた、と喜んでいた。ところが、近ごろになって桂昌院が北の丸殿の懐妊を祈願する祈禱《きとう》を行えと言いだしたのである。桂昌院自身、かつて僧の祈禱によって綱吉を懐妊した、と信じていた。

綱吉に世子がないことを苦にしている桂昌院が、祈禱にすがろうとするのは不思議ではなかった。しかし公家の女を毛嫌いしてきた桂昌院が、御台所派の北の丸殿に子を産ませたいと思うようになったのは、なぜなのだろう。

京から醍醐《だいご》報恩院《ほうおんいん》寛順を招いての修法《しゅほう》は、護持院で近々、行われることになっていた。

この大修法は桂昌院のお気に入りで、「生類憐れみの令」を進言した僧、隆光への密法相伝も兼ねていた。一度の修法で効果がなければ以後は隆光が行うという。あるいは、桂昌院の目論見《もくろみ》は、今後の祈禱を隆光に行わせることにあるのかもしれない。そこまで考えたとき、右衛門佐の脳裏に、

——呪殺

という言葉が浮かんだ。

修法を行うといっても何が祈願されるかは、僧にしかわからない。寛順は懐妊祈願を行っても、その次に隆光が北の丸殿に対する怨敵調伏《おんてきちょうぶく》の祈禱を行うのではないだろうか。右衛門佐は公家の生まれだけに、密法による呪いは信じていた。もしそうだとすると、北の丸殿を守るにはどうしたらよいのか。いや、それだけでは足りぬ。今度こそ桂昌院派を封じ込めなければならない。

右衛門佐け額に汗を浮かべて考えた。夕方になって、蒸し暑さはさらに増しているようだ。

朝湖は、そんな右衛門佐の表情に凄艶《せいえん》な美しさを感じて見つめていた。ふと、右衛門佐が朝湖の顔を見た。何かを思いつめたような表情だった。

「朝湖、そなたに助けてもらいたいことがあります。わらわのためにやってくれますか」

「どのようなことでも」

朝湖は平伏した。なぜかしら体の奥から震えが伝わるような気がした。

朝湖が日珪によって呼び出されたのは、冬になってからのことである。十二月の粉雪がちらつく日、朝湖は日暮れとともに日珪に付き添われて、ある寺へ入った。そこは、いつもの感応寺とは違う、建立されたばかりの木の香が漂う寺だった。日珪と宵闇《よいやみ》が濃くなっていく境内を歩きながら、朝湖は右衛門佐の呼び出しはただ事ではないだろう、と思っていた。

八月には、護持院で寛順による修法が行われている。北の丸殿には懐妊の徴《しるし》は見られなかったが、寛順は白銀千枚を与えられ京に帰った。この後の祈禱は、予定通り隆光が行うことになった。

このとき、右衛門佐は、綱吉に仁和寺《にんなじ》の覚彦《かくげん》という僧を招いて修法を行いたいと申し出た。覚彦は高徳にして密法を修め、その効験は京の人々に知られていた。右衛門佐は、覚彦によって北の丸への調伏を防ごうと思ったのである。

名目は、右衛門佐自身の懐妊祈願であった。綱吉はこれを許し、本郷湯島台に霊雲寺《れいうんじ》を建立した。これを聞いたお伝の方も、愛宕《あたご》山円福寺の僧に祈禱させたい、と綱吉に申し出た。隆光だけでは呪力がおよばないと思ったのかもしれない。

右衛門佐は、すかさず北の丸殿に、京の八幡宮《はちまんぐう》を江戸に勧請《かんじょう》して祈禱させたいと綱吉に申し出るように言い含めた。北の丸殿の訴えを聞いた綱吉は、浅草に大護院を建立した。

こうして護国寺、護持院、霊雲寺、大護院、愛宕山円福寺で異例の祈禱がそれぞれ行われることになった。

大奥の女たちの争いは呪力の戦いとなっていた。このことを日珪から聞かされた朝湖は、首をかしげた。

(呪法による殺し合いなど馬鹿げている。たとえ効験があったとしても、わが身にもよいことはない)

と思った。右衛門佐のように賢い女が、なぜこのようなことをするのか、と不思議だった。しかし、右衛門佐が頼みたいことがある、と言ったときの思いつめた顔は忘れられなかった。

(たとえ、地獄へ行けと言われても、わたしはあの方のために働くだろうな)

と朝湖は思った。それは、あるいは恋と呼ぶべきものなのかもしれない。

いま朝湖がいるのは、右衛門佐のための祈禱が行われる霊雲寺である。

本堂では金襴《きんらん》の袈裟《けさ》をつけた覚彦を中央に僧侶《そうりよ》たちが居並び、護摩壇《ごまだん》で護摩を焚《た》きつつ読経《どきよう》していた。香煙がくすぶり、蠟燭《ろうそく》の炎がゆらめいた。読経と鉦《かね》の音が高まると、護摩から火の粉が舞った。

朝湖は日珪に案内されて小さな堂に入った。ここで右衛門佐は一晩籠《こも》って祈願をするのだという。朝湖が日珪に見送られて堂に入ると、小さな蠟燭だけの薄暗い中、右衛門佐が白い夜着だけを着て座っていた。

「右衛門佐様——」

朝湖は息を呑《の》んだ。

「よく来てくれました」

右衛門佐は目を伏せて、わらわはあの男の子は産みたくないのです、と言った。

朝湖は膝《ひざ》が震えるのを感じながら、右衛門佐に近づいた。跪《ひざまず》いて恐る恐る右衛門佐の肩に手をかけた。

右衛門佐は吐息をついて、朝湖の胸に崩れるように倒れこんできた。朝湖は右衛門佐を抱きしめた。闇の中に、白い肌がゆっくりと浮かんでいった。

翌元禄五年三月——

朝湖は、家の縁側でぼう然と生垣の小さな白い花を見つめていた。

日珪が訪れて、右衛門佐からの手紙を届けていったばかりだ。

朝湖は霊雲寺で一夜を過ごして以来、右衛門佐とは会っていない。右衛門佐の手紙には、祈禱により懐妊することができたが運悪く流産した、これも仏の思《おぼ》し召しかと思う、今後、会うことはないだろう、とだけ書かれていた。

日珪は手紙を渡した後、

「これからも御用を果たしていただければ嬉《うれ》しいとのことでございます。その場合は、わたしがお話をお伝えいたします」

と気の毒そうに言い残した。

朝湖には、右衛門佐が身ごもったのが綱吉の子なのか朝湖の子なのかはわからなかった。

ただ、これで生涯、右衛門佐と会う機会はなくなったのだ、と思った。

右衛門佐の手紙を残してはおけないと裂いていたとき、庭に入ってきた男がいる。

「どうした。元気がないではないか」

声をかけたのは胖幽斎だった。

「情けないですな。この年になって、大切な女を失った」

「それは、うらやましいことだ」

胖幽斎は縁側にどかりと座った。

「うらやましい？」

「失うとは、持っていたということであろう。わしのように持ったことが無い者には、うらやましい。それに絵師に恋はつき物だ。絵を描くとは何かに恋をすることだからな。お主が一人前の絵師になったということだろう」

「味わい深いことを言われますな」

「なに、わしも若いころは、こんなことがわからなかった。恥ずかしい話だが、昔、妹から教えられたことの意味が近ごろわかってきたのだ」

胖幽斎は庭に目をやった。

朝湖は、あなたは久隅《くすみ》彦十郎殿ではありませんか、と言おうとして黙った。

狩野探幽の高弟筆頭に久隅守景《もりかげ》という人がいた。その息子で同じ狩野派絵師だったのが彦十郎である。妹は女絵師として名高い清原雪信だ。

彦十郎は二十年前の寛文《かんぶん》十二年（一六七二）に狩野派内で刃傷《にんじよう》事件を起こし、佐渡《さど》へ島送りになった。

朝湖は、放蕩《ほうとう》の末、刃傷事件を起こした狩野派の先輩がいると聞いて興味を持っていたのだ。その彦十郎が、昨年七月に狩野探信《たんしん》、探雪《たんせつ》、常信《つねのぶ》の三人連名での嘆願によって、配流《はいる》を解かれて江戸に戻ったらしいと絵師仲間の噂で聞いていた。しかし、胖幽斎が久隅彦十郎かどうかを確かめないでもよい、と思った。

世の中からはみ出した絵師が、自分だけではないと知っただけでよかったのだ。

五

待つ乳しずんで

梢《こずえ》のり込む今戸橋
土手の合傘
片身変わりの夕時雨
首尾を思えば
あわぬ昔の細布
どう思うて
今日は御座んした
そう云うことを聞きに

其角がいい声で唄《うた》った。朝湖が作って吉原で流行《はや》らせた唄である。元禄十一年九月——朝湖はひさしぶりに其角の家を訪ねてきた。四十七歳になっている。芭蕉は四年前、元禄七年に旅先の大坂で没した。芭蕉没後、其角が江戸一番の俳諧師《はいかいし》となっていた。其角が向島の三囲《みめぐり》神社に行ったとき、日照り続きのため地元の百姓に雨乞《あまご》いの句を所望され、

——夕立や田を見めぐりの神ならば

と詠むと、さっそく雨が降り、江戸中の評判となった。きょうも其角の家には客がつめかけている。朝湖が其角と打ち解けて話しているのをうらやましそうに見ていた。

其角は、ふと気づいて二人の侍の客を、
「このお二人は播州赤穂《あこう》藩の御方ですよ」
と朝湖に紹介した。数年後、赤穂藩の名は国中に響き渡るが、このころは平凡な小藩にすぎない。朝湖がうなずくと二人は、
大高源五《げんご》
富森助右衛門《とみもりすけえもん》
と名のった。
二人とも年は三十ぐらい。勤番侍らしく都会ずれしていない、純朴な顔つきだった。赤穂藩では、源五が膳方《ぜんかた》二十石、助右衛門が馬廻役《うままわりやく》二百石と身分は違うが、俳諧仲間として仲がいいらしい。源五は近ごろ江戸の俳諧師として名を上げてきた水間沾徳《みずませんとく》の弟子で、今日は助右衛門とともに憧《あこが》れの其角を訪ねてきたのだという。俳号は源五が子葉《しよう》、助右衛門は春帆《しゅんぱん》だった。
其角は、句帳に書きとめていた源五の俳句を朝湖に見せた。
——灸にて詫言《わびごと》申す夏断哉
夏断とは酒を断つことだろう。禁酒の誓いがなかなか守れず灸《きゅう》をして詫びるというのだ。
「面白い。これからも、お励みになることだ」
朝湖は愛想よく言った。

源五と助右衛門が、後に天下を震撼《しんかん》させるほどのことを行う侍たちだとは想像もできなかった。二人が嬉しそうに他の客との会話に入っていくと、朝湖は声をひそめて其角に、

「どうやら、わたしはまた捕まりそうだよ。今度は島送りだろうね」

と言った。其角は眉《まゆ》をひそめた。

「間違いないのですか」

「奉行所のある筋から教えてもらった。民部と半兵衛は昨夜のうちに風を食らって逃げ出したが、無駄なことだ、逃げ切れないよ。品川あたりで御用になるさ」

五年前の元禄六年、朝湖は民部、半兵衛とともに奉行所に捕まり、白洲《しらす》で詮議《せんぎ》を受けた。

このころ朝湖は、桂昌院の縁戚《えんせき》の大名に近づいて吉原での遊興を覚えさせていたのだ。

桂昌院は、曾甥《ひいおい》の本庄道章を美濃高富《たかとみ》藩一万石、実弟の本庄宗資《むねすけ》を常陸笠間《ひたちかさま》藩四万石にそれぞれ封じ大名としていた。

朝湖は、本庄宗資の二男、安芸守《あきのかみ》の取り巻きとなって連日連夜、遊興した。あげくは、安芸守に九百両の大金で遊女を身請けさせていた。

幕府では桂昌院親戚の大名を乱行に引きずり込んだ朝湖を、

――大名の毒虫
と呼んで憎み、逮捕したのだ。

このときは二ヶ月入牢《じゆろう》しただけで放免になったが、今度は軽くはすまないだろうと朝湖

は思っていた。

近ごろ朝湖は、桂昌院の縁戚の高家《こうけ》、六角越前守の取り巻きとなっていた。

高家は、老中の支配下で幕府の儀式、典礼を司《つかさど》り伊勢神宮、日光東照宮への代拝、朝廷への使者、勅使、院使の接待、馳走役《ちそうやく》への儀典指導にあたる職分である。吉良《きら》、武田、畠山、織田、六角など公卿《くぎょう》の血筋を引く者、足利《あしかが》一門、旧守護大名の家系、二十六家の子孫で占められている。

役高は五百石から三千五百石に過ぎないが、公家《くげ》との交渉役であるため官位は高く、四位中将まで進むことができた。高家肝煎《きもいり》と呼ばれる古参が三人おり、交代で毎年、京への使者を務める。また、高家でも役職の無い者を表《おもて》高家という。

六角越前守は、若いだけに朝湖に誘われるまま遊女を身請けし、ささいなことから町人を殺す事件を起こしてしまった。

このことが奉行所に咎《とが》められることは予想できた。

朝湖が六角越前守に近づいたのは、幕府が桂昌院に朝廷から従《じゅ》一位を授けさせようと画策していると聞いたからだ。

論語好きの綱吉にとって、孝行は最も大きな徳である。桂昌院を生前に女性としては最高の位階の従一位として喜ばせたかったのだ。

この意向を察知して柳沢保明が動いているのだという。しかし御台所《みだいどころ》派の公家出身の女たちにとって、桂昌院が従一位となることは許せなかった。

「身のほどをわきまえず天子様の御威光をも汚すこと」

と右衛門佐は朝湖へのひさしぶりの手紙で書いてきていた。

朝廷との交渉は高家が知っているはずだと思った朝湖は、六角越前守に近づいたのだ。

六角越前守は吉原で朝湖に訊《き》かれるままに話した。しかし桂昌院への叙位の件は、

「あれは柳沢様と吉良殿だけで進めておられる。われらにはわからぬ」

と苦々しげに言うだけだった。

六角越前守はまだ二十代で生白い顔をしている。酒に酔うと口をゆがめて、

「吉良上野介《こうずけのすけ》殿というのは、高慢な御人でな。高家肝煎となって、すでに三十年というのに、いっかなお役目を手放されぬ。高家といっても表高家でお役目につかなければ身入りは少ないのだ。吉良殿は上杉十五万石の舅《しゅうと》でもあるから、台所は裕福だというのにな。そろそろお役目を譲ればよいものを」

と罵《ののし》った。さらに吉良上野介は傲岸《ごうがん》で勅使接待役の大名への指導もおろそかなのだ、と言い募るのを聞いた朝湖は、あることを思いついた。

そして奉行所に捕縛されそうだと知った昨夜、右衛門佐へ手紙をしたためた。この手紙を感応寺の口珪に託した後、別れを言うつもりで其角を訪ねたのだ。

「しかし、お大名の遊び相手だったというだけで島送りというのも」

其角は眉をひそめた。

朝湖は其角だけには右衛門佐との関わりも話してきていた。其角には、大名の幇間《ほうかん》として振る舞ってきた朝湖が逮捕されるということが納得できなかった。

「表立ってお咎めになるのは、朝妻舟《あさづまぶね》の絵を描いたことらしいよ」

「あの絵が」

其角は目をみはった。

近江《おうみ》坂田郡朝妻の港は、琵琶湖《びわこ》の船便で栄えたが、古くから小舟に乗った遊女が客を誘い、朝妻の地名が艶《あで》やかであることから、

――朝妻舟

と呼ばれた。朝湖が描いたのは朝妻舟と題して烏帽子《えぼし》、直垂《ひたたれ》の白拍子《しらびょうし》の衣装の女が舟にのり客を誘う情景である。

この白拍子が、柳沢保明の側室で綱吉の寵愛《ちょうあい》を受けている染子によく似ていると評判がたったのだ。朝湖にはそのつもりはなかった。

右衛門佐への思いを込めて描いただけだった。しかし、将軍の不倫の行為に反発を感じている町人たちが酒席で、朝妻舟の女は染子だと言うのを否定はせず、ただ笑っていた。

それが奉行所につけこまれることになった。あるいは柳沢保明に媚《こ》びようとする者たちが、ことさらに朝妻舟の絵を問題にしたのかもしれない。

柳沢保明は去年、元禄十年、九万二千石を与えられ大老に準じ、今年、左近衛少将にまで累進して幕府の最高実力者に昇りつめていた。

「伊豆の三宅島《みやけじま》ではね、流人《るにん》はクサヤを作らされるそうだよ」

朝湖は不意に言い出した。

「クサヤを？」

クサヤは伊豆諸島の特産品で、むろ鰺《あじ》の開きで作る。鰺の臓物の汁にひたし、さらに日干しにする。匂いが強烈だが味を好む人は多い。

「わたしがクサヤを作ったら、干物に椎《しい》の葉をえらのところにはさんでおくから、そんなクサヤを見つけたら、わたしが元気な証拠だと思っておくれ」

朝湖は笑って立ち上がった。其角は覚悟を決めて家を出ていく朝湖の後ろ姿を黙って見送るしかなかった。

朝湖が奉行所に捕縛されたのは、それから二日後だった。

民部と半兵衛も逃げ切れずに捕まった。朝湖たちが島流しになったのは、この年十二月である。

当時、流罪は江戸からは大島、八丈島、三宅島、新島《にいじま》、神津島《こうづしま》、御蔵島《みくらじま》、利島《としま》の伊豆七島に送られた。島送りが決まると前日に島割りが言い渡され、身分に応じて金二分、一両、二両の金が鐚銭《びたせん》で渡された。その後、霊岸島《れいがんじま》の御船手《おふなて》番所に護送され、船に乗り込んだ。

島送りの船は五百石船で船牢があった。

朝湖が送られたのは三宅島、民部と半兵衛は八丈島だった。

江戸から三宅島まで海上六十里、順風なら五日で着くが普通は二十日ほどかかった。

三宅島は周囲十里余りで、流人は上陸すると地役人、流人頭《がしら》の指示で「村割り」が行われた。四畳半の部屋と半間幅の土間がある九尺二間の流人小屋で暮らさねばならなかった。島では島民でも米を食べることはまれで、芋の切干《きりぼし》、麦焦《むぎこ》がし、あしたばが主食だったから、島の暮らしは飢餓と隣り合わせだった。

農作業ができる流人は島民に雇われて食い扶持《ぶち》を稼ぐこともできたが、絵師で年も四十七の朝湖にはできることはない。

朝湖は、これは飢え死にだなと思った。

流罪となって半年がたったころである。持ってきた金も使い尽くし、日に焼けて髪と髭《ひげ》が伸び、痩《や》せ衰えて島の畑で芋をあさる日々を送るようになっていた。

島から見る青い海だけが美しかった。

(かつて胖幽斎殿も、このような気持で海を眺めたことがあるのだろうな)

朝湖は、一時、隣の家に住んでいつのまにか姿を消した胖幽斎のことを思い出した。しかし、自分は胖幽斎のように江戸に戻ることができるとは思えなかった。

そんなある日、朝湖は石ころだらけの山道で意外な人物に出会った。

感応寺の僧、日珪だった。

「日珪さん、どうしてこの島へ」

朝湖は驚いて声が震えた。日珪はうなずいて、

「わたしも流罪になったのです」

と言った。わたしと関わったためだ、と思って朝湖は痛ましい顔をした。しかし日珪は頭を振って、

「感応寺は不受不施派でしたから」

と静かに言った。日珪も痩せて日に焼けていたが、眼には落ち着いた光があって、たくましさを増したようだ。

不受不施派は日蓮宗の一派である。

法華《ほっけ》宗の信者でない者から施しを受けず、法華宗の僧以外には財物を施さないとする厳しい宗派だ。京都妙覚寺の日奥《にちおう》を祖とし、日蓮宗内部の受施派と論争を繰り返した。

慶長四年（一五九九）に徳川家康の面前で質《ただ》されたときも教義を変えず、日奥は対馬《つしま》に十三年にわたって配流された。その後も幕府は不受不施派への弾圧を繰り返していた。

朝湖が捕まったのと同じころ、感応寺の第十四世、日饒《にちにょう》上人と第十五世、日遼《にちりょう》上人が遠島になり、感応寺は天台宗に改宗させられていた。

日珪もそのときに逮捕され、朝湖より三ヶ月後に三宅島に送られたのだという。

（なるほど、右衛門佐様が感応寺を使ったのは、そんな寺だったからか）

朝湖は、感応寺での密議がもれなかった理由が初めてわかった。日珪は微笑すると、わたしの流人小屋においでください、と言った。

「朝湖殿とこの島でお会いしたのも御仏のお導きでございますから」

朝湖は日珪に連れられて、いつもは流人たちが近寄らない島の南側の谷に行った。そこは集落もなく、草木のない岩肌が剝《む》き出しになっていた。

日珪の流人小屋は崖《がけ》の洞窟《どうくつ》を利用して作られていた。しかも日珪の小屋だけではない。目立たないように数軒が建てられている。

日珪が戻ってくると、小屋から数人の男女がにこやかにあいさつした。百姓夫婦のようだ。日珪は頭を下げると、流人小屋とは別の洞窟に入った。薄暗い洞窟の中には曼荼羅《まんだら》が飾ってあった。

日珪は曼荼羅の前に座ると読経《どきょう》を始めた。すると表にいた百姓たちが、ぞろぞろと洞窟に入ってきて日珪に続いて読経する。

驚いた朝湖に、日珪は小声で、

「皆様御信徒の方々です。わたしがこの島へ送られると、ひそかに島に渡られ、わたしの暮らしを助けてくだされているのです」

とささやいた。

不受不施を貫いた僧は、法中《ほっちゅう》と呼ばれ流浪《るろう》の僧となって地下に潜伏する。また、島流しにされた僧は信仰の対象となるのだ。不受不施派は法中や流罪になった僧をささえる組織を作り上げていた。

信者が僧の暮らしを助けるために島に渡るほか、船頭などにつながりを持ち、必要なものはいつでも島に送られ、また島から手紙を出すこともできるのだ。

朝湖は、日珪の流人小屋でひえ飯と芋汁を食べさせてもらった。飯を食う朝湖の傍らで日珪は文机《ふづくえ》に向かい書状をしたためていた。

日珪はふと筆を止めて、

「朝湖殿のために食糧をお分けすることは、これからもできます。しかし、それ以外に何か欲しいものがおありでしたら、江戸から取り寄せることもできますが」

朝湖は飯椀《めしわん》を置いて日珪の顔を見た。

「絵筆と絵の具が欲しい」

そうですか、と日珪は笑顔でうなずいた。このとき、朝湖はかつてないほど絵を描きたいと思った。

絵を島民や不受不施派の組織を通じて江戸の知人に売れば、暮らしの助けになるだろう。しかし、それだけではない。

（わたしにとって絵を描くことは、生きることそのものだ。たとえ流罪人のまま江戸に戻ることができないとしても、絵を描けば生きていける）

朝湖は、芭蕉がなぜ苦しい旅を続けて俳句を作っていたのかが、わかった。俳句を作ることが芭蕉にとって生きることだったからだ。

朝湖は不受不施派の助けによって島で生きのびた。


朝湖が島流しとなってから五年目の元禄十六年一月――其角は朝湖からの手紙を受け取った。其角には、

――妙《たえ》なりや法《のり》の蓮《はちす》の華経《はないかだ》
という法蓮華経を詠みこんだ句がある。法華信者でもあったのかもしれない。そのことが朝湖との文通を容易にしたのだろう。

其角は先の手紙で、去年十二月十四日に江戸では赤穂浪士が主君の仇《あだ》を討つという大事件が起きたことを知らせていた。

事件の発端は元禄十四年三月、江戸城での勅使下向の式典の際、饗応役《きょうおうやく》の浅野内匠頭《たくみのかみ》が指南役の吉良上野介に斬りつけたことからだ。

浅野内匠頭は即日切腹、赤穂浅野家は断絶となった。ところが一年後、旧家臣四十七人が江戸に下り、吉良邸に押し込み主君の仇を討ったのだ。

江戸の人々は赤穂浪士の壮挙を喜んだ。その中で其角と赤穂浪士とのつながりが評判になっていたからだ。赤穂浪士の中に、かつて其角を訪ねてきていた大高源五、富森助右衛門が入っていたからだ。

討入り前日の十二月十三日、両国橋の橋詰《はしづめ》で、其角は笹売り姿の源五とばったり出会った。

――年の瀬や水の流れと人の身は

と其角は詠んだ。これに対して源五は、

――あした待たるるその宝船

と大望を持つ身であることをひそかに伝えたという話が広まった。

これは、実際のことではなかったようだ。江戸の人々は人気者の其角と赤穂浪士を結び付けたかったのである。

其角はこのことを苦笑まじりに朝湖に伝えた。しかし、朝湖からの手紙の内容は意外なものだった。読み進むうちに其角の顔色は変わっていった。やがて、手紙を握りしめた其角はうめいた。

「朝湖さん、なんということを」

其角の額には、汗がじっとりと浮いていた。

同じ日、朝湖は島の岩場に座って海を見ていた。不精《ぶしょう》ひげを生やした顔が潮風になぶられる。潮騒《しおさい》が耳に響いた。

朝湖の胸には、微《かす》かな悔いがあった。其角に、あのような手紙を出すのではなかったと思っていた。

（だが、わたしが手紙に書いたことが真実だと、せめて其角殿に知ってもらいたかった）

朝湖は町奉行所に捕縛される前に、右衛門佐への手紙を日珪に託していた。

手紙に書いたのは、桂昌院の叙位に関して交渉役となっている吉良上野介を罠《わな》にかけようという策だった。

従《じゅ》一位になろうとしている桂昌院に恥をかかせれば、大奥の公家《くげ》女たちの怨念《おんねん》をはらすことになるのではないかと思ったのだ。

朝湖は右衛門佐に、桂昌院が従一位となれば江戸に宣下《せんげ》の勅使が下るだろうと書いた。勅使接待の儀典指導役の吉良に失態を犯させれば、式典を壊し、桂昌院様に恥をかかせることができる。そのために吉良に不満を抱く高家《こうけ》の者をひそかに動かすというのが朝湖の考えだった。咎《とが》めを受けたばかりの六角越前守を使うという手もあった。

吉良が指導する接待役の大名に、他の高家から間違った儀礼をひそかに教えさせようというのだ。

吉良は傲岸《ごうがん》な老人で、大名への指導もおろそかだった。親切顔をした高家が、ひそかに間違ったことを教えれば大名は喜んで従うだろう。吉良は間違いに気づいて大名を手厳しく叱るに違いない。そのとき、この高家は、吉良が賄賂《わいろ》が少ないことに腹を立て意地悪をしているのだと大名に囁《ささや》くのだ。まわりの者が同情するふりをすると「いじめ」を受けた者の怒りは倍加する。大名は、しだいに吉良への憎悪を募らせ、吉良も大名に苛立《いらだ》っていくことになる。大名と吉良の間で喧嘩沙汰《けんかざた》が起きれば式典そのものが壊れるだろう。

桂昌院が従一位に叙せられたのは、翌元禄十五年三月である。新年祝賀の勅使は桂昌院

桂昌院叙位に関わる勅使だったのではないだろうか。この年、吉良上野介は一月に幕府の新年祝賀使として京に上っていた。しかも勅使接待の指導役も務めた。吉良が京から戻るまでの間、浅野内匠頭は指導もなく準備を進めなければならなかった。御台所《みだいどころ》派に操られた高家がつけこむ隙は十分にあったのだ。

(わたしの策を右衛門佐様は実際に行ったのだ)

そうでなければ、浅野と吉良の間にいきなり確執が起こるわけがない、と朝湖は思った。

しかし、幕府は刃傷《にんじょう》事件を即日、浅野内匠頭に切腹させることで乗り切った。このことが大奥の御台所派に、さらなる執念を持たせたのかもしれない。御台所派が次に打った手は、赤穂浪人に吉良を討たせることだったのではないか。

西国の大名は朝廷となじみが深い。赤穂藩の家老、大石内蔵助《くらのすけ》の一族は公家の近衛《このえ》家に仕える諸大夫だった。

内蔵助自身、御家が取りつぶされて赤穂を立ち去ると、京の郊外、山科《やましな》に出てきていた。御台所派は皆、公家出身である。実家の父や兄を動かし、赤穂浪士に仇討ちを決意させるようにしむけることができたはずだ。

朝湖にも、赤穂浪士が公家の示唆によって討入りを決意したかどうかは、わからない。しかし、殿中での刃傷で御家断絶になったことに不満があれば、籠城《ろうじょう》して戦をするのが武家の習いではないだろうか。いじめを受けたと逆上して殿中で斬りつけたり、喧嘩相手の屋敷に乱入して老人を殺すのは、御殿女中の諍《いさか》いに似ているとも思える。

いま、朝湖の脳裏に、ある光景が浮かんでいた。

(其角殿は、わたしが昔、蝶《ちょう》の群を見た話をしたことを覚えているだろうか)

朝湖は、岩場で海を見ながら胸の中でつぶやいた。

朝湖が見ているのは、老いた桂昌院に白い蝶の群が襲いかかる光景だった。

(あの蝶の群は、大奥に押し込められ、虚《むな》しい生涯を送った公家女たちの化身ではないか)

朝湖は群蝶の幻を見ていた。

朝湖の手紙には最後に、

——初松魚《はつがつお》カラシも無くて涙かな

という句が添えられていた。其角は返信に、

――其のカラシきいて涙の松魚かな
とだけ書いて、朝湖の手紙の内容にはふれなかった。

この内容がもれれば、赤穂浪士は大奥の争いの代理だったということになる、それでは大高源五らが哀れだと思ったのだ。朝湖の手紙も処分した。

赤穂浪士が幕府の命により切腹したのは、元禄十六年二月四日のことである。この報《しら》せを聞いた其角は、

――うぐひすにこの芥子酢《からし》はなみだかな
と詠んで、はらはらと涙をこぼした。其角が朝湖へ送った句と同様に、芥子という言葉を使った意味を知るものは誰もいなかった。

朝湖が流罪から赦免となったのは、宝永六年（一七〇九）八月のことだった。将軍綱吉がこの年一月に六十四歳で亡くなり、家宣《いえのぶ》が六代将軍となったことによる大赦だった。

綱吉が死んだとき、江戸に奇怪な噂が流れた。

綱吉は夫人の信子によって殺され、信子も自殺した、というのである。綱吉の死去が正月十日、信子の死がそれから間もない二月九日だったため、噂につながったのだろうか。

あるいは城中深い大奥の怨念を江戸の人々も感じ取っていたのだろうか。

朝湖が島に流されて十一年がたっていた。朝湖は島でトヨという水汲《みずく》み女と暮らし、二人の男子をもうけた。すでに五十八歳になり、白髪だった。

朝湖は、赦免船で二人の子とともに江戸に戻る途中、船中で一匹の蝶を見たことから、

――英一蝶《はなぶさいっちょう》

と画号を変えた。英は母方の姓である。

江戸に戻った朝湖は、島流しにも挫《くじ》けなかった絵師としてもてはやされた。島にいる間に描いた絵は、「島一蝶」と呼ばれ人気を集めた。しかし、親友の其角は一蝶が江戸に帰る前、宝永四年に四十七歳で亡くなり、江戸の知人も少なくなっていた。元禄の絵師として知られる英一蝶だが、一蝶の名で脚光を浴びたのは元禄時代が終わってからだ。

一蝶は享保《きょうほう》九年（一七二四）、七十三歳で没した。

あるいは、蝶が群れ飛ぶような元禄の世から一人取り残されたという思いを

――一蝶

という名にこめていたのかもしれない。

文庫版あとがき

尾形乾山を主人公にした小説を書きたいと思った。兄、尾形光琳のはなやかな存在感に比べれば、弟の乾山は、はるかにくすんだ印象がある。そこに魅かれた。

光り輝くものだけが、この世に存在するわけではない。光があれば、必ず、影がある。影だけではない。光のまわりに、やわらかな色彩で温かみとふくらみのある存在があって、光を支えているのではないだろうか。

そう思ったとき、考えたのが乾山だ、と言ったら少しわかってもらえるかもしれない。

それに、こだわってみたい言葉があった。花田清輝の『鳥獣戯話』に「もう一つの修羅」という言葉がある。

『鳥獣戯話』の第二章、「狐草紙」に、

「この世の中には武士ばかりがいたわけではなく、かえって、ほんとうの修羅は――いや、ほんとうというのがいいすぎなら、もう一つの修羅といいなおしてもいいが――案外、舌さき三寸で生きていた口舌《こうぜつ》の徒《と》のあいだにみいだされる」

と書かれている。ここで言う「もう一つの修羅」は口舌の徒というより文筆の徒（小説家、評論家）のことだ、というのは容易に推測できる。ところが、わたしはこの「もう一つの修羅」を画家のことだと思っていた。

なぜ画家だと思いこんでいたかというと、権力者の傍らに近侍して、生き方そのものが修羅である芸術家としては、画家の方がふさわしいような気がしたからだ。

文筆の徒は、いくらでも自分を偽れるが、絵に生きざまが出てしまう画家はそうはいかないだろう、という気持もあった。

表題作の「乾山晩愁」はじめ、いずれも絵師に関わる物語だ。

「乾山晩愁」で新人物往来社の歴史文学賞を頂き、本になるという幸運にめぐまれたとき、幸運とは逆の不運について考えてみたい、と思った。

このことは、花田清輝の言う「もう一つの修羅」とは違うかもしれない。しかし、絵師たちは不運という逆境と戦う「もう一つの修羅」を生きているように思えた。

「永徳翔天」「等伯慕影」「雪信花匂」「一蝶幻景」は、いずれも御用絵師、狩野家の歴史にからんでいる。絵師としての地位を守ろうとする生き方もまた、「もう一つの修羅」ではないだろうか。

そして同時に、口舌の徒の修羅ということについても、あらためて考えさせられた。

一冊の本を上梓《じょうし》することができて、さらに小説を書いていきたいという思いに突き動かされるとき、彼方《かなた》に修羅の像を思い浮かべるからだ。

晩年の尾形乾山については『光琳乾山兄弟秘話』（住友慎一・里文出版）に、狩野家については『御用絵師 狩野家の血と力』（松木寛・講談社選書メチエ）に、多くのことを教えていただきました。

また、単行本の出版にあたりましては、新人物往来社の田中満儀氏に御指導をいただき、文庫化にあたりましては角川書店の山根隆徳氏にお世話になりました。ありがとうございました。

平成二十年十一月

葉　室　麟

参考文献

『長谷川等伯』（宮島新一・ミネルヴァ書房）
『新編名宝日本の美術第24巻「光琳・乾山」』（小学館ギャラリー）
『名画日本史1・2巻』（朝日新聞社）
『赤穂浪士』（宮澤誠一・三省堂）
『「忠臣蔵事件」の真相』（佐藤孔亮・平凡社）
『天皇の四十七士』（泉秀樹・立風書房）
『生活史叢書7　江戸城大奥の生活』（高柳金芳・雄山閣）

解説

縄田一男

日記を見ると、私がはじめて葉室麟さんにお会いしたのは、二〇〇七年の十月二十五日であった。いや、日記を見ずとも覚えていたのだ――その日は母の告別式の翌日であったのだから。角川書店の編集者Yさんから電話があり、九州在住の葉室さんが東京に出てらっしゃるのですが、お会いになりますか、という内容である。本書の表題作となっている「乾山晩愁」で第二十九回歴史文学賞を受賞し、さらに『銀漢の賦』(文藝春秋)で第十四回松本清張賞を受賞した葉室さんとはどのような人なのであろうか。無論、会いたくないはずはない。但し、前述の如く母の死とその通夜、告別式で、でき上がっていなければならない原稿が大幅に遅れている。そこで、いちばん急がねばならないYさんから頼まれていたそれの締め切りを延ばしてくれれば会えるのだが、というと、Yさんは、電話口で大爆笑し、三人で昼食をとることとなったのである。

賞のメジャー、マイナー、ということもあって、葉室さんが作家として一般に認知されたのは、松本清張賞を受賞した『銀漢の賦』であろう。

物語は、少年の日を同じ道場で過ごした二人のうち、一人は家老に、そして今一人は郡方役になり、彼らが五十の坂を越えた時、藩内抗争が起こり……と書くと何やら藤沢周平めくが、ご安心あれ、この作者は只者《ただもの》ではない。実際、藤沢周平が、現代の会社や家庭と似て非なるもの、すなわち、徳川期に存在した〝藩〟という特殊な単位を作中で有効に活用してから藩内抗争ものといえば、一つのジャンルといっていいくらい増えている。

が、優れた作家は単なる模倣はしない。この作品も無論そうで、余命幾許《いくばく》もない家老・松浦将監が郡方役・日下部源五とともに、藩主に国替えを勧める奸臣《かんしん》と戦う決意をするところから作品はスタート。そこから二人が若き日から今日までの交誼《こうぎ》を回想するかたちで物語は進められていく。

が、この回想は単なる回想ではない。換言すれば、これまで藩を存続させるために従容と死に臨んだ人たちの命の重さの記録でもある。その中には女人もいれば、二人の共通の友人で一揆《いっき》の主謀者として処刑された十蔵、さらには悪名を被りつつも、「武士は悔いぬ者、恥じぬ者だ」といい放ち、切腹した元重臣もいる。主人公が、その思いをしっかりと受けとめ、苦境を乗り越えようと決意した時――この力作は、哀しいかな、命の重さが小石ほどに軽んじられる現代において、逆説的に命の尊さを謳《うた》いあげることになる。そして、これは読者の方々に確かめていただきたいのだが、奇策を胸に脱藩する将監が峠越えで源五にいう台詞《せりふ》は、二人が若かりし頃、かつて見果てぬ夢を語り合った、その頭上に輝いていた青春の象徴たる銀漢＝天の川のイメージと重なり合って思わず涙を流させることになるに違いない。

この素晴らしい物語を書いた葉室さんとはどのような人なのか？　一見するといかにも物腰のやわらかな温厚篤実なお人柄で、東京で行く場所をインターネットで検索してファイルをつくってこられたことから見て、かなり几帳面《きちようめん》な方と見受けられた。そして、葉室さんとYさんと歓談をしながらの昼食は実に楽しく、憂鬱であった私の気持ちをいっぺんで晴らしてくれた。

が、私は葉室さんと別れた後、思わず、ハッとした。『銀漢の賦』という作品はとても安定感のある作品で読んでいて面白く、そしてテーマも明確で恐らくは万人に受け入れられるであろう――が、葉室さんには、もう一冊、本書『乾山晩愁』があったではないか。そのことに思い当たった時、あの一見、温厚そうに見える表情の背後にあるもの――それは、小説や絵画の別なく芸術を創造する者が必ず抱いている狂気と紙一重の情熱であるはずに違いない、と確信した。そしてそれをまったく表情に表さないというのは、よほどのストイックな抑制と、意志の強さがなければならないはずなのである。

本書『乾山晩愁』（二〇〇五年十月、新人物往来社）は、正《まさ》にそうした葉室さんの内面から生まれた傑作集といっていいのではあるまいか。

初刊本のあとがきで、葉室さんは、なぜ、はなやかな兄・光琳ではなく、くすんだ弟・

乾山なのか、という問いを自らに発し、「光があれば、必ず、影と言っては言いすぎで、光のまわりに、やわらかな色彩で温かみとふくらみのある存在があって、光を支えているのではないだろうか」、それが乾山ではないか、という旨を記している。

さて、解説に先に目を通している方は、ぜひとももう小説のほうをお読みいただきたいのだが、この作品に関する選評を引けば次のようになる。

すなわち、

――この作品は、光琳死後の乾山の生き方を描くが、光琳の影が大きく影響していて、光琳の画業や人間像を再現しているようにみえる。(中略)光琳の乾山へのそれとない指導的な配慮も描かれていて、作品としては、もっとも安定感があった。(伊藤桂一)

――光琳と乾山の芸術家兄弟の生きざまと葛藤が描かれているが、冷ややかな闘いというか、節度を保ちながら天才芸術家の繊細で鋭敏な感覚と感情が、陰微な火花を散らす。兄弟に関わる女たちの妖しい息遣いを、かれらの作品から見てとりたいという思いに駆られた。(早乙女貢)

――銀座役人中村内蔵助との縁で大石内蔵助ら四十七士の討入り衣裳は、光琳が黒と白の対比で際立たせてつくったものであるという推測は、興味深い。(津本陽)

ということになる。

そして私は、芸術家兄弟の葛藤《かっとう》というテーマと同時に、津本陽が選評で記している、本作の忠臣蔵異聞としての側面に強く魅《ひ》かれた。確かに作中人物のいう「赤穂浪士の討入りには光琳はんの匂いがしてます」、或《ある》いは乾山のいう「黒と白の対比や、そら兄貴の好みやな」という台詞《せりふ》は見事なまでに屹立《きつりつ》している。それを屹立させているのは早乙女貢の選評を引用しながらいえば、一個の芸術家＝作家としての葉室さんのほとんど直感的とまでいえる「繊細で鋭敏な感覚と感情」の賜物《たまもの》であろう。が、それだけですまないのが凄《すご》いところで、物語はその直感を立証する明確な史実、すなわち、近衛家の家宰（家老）で大石内蔵助の又従兄《いとこ》に当たる進藤源四郎の存在にまで筆が及んでいるのである。ここまで書かれているものは忠臣蔵をメインに据えた作品でも極めて少なく、まして、このつながりから討入りの資金が調達されたという解釈は、私の知る限りではほじめてである。

そして、このこととさらにもう一つ、私が葉室さんを只者ではないと思ったのは、本書全体を貫くテーマ、あるいは、モチーフを選んだその眼力のほどがうかがえるからだ。

この一巻には表題作の他に、御用絵師、狩野派の絵師たちの葛藤、盛衰、慚愧《ざんき》等を描いた三篇と英一蝶を主人公にした一篇の作品が収められている。織田信長の寵童《ちょうどう》・万見仙千代の、信長が必要とする「天を飛翔する絵」を、という言葉に憑《つ》かれていく狩野永徳を描いた「永徳翔天」、狩野派とライバル関係にあった長谷川派、長谷川等伯の暗い野心と情念が、その死とともに純白の雪という〝白のイメージ〟によって救済されていくさまをとらえた「等伯慕影」、さらには、狩野派の派閥争いの中、美貌《びぼう》の閨秀《けいしゅう》画家・雪信がこうむらねばならなかった受難を、実在の事件や井原西鶴を絡ませて技巧たっぷりに描く「雪信花匂」、そしてラストは、表題作と同じ元禄《げんろく》の世に戻って、綱吉と柳沢、さらには悲運の人、牧野成貞や、大奥はお伝の方や右衛門佐、宝井其角までが、登場。表題作とは別の視点から赤穂事件をとらえた中に、英一蝶の運命を活写した「一蝶幻景」で本書も幕となる。

これらの短篇の中には、恐らく作中の画人に託して、葉室さんの芸術観等がさまざまちりばめられていようが、その中から一つ選ぶとすれば、狩野探幽のいう「絵師とは、命がけで気ままをするものだ」ではないのか。この台詞の絵師を作家に変えれば自《おの》ずとそこに見えてくるのは、葉室さんの作家としての覚悟ではないのか。

何故、そこまでいうのかといえば、ここで再び初刊本のあとがきに触れれば、作者は本書に収録された五篇を貫くものを、花田清輝の『鳥獣戯話』に登場する「もう一つの修羅」ということばに求めているからだ。葉室さんは、このことばを画家を表現したそれである、と思いこんでいたが、久しぶりに読み返すと違っていた、といい、第二章、「狐草紙」の冒頭を引用。「もう一つの修羅」ということばは、文筆の徒を指していた、と推測できたと語っている。その問題の箇所とは、こうである。

修羅という言葉から、さっそく、いくさを連想し、鉦、太鼓、法螺貝、鬨ノ声、馬蹄のひびき、鉄砲の音などを、そら耳にきき、槍、なぎなた、刀のひらめきなどをまぼろしにみるのは、生涯の大半を戦場ですごした戦国武士にとってはきわめて自然であろうが――しかし、この世の中には武士ばかりがいたわけではなく、かえって、ほんとうの修羅は――いや、ほんとうというのがいいすぎなら、もう一つの修羅といいなおしてもいいが――案外、舌さき三寸で生きていた口舌の徒のあいだにみいだされる。

葉室さんは、この口舌の徒を先に記したように、文筆の徒＝小説家、評論家としているが、私はかつてこの「もう一つの修羅」ということばを使って、初期の大衆文芸＝時代小説の源流である、講談等、話芸の意味づけを行った評論家を知っている。大衆文学研究の確立者、故尾崎秀樹である。尾崎はその著書『大衆文学』（紀伊國屋書店）の中で、「講談・落語といった話芸（のしたたかさは、それら）が、成立の当初からすでに権力者の要求に答える顔をしめしながら、民衆の願いに即応してゆく姿だ。『もう一つの修羅』を生きる特権は民衆の側にしか存在しない。だが時代の権力者たちは直接的な抵抗の武器を奪っただけでは満足せず、さらに間接的な手段である『もう一つの修羅』までもつぶそうとする。大衆芸能――文化――文学の歴史は、この『もう一つの修羅』をめぐる支配・被支配の相剋図だ」（括弧内、引用者）といっている。

そして、その後で、明治五年、もともとは神官たちに通達されたものであったのに、寄席芸からいっさいの歌舞音曲までを統制することになった〈三条の教憲〉を支配例として挙げ、被支配＝抵抗の例として円朝の講談速記本を提示、坪内逍遥の『小説神髄』が見落としていったものの中にこそ、「もう一つの修羅」＝大衆文学から歴史・時代小説の伝統がある、と論破したのである。

私が葉室さんの眼力云々《うんぬん》といったのはこのことで、葉室さんはこの一巻のテーマをさぐっていく中で、ゆくりなくも歴史・時代小説の源流や、その存在意義を見事にいい当てていたのである。

葉室、恐るべし——。そして彼は、二〇〇八年、『風渡る』（講談社）と『いのちなりけり』（文藝春秋）と、二作の長篇を刊行したが、特に後者は、葉室麟という作家の底の知れない凄さを示して余りある。

いま、私にとって、これほど新刊の待ち遠い作家はない、といえる。

本書は二〇〇五年十月、新人物往来社より刊行された単行本を文庫化したものです。

乾《けん》山《ざん》晩《ばん》愁《しゅう》

葉《は》室《むろ》　麟《りん》

角川文庫　15473

平成二十年十二月二十五日　初版発行
平成二十四年二月十五日　再版発行

発行者—井上伸一郎
発行所—株式会社角川書店
東京都千代田区富士見二—十三—三
電話・編集（〇三）三二三八—八五五五
〒一〇二—八〇七八

発売元—株式会社角川グループパブリッシング
東京都千代田区富士見二—十三—三
電話・営業（〇三）三二三八—八五二一
〒一〇二—八一七七
http://www.kadokawa.co.jp

印刷所—旭印刷　製本所—BBC

装幀者—杉浦康平

は 42-1　ISBN978-4-04-393001-2　C0193

角川文庫発刊に際して

角川源義

第二次世界大戦の敗北は、軍事力の敗北であった以上に、私たちの若い文化力の敗退であった。私たちの文化が戦争に対して如何に無力であり、単なるあだ花に過ぎなかったかを、私たちは身を以て体験し痛感した。西洋近代文化の摂取にとって、明治以後八十年の歳月は決して短かすぎたとは言えない。にもかかわらず、近代文化の伝統を確立し、自由な批判と柔軟な良識に富む文化層として自らを形成することに私たちは失敗して来た。そしてこれは、各層への文化の普及滲透を任務とする出版人の責任でもあった。

一九四五年以来、私たちは再び振出しに戻り、第一歩から踏み出すことを余儀なくされた。これは大きな不幸ではあるが、反面、これまでの混沌・未熟・歪曲の中にあった我が国の文化に秩序と確たる基礎を齎らすためには絶好の機会でもある。角川書店は、このような祖国の文化的危機にあたり、微力をも顧みず再建の礎石たるべき抱負と決意とをもって出発したが、ここに創立以来の念願を果すべく角川文庫を発刊する。これまで刊行されたあらゆる全集叢書文庫類の長所と短所とを検討し、古今東西の不朽の典籍を、良心的編集のもとに、廉価に、そして書架にふさわしい美本として、多くのひとびとに提供しようとする。しかし私たちは徒らに百科全書的な知識のジレッタントを作ることを目的とせず、あくまで祖国の文化に秩序と再建への道を示し、この文庫を角川書店の栄ある事業として、今後永久に継続発展せしめ、学芸と教養との殿堂として大成せんことを期したい。多くの読書子の愛情ある忠言と支持とによって、この希望と抱負とを完遂せしめられんことを願う。

一九四九年五月三日

角川文庫ベストセラー

天保悪党伝　藤沢周平

江戸天保年間、天保六花撰と謳われ、闇に生き、悪に駆る六人の男たちがいた。時代を痛快に生きた男たちの連作長編時代小説。

春秋山伏記　藤沢周平

白装束に髭面で好色そうな大男が、羽黒山からやってきた。山伏と村人の織りなすハート・ウォーミング・ストーリー。

新選組血風録 新装版　司馬遼太郎

京洛の治安維持のために組織された新選組。〈誠〉の旗印に参集し、騒乱の世を夢と野心を抱いて白刃と共に生きた男の群像を鮮烈に描く快作。

北斗の人 新装版　司馬遼太郎

夜空に輝く北斗七星に自らの運命を託して剣を志し、刻苦精進、ついに北辰一刀流を開いた幕末の剣客千葉周作の青年期を描いた佳編。

豊臣家の人々 新装版　司馬遼太郎

豊臣秀吉の奇蹟の栄達は、彼の縁者たちをも異常な運命に巻きこんだ。甥の関白秀次、実子秀頼等の運命と豊臣家衰亡の跡を浮き彫りにした力作。

尻啖え《しりくら》孫市(上)(下) 新装版　司馬遼太郎

信長の岐阜城下にふらりと姿を現した男、真っ赤な袖無羽織、二尺の大鉄扇、「日本一」と書いた旗を持つ従者。鉄砲衆を率いた雑賀孫市を痛快に描く。

新選組興亡録　司馬遼太郎・柴田錬三郎・北原亞以子・戸川幸夫・船山馨・直木三十五・国枝史郎・子母沢寛・草森紳一

幕末の騒乱に、一瞬の光芒を放って消えていった新選組。その魅力に迫る妙手たち9人による傑作アンソロジー。縄田一男による編、解説でおくる。

角川文庫ベストセラー

江戸の暗黒街　新装版　池波正太郎

女に飛びかかった小平次は恐ろしい力で首をしめあげ、短刀で心の臓を一突きに。江戸の暗黒街でならす名うての殺し屋の今度の仕事は。

炎の武士　新装版　池波正太郎

武田勢に包囲された三河国長篠城に落城の危機が迫る。悲劇の武士の生き様を描く表題作をはじめ「色」「北海の猟人」「ごろんぼ佐之助」の4編を収録。

卜伝《ぼくでん》最後の旅　池波正太郎

諸国で真剣試合に勝利をおさめた剣豪・塚原卜伝。武田信玄の招きを受けて甲斐の国を訪れたのは七十三歳の老境に達した春だった。会心の傑作集。

闇の狩人(上)(下)　池波正太郎

盗賊の小頭・弥平次は、記憶喪失の浪人・谷川弥太郎を刺客から救うが、その後、失った過去を探ろうとする二人に刺客の手がせまる。

忍者丹波大介　新装版　池波正太郎

秀吉死去で再び立ち込めた戦乱の暗雲。信義を失った甲賀忍びの荒廃に見切りをつけた丹波大介は、信ずる者のために生きようと決意した。傑作長編。

俠客《きょうかく》(上)(下)　新装版　池波正太郎

町奴として江戸町民の信望厚い長兵衛は、恩人である旗本・水野十郎左衛門との対決を迫られていた。幡随院長兵衛の波乱の生涯を描く時代巨編。

鉄砲無頼伝　津本陽

根来衆津田監物は、種子島に伝わった鉄砲をいち早く導入、最強の鉄砲集団を組織する。圧倒的な戦力を誇った傭兵、根来鉄砲衆を描く歴史長編。

角川文庫ベストセラー

信長の傭兵　津本 陽

戦国最強の鉄砲集団に、織田信長が加勢を求めた。紀州根来衆の頭目として傭兵を貫き、戦場を駆け抜けた津田監物の壮絶な生涯。『鉄砲無頼伝』続編。

武神の階《きざはし》 (上)(下) 新装版　津本 陽

毘沙門天の化身と恐れられた景虎に、宿敵・信玄との対決の時が…。生涯百戦して不敗、乱世に至誠を貫いた聖将・上杉謙信の生涯。戦国歴史巨編。

下天は夢か 全四巻　津本 陽

織田信長の生涯を、その思考、行動に緻密な分析を加え壮大なスケールで描き出した戦国小説の金字塔にして信長小説の最高峰。文字が大きい新版。

江戸の娘 新装版　平岩弓枝

旗本の次男坊と料亭の蔵前小町が恋に落ちた。幕末の時代の波が二人を飲み込んでいく…。「御宿かわせみ」の原点とされる表題作など七編を収録。

密通 新装版　平岩弓枝

若き日に犯した密通の過ち。驕慢な心はついに妻を験そうとする…。不器用でも懸命に生きようとする人々と江戸の人情を細やかに綴る珠玉の八編。

ちっちゃなかみさん 新装版　平岩弓枝

向島で三代続いた料理屋の一人娘、お京がかつぎ豆腐売りの信吉といっしょになりたいと言いだして……。豊かな江戸の人情を描く珠玉短編集。

大奥華伝　杉本苑子・海音寺潮五郎・山田風太郎・平岩弓枝・笹沢左保・松本清張・永井路子

徳川幕府を陰から支え、時に揺るがした江戸城大奥の女たち。春日局から天璋院まで、名人七人の華麗なるアンソロジー。縄田一男による編、解説。